最強魔法師の隠遁計画
The Greatest Magicmaster's Retirement Plan
15

フェリネラ・ソカレント
アルスの先輩にして才色兼備の美人生徒会長。父の軍務を手伝う現役魔法師という一面も。
アルス・レーギン
現役1位の天才にして世界最強の魔法師。普段は普通の学生として平穏な生活を送っているが!?

ミール・オスタイカ
ダンテに付き従う、凄腕女魔法犯罪者。色香漂う外見と裏腹に、性格は残忍。
ダンテ
脱獄囚のリーダーで、並外れた力を持つ孤高の暴王。野心を剥き出しに学院を襲う。

今、フェリネラが
ついに完成させてその身に纏《まと》うのは、
完全無欠たる純白の花嫁衣裳《ウェディングドレス》。
だがその衣装〝魔装〟は、あくまで
深層意識下にあるフェリネラの願望が
具現化したものだ。

最強魔法師の隠遁計画 15

イズシロ

HJ文庫
1008

最強魔法師の
隠遁計画

The Greatest Magicmaster's Retirement Plan

CONTENTS 15

Presented by IZUSHIRO　Illustrator MIYUKIRURIA

第84章　「虚々《きょきょ》実々《じつじつ》の邂逅《かいこう》」

アルファとクレビディートの国境近くの、とある地。

そこで今、フェリネラ・ソカレントはにっこりと微笑《ほほえ》んで、誰《だれ》の目にも明らかな柔和《にゅうわ》な表情を浮《う》かべていた。

その淑女然《しゅくじょ》とした笑《え》みの意味を、あえて紐解《ひもと》くならば……。

非常に、まさにこの上もなく上機嫌《じょうきげん》であるか……もしくは酷《ひど》く怒《おこ》っているか、のいずれかに他ならない。

ただそのどちらが真実なのか、彼女《かのじょ》の胸の内をはっきりと読み取るには、その笑顔《えがお》はあまりに完成され過ぎていた。まさに、完璧《かんぺき》過ぎる淑女の仮面だと言えるだろう。

ともあれ先程《さきほど》、両国の一大危機が間一髪《かんいっぱつ》で回避《かいひ》されたことだけは、確かに疑うべからざる事実であった。

魔法《まほう》人国であるアルファの第1位、アルス・レーギンと、堅牢《けんろう》の国たるクレビディートの第4位、ファノン・トルーパー。二人の邂逅は偶発的《ぐうはってき》だったとはいえ、一歩間違《まちが》えれば非常にセンシティブな政治的事件、それこそ最悪の軍事衝突《しょうとつ》にすら、十分成り得るものであったからだ。

あと少し、そう、ほんのコンマ数秒の差でアルスの魔法が先に撃《う》ち放たれれば、その悪夢は、直ちに現実のものとなっていただろう。

誰が悪いという次元の話ではなく、ただ厳然とした事実としてシングル魔法師同士が出会い、この地で武力衝突しかけたのだ。

シンプルな言葉にしてみればそれが全てであるが、その世紀の大事件が発生寸前で防げたのは、フェリネラ・ソカレントの到着《とうちゃく》が間に合ったから、というただ一つの理由によるものだ。

アルスとファノン、両者を共に良く識《し》り、仲介者《ちゅうかいしゃ》となれる両国唯一《ゆいいつ》の架《か》け橋《はし》。その存在感の重みゆえに、彼女はこの場において、互《たが》いに一筋縄ではいかない性格の二人のシングルを、唯一御《ゆいいつぎょ》しきれる人物とすら言えただろう。

その後一行がフェリネラに導かれ、古びた民家へと向かう姿は、どうにも違和感《いわかん》が拭《ぬぐ》えないものであった。

アルスの背後にそっと付き従っていたロキの目にすら、どうにも奇妙《きみょう》に映ったくらいだ。

なにしろ廃屋《はいおく》かと見紛《みまが》うような古家に、いずれも人目を憚《はばか》るようにローブやマントで身を包んだ一団が、ぞろぞろと列をなして入っていくのだから。

事情を知らない一般人《いっぱんじん》なら、それこそこれから邪教《じゃきょう》の闇《やみ》の儀式《ぎしき》でも始まるのかと、うっかり勘繰《かんぐ》ってしまっただろう。

ただある意味で、その直感は正しいものになり得たかもしれない。その古い建物の中で行われた会談は、結局その後、混沌《こんとん》そのものとすら呼べる様相を呈《てい》することになったのだから。

フェリネラに誘《さそ》われ、いざアルスとファノンらが足を踏《ふ》み入れてみると、古家の屋内はやはり随分《ずいぶん》と埃《ほこり》っぽかったものの、明らかに最近複数の人物が使用していた痕跡《こんせき》が残されていた。

「今、暖炉《だんろ》に火を入れますから」

そう言ったフェリネラが、まず率先《そっせん》して手ずから暖炉に薪《まき》を並べる。それを見ていたファノン隊の女性軍人が、手伝いのつもりか土間の隅《すみ》から手頃《てごろ》な古紙と干し藁《わら》を持ってきてくれた。最後にフェリネラが、仕上げとばかり水滴《すいてき》でも飛ばすようにピッと指を弾《はじ》くと、爆《は》ぜた小さな火花が暖炉に落ちる。

非魔法師でも操《あやつ》れる類のささやかな術、俗《ぞく》にいう生活魔法の一種である。

紙と藁から燃え広がった火は、やがて一気に乾《かわ》いた薪を呑《の》み込《こ》み、室内にどこかほっとするような、得も言われぬ天然の暖かさをもたらしてくれた。

そんな中で、まずアルスとファノンが無骨なテーブルに着かされることになった。ロキはアルスの後ろに立ったまま控《ひか》え、ファノンの部下達《たち》もまた、無表情に隊長の傍《かたわ》らに並ぶ。

その後、一同はしばらく面白《おもしろ》くもない相手の顔を眺《なが》める羽目になったのだが、どうにも室内には、気まずい空気が漂《ただよ》うばかりである。

それも当然だろう、つい今し方まで、殺し合う気満々で対峙《たいじ》していた面々が一堂に会しているのだ。それこそ誰かが大怪我《おおけが》をしたり、命を落としたりしても不思議ではない状況《じょうきょう》だったのだから。

しかし間もなく、その重苦しい雰囲気《ふんいき》を破る第一声が、一同をここに導いた少女の口から発せられた。

「では、お湯が沸《わ》くまで、かる～くお話でもさせていただきましょうか？　まずはクレビディートの皆《みな》さんからですが」

テーブルの横、ちょうど両者の間に立つフェリネラの声には、迂闊《うかつ》な〝領土侵犯《しんぱん》〟を試みたファノン達を責めるかのような語気を纏《まと》っている。フェリネラの表情は暖炉の火による強い陰影《いんえい》のため判然としないが、いまや作り物めいた硬い笑みを浮かべていることだけは明らかだった。

そんなフェリネラの静かな怒気《どき》を受けて、ファノンとエクセレス以下、クレビディートの軍人達が一様にそっと視線を逸《そ》らす。

「エクセレスさん？　大事にならなくて良かったです、ね？」

「は、はいぃ……」

妙《みょう》に迫力《はくりょく》のある、上から被《かぶ》せるような物言いに、エクセレスはひたすら恐縮《きょうしゅく》したような上ずった声を返した。身分はアルファの一学生だというのに、この場ではフェリネラは、ファノン隊の誰よりも上位に見えるのだから不思議だ。

対してアルスは、ただ無表情に足を組みながら、そっとフェリネラを見上げたのみ。今度はそんな彼《かれ》に向け、フェリネラは続ける。

「アルス様、あくまでも非公式にですが、私は今回クレビディート側の協力者であるファノン様とアルファ国の仲立ちをするよう、父に命を受けて参りました――」

体面上、アルスに対してもかしこまった敬称《けいしょう》をつけて、そつのない笑みを向けてくるフェリネラ。

そんな風に軽く状況を説明した後、いったん言葉を切った彼女は、まるで追い打ちをかかけるように「いえ……正しくは〝そのはずだった〟のですが」と語気に毒を含《ふく》ませた。

「なぜだかアテンドしていたはずのクレビディートの方々に、理由も告げられないまま、上手《うま》いこと撒《ま》かれてしまいまして」

あくまで冷静を装《よそお》って言うフェリネラ。

「それは誤解です、フェリネラ嬢《じょう》！」

ファノンの部下の一人がすかさず反論する。あの戦闘《せんとう》中、ロキを狙《ねら》って返り討《う》ちにあった女性隊員だ。

「……誤解、ですか？　私の父たるヴィザイスト・ソカレント卿《きょう》の厚意《こうい》と提案を無下にしたのみならず、両国の関係に大きな危機を招き寄せたあなた方の行動に、どんな誤解の余地があると？」

フェリネラは鋭《するど》い言葉を返す。ロキですら、フェリネラがここまで静かに怒っているのを見るのは初めてのことだ。怒《いか》りが露骨《ろこつ》に表に出ていないだけに、秘《ひ》められた激情が察せられるようで、かえって恐《おそ》ろしく感じるくらいである。

どうにも口を挟《はさ》みづらい空気なのは事実だが、一方の当事者であるファノンは、まるで他人事《ひとごと》のようにフェリネラの台詞《せりふ》を聞き流し、淡々《たんたん》とアルスに視線を向けているばかり。それも目を直接合わせるのではなく、ちょうどアルスの上半身全体を視界に収めるような眼差《まなざ》し……それは値踏《ねぶ》みなどとはまた違《ちが》った印象を与《あた》えるが、一方でとても友好的とは言えない類のものだった。

ふと、ファノンの唇《くちびる》が動き、ごく端的《たんてき》な一言を放った。

「ねえ、少し黙《だま》っててくれないかしら」

「――!!」

唐突《とうとつ》に発せられた無遠慮《ぶえんりょ》な一言に、思わずフェリネラは目を見開いた。だがそんな彼女に一瞥《いちべつ》すらくれず、ファノンの視線は、相変わらずアルスにのみ注がれている。

それはおよそ好意的ではない反面、強い興味とも取れるものでもあった。

「ねえ、あなた。この私が構成を予想も分析《ぶんせき》もできないなんて、随分面白《ずいぶんおもしろ》い魔法を扱《あつか》うのね。いつからアルファは、魔法師とそれが扱う魔法の常識を覆《くつがえ》したのかしら」

どこか挑発的《ちょうはつてき》とも取れる言葉に、アルスが返す前に。

「ファノン様、今の態度はさすがに看過しかねます……！　なおも改める気はないと言われるなら、こちら側としては、密《ひそ》かにあなた達と協調するというスタンスから見直さざるを得ませんよ？」

フェリネラが、鋭く割って入る。

「………………」

だが、ファノンはアルスに視線を固定したまま、色めき立つフェリネラを完全に無視した。本来シングル魔法師であればこそ、そんなファノンの態度はある種、分相応と言えるのかもしれない、が。

その不遜《ふそん》な態度に、二人目のシングルであるアルスまでが静かに眉《まゆ》を寄せたとあらば、ここがいかに古ぼけた民家であろうと、たちまちそこは戦地にも似た重苦しい空気で満たされる。

「おい、フェリネラがこう言っているんだ。もし答える気がないなら、こちらもお前の問いに応じる義理はないということだが」

ファノンらの真意がまだ掴《つか》めない以上、アルスとしては短慮《たんりょ》な真似《まね》をする気もないのだが、一応はそう念押《ねんお》ししておく。

しかし、意外にもファノンは「へぇ～」と含みのある声を漏《も》らした後、にわかに不愛想な態度を崩《くず》し、にっこりとフェリネラに笑顔を向けた。

「分かったわよ。えっと、それで、私達があなたを撒いたとかいうことだっけ？　フェリネラさん」

「……は、はい」

あばら家にぱっと花が咲《さ》いたような笑顔に思わず毒気を抜《ぬ》かれたか、フェリネラは釣《つ》り込まれたような相槌《あいづち》とともに、小さく頷《うなず》く。

「そうね、その件についてはこちらも迂闊だったわ……なにしろ犯罪者の追跡《ついせき》中、不幸にも魔法によるジャミングを受けてしまったのだから。混乱の中、やむを得ず対象の追跡捕《ついせきほ》縛《ばく》のため、最速最善の動きを取っただけよ。で、結果的には、あなたが私達を見失うことになったってわけだけど」

「それは詭弁《きべん》です！　正確には〝あなた方が振《ふ》り切った〟の間違いでしょう!?　ただでさえそちらが不案内なアルファ国内で、もし一歩間違えれば、今回のように……」

ここでフェリネラの声が、思わずやや感情的になってしまったのは、彼女にしては珍《めずら》しい失態であった。ただ、事がアルスに関わっているとあらば、冷静ではいられなかったのだろう。

これにエクセレスは、悄然《しょうぜん》とした声を返した。

「は、はい……ですので、フェリネラ嬢にはとても感謝しております。両国の関係に、取り返しのつかない亀裂《きれつ》が生じかねない事態でしたので」

ただ、それでもファノン側としては、あくまでも不慮《ふりょ》の事故として処理するつもりであろう。表向きはしおらしいエクセレスも、その点では同じ考えを持っているのは想像に難くない。

アルスは鋭く彼女らの思惑《おもわく》を見抜《みぬ》いていたが、ベリックが言っていた「クレビディートからの協力者」というのが、やはり彼女達《かのじょたち》で確定だろうと把握《はあく》できたのは大きい。故に、不可解な点も浮上《ふじょう》してくるのだが……。

そもそも先の元首会談で一度顔を合わせているため、ファノンのことはアルスも見知っている。だが問題は何故《なぜ》、彼女が魔物《まもの》でなく人間の犯罪者狩《が》りに出張ってきたのか——それもアルファ内地にまで。

アルス自身は確かに幾度《いくど》も、対人暗殺を含む裏稼業《かぎょう》に従事してきたが、他国のシングル魔法師が、同様の汚《よご》れ仕事をしていると耳にしたことは一度もない。由緒《ゆいしょ》正しき〝魔法

（そもそも……あの戦い方は、あくまで対魔物を想定したもの。由緒正しき〝魔法師〟の師〟のそれだ。どう見ても対人戦には不慣れとしか思えなかったしな）

ファノンが使った魔法【栄華の瓦解《ジャガナート》】にしても、確かに威力《いりょく》は絶大だが、人間一人を磨《す》り潰《つぶ》すのに、あれほど派手な魔法では、かえって非効率的だろう。

まあファノンとしても、まさかアルファのシングル一位にこうも早々に出くわすとは思っていなかったのだろうが、全体像を把握するにはもう少し情報が欲《ほ》しいところ。

そう考えたアルスは、不機嫌《ふきげん》そうに眉を寄せているフェリネラに目配せすると、近寄ってきた彼女に、小声で一つ質問をした。

「フェリ、緊急事態《きんきゅう》とはいえ、他国の魔法師が無償《むしょう》で協力を申し出てくるものか？　それも国の至宝とも言えるシングル魔法師が」

そんなアルスに対して、フェリネラは耳元に囁《ささや》くようにして。

「そうですね。それはやはりクレビディート国内で、トロイア監獄《かんごく》の脱獄《だつごく》に関わったと目される二名が原因でしょう。あちらの都市において、彼らの襲撃《しゅうげき》に遭《あ》われたのがファノン様方ということです。あまり大っぴらにできることでもありませんが、父が交渉《こうしょう》の席に着きました折、私もその話を……」

「なるほどな」

これで多少は合点《がてん》がいったと同時に、ヴィザイストの狙いも薄《うっす》ら見えてきたような気がする。他にもフェリネラがいくつか補足してくれたことで、ようやくアルスにも、大体の事情が読めてきた。ベリックがちらりと口にした「多分、クレビディートからの協力者にアルスが会うような事態にはならないだろう」などという予想は、早くも大外れということになる。

いや、結果論だが、寧《むし》ろアルファとしてはこれで良かったのかもしれない。少なくともこれで、アルスはより有効な情報を基にフェリネラの手助けができるし、ヴィザイスト卿が掴みきれなかった情報について、目処《めど》も立った。

クレビディート国内にて、ファノン一行を襲撃した人物。トロイア監獄所長ゴードン、副所長スザールの造反。両名は襲撃後、アルファ入りした。フェリネラが囁いた簡潔な情報はこんなところだ。

（まあ、もしその襲撃犯というのが本当にヤバイ奴《やつ》だと分かっているなら、実務経験の少ないフェリには任せないだろうからな。

それに多分ファノン達は、まだ他にも何か隠《かく》している。外界での魔物を取り逃《に》がした際に発生する討伐《とうばつ》責任規則のような、平和的な動機で手助けしてるとは考えづらい。その二人に固執《こしつ》する理由について、もう少し裏がありそうだな。フェリもヴィザイスト卿も、まだ探《さぐ》り得ていない。まあ、ヴィザイスト卿としては、そのへんに多少引《ひ》っ掛《か》かりがあって、フェリを付けたんだろうな。同時に他国のシングルと交流させることで、良い経験を積ませてやれれば、ってとこか。そのへんの親心はヴィザイスト卿らしいが……）

ちなみに、このアルスの推測はぴたりと当たっている。ヴィザイストは実のところ、ファノンが必要以上に襲撃犯――ゴードンとスザール――に固執する理由を、完全に把握できてはいなかったのだから。ただ論理的にも感情面でも、クレビディートが二名の捕縛《ほばく》を優先する動機は揃《そろ》っていたため、深く詮索《せんさく》しなかったのだ。

（とはいえ、ヴィザイスト卿のことだ。どうせきっちり手下の諜報員《ちょうほういん》を使って、見張らせて

るんだろう。他国のシングル魔法師の戦力情報だけでも、十分に収集する価値はあるしな）

なんだかんだで抜け目のないヴィザイストのことを、アルスはそんな風に考えて、僅《わず》かな思考時間を打ち切った。

そういった事情なら、やはり少しばかり、自分が手伝っても罰《ばち》は当たらないだろう。それにファノンの不遜な態度も目に余る——正直、自分がシングルとして存在するアルファで、こんな相手に大きな面《つら》をされるのは癪《しゃく》だという気持ちがあった。普《ふ》通《つう》なら何かと弁が立つフェリネラに任せていれば間違いないのだろうが、今回ばかりは相手がシングル魔法師なのだから、多少なりとも分《ぶ》が悪い。

いくら才媛《さいえん》のフェリネラとはいえ、相手がのらりくらり「今回の衝突は不慮の事故」路線を貫《つらぬ》こうとする限り、追及しきれない部分はある。ファノンらに対し、決定的な隙《すき》を押《お》さえるか貸しを作らねば、今後アルファとしてもやりづらいだろう。

そう腹を決めると、アルスはニコリともせず、ファノン側に問う。

「ちなみに、あなた方が追っている襲撃者《しゅうげきしゃ》というのは、なぜわざわざクレビディート内で、あなた方を？」

このシンプルな質問にはファノンの後ろに立つ副官エクセレスが対応した。

「それは……つまるところ、ファノン様への個人的な恨《うら》み、かもしれませんね」

アルスの見立てでは、彼女――エクセレス・リリューセムは、魔眼《まがん》保持者である【アルファの眼】リンネ・キンメルを凌《しの》ぐ探知魔法師という触《ふ》れ込みに相違《そうい》なさそうだった。同時にどこかリンネと似て、何かと気が回る縁《えん》の下の力持ちといった印象がある。

アルスの直截《ちょくせつ》な問いに対するエクセレスの回答を横に、ファノンは眉間《みけん》に皺《しわ》を寄せて頬《ほお》をひくつかせていた。ファノンの態度をきっちり横目で捉《とら》えつつ、アルスは新たな言葉を発する。

「なるほど。そういえば、こちらにも実はあなた達と遭遇する直前、追っていた不審者《ふしんしゃ》がいまして。そいつは銃《じゅう》型のＡＷＲを使っていたのですが、もしやあなた方を襲撃した犯人の一人では？」

鋭い視線とともに投げかけた問いを、エクセレスは冷静に受け止めた。

「……どうでしょうか。人相や背格好など特徴《とくちょう》に関する情報は、何かございますか？」

「良く見えませんでしたね。何せ、かなり離《はな》れていたもので」

エクセレスはアルスのそんな返事を受け「なるほど。それだと、一概《いちがい》に同一人物だと断定することは……」とあくまで言葉を濁《にご》して答える。至極《しごく》真っ当な返答だ。

しかし、アルスとしてはここで追及をやめる気はない。あえて小さく微笑む、などといった人並みの小技を挟みつつ。

「そうそう……ところで、クレビディートでは近年、軍装に銃砲《じゅうほう》型のモチーフを復興させることに力を入れておられるようですね。何か面白い銃型の玩具《おもちゃ》も作られたとか……魔包《まほう》銃でしたっけ？」

「お詳《くわ》しいのですね。アルス様は」

エクセレスの表情が、ほんの僅かだけ硬くなる。

学園祭の折、アルス達のクラスでは射的を行ったわけだが、そこで使われたのがクレビディート由来の魔力《まりょく》を用いた銃型玩具であった。

「機械弄《いじ》りは好きなもんで。あの玩具は、本来はＡＷＲを想定していた設計物の民間転用の結果だったり……はしませんよね？」

「ハ、ハハッ……」

乾いた愛想《あいそ》笑《わら》いを浮かべるエクセレスを見て、アルスは己《おのれ》の指摘《してき》が的を射たことを確信する。

同時に、ファノンの表情はみるみる不機嫌になっていった。国家の大事に深く関わることもある上位魔法師にとって、ポーカーフェイスは必須《ひっす》のたしなみのはずだが、目の前で目まぐるしく変わるファノンの表情を見る限り、彼女はその例外であるようだ。

結果的に、フェリネラの渋《しぶ》い顔を見てアルスが放った援護《えんご》射撃《しゃげき》は、無事クレビディート側の痛いところに届いたようである。

銃型のAWRなんてアルスの知る限り、クレビディート絡《がら》みとしか思い至らない。脱獄《だつごく》囚《しゅう》がその銃型AWRを使用したとなれば、時期的に見ても新型——軍事機密に当たる。（それでシングル魔法師が派遣《はけん》されたと考えれば合点がいく。ならもう一人も当然何かしらの軍事物資を持ち出した、またそれに類する何かを強奪《ごうだつ》したか）

アルスの遠回しな追及には何かと癪な言動が目立つファノンへの意趣《いしゅ》返しという意味もあったが、やはりクレビディートから派遣された彼女らの部隊には、裏の目的があったわけだ。

だいたい7カ国中探しても、銃をAWRにするなどという発想は、現代ではほぼ見られない。銃身《じゅうしん》ならともかく、発射されるのが弾丸《だんがん》ならば刻める魔法式の幅《はば》も自《おの》ずと狭《せば》まり、接近戦も考慮《こうりょ》するなら、銃の形状自体が白兵戦闘に適しているとは言い難《がた》いからだ。

それでも物好きはどこにでもおり、加えて魔法工業技術の発展もあって、素材さえどうにかなれば、それがフライパンであろうとAWRにはできる、という一面もあるにはある。そう、素材面さえクリアできれば、の話だが……。

とにかくアルスは、ここにきて我《わ》が意を得たりとばかりに語気を強める。

「そっちの任務に文句をつけるつもりはないし、互いにやるべきことをやれば丸く収まる。

だが？」
ただ、そこが共有されていない現状では、余計なトラブルばかりが増えることになりそう

ヴィザイストも最悪のケースを想定していたはずで、先にフェリネラが「非公式に」とわざわざ発したことでも、それはうかがい知れる。万一にも国家間の問題に発展した場合、アルファには「知らぬ存ぜぬ」で通すという逃げ道が用意されているのだ。ただその場合、結局秘密裡《ひみつり》にアルスが面倒《めんどう》事を引き受けざるを得ない可能性は高いが。

そのことを考えると、ここで互いの目標・目的を詰《つ》めておいても罰は当たらないだろうと、アルスはあえてはっきりと、その言葉を口にした。

「上には話が通ってるようだが、そちらの腹に一物《いちもつ》あるようじゃ、ちょっとな。そんな状況で現場をウロウロされては、こっちの仕事の邪魔《じゃま》になる」

とはいえ、ヴィザイスト卿が一応彼女らの要請《ようせい》を受け入れたというのは、状況を分析する上で重要なことだ。アルスが遭遇した銃使いの戦闘能力は、恐らくこれまでアルスが渡《わた》り合ってきた魔法犯罪者とは一線を画するものだ。元看守だか何だか知らないが、あの力の持ち主が脱獄囚側に与《くみ》しているとすれば、それなりの脅威《きょうい》にはなる。

ヴィザイストとしては、国内に持ち上がった厄介《やっかい》事に迅速《じんそく》に対処するために、彼女達の協力は不可欠との「現場判断」を下したのではないか。だとすれば、ファノンの鼻を軽く

明かしたところで、そろそろ先の一件については手打ちにし、不本意ながら歩み寄る必要があるだろう。

(そうは言っても、こいつは話し合いが通じるタイプなのか?)

アルスは対面に座《すわ》る、堅牢の国のシングル魔法師をそっと見つめる。腕組《うでぐ》みのついでに左右で結《ゆ》わえた藤色《ふじいろ》の髪《かみ》を揺《ゆ》らしつつ、不機嫌さを隠そうともしないファノン。彼女の態度からは、およそ協力的とか理性的などという雰囲気が微塵《みじん》も感じられない。

もはや隠そうともしない放出されっぱなしの魔力が伝えてくるのは、そのまま好戦的であり挑発的なスタンス。瞳《ひとみ》の奥《おく》に灯《とも》る剣呑《けんのん》な光は、負けん気というにはあまりにも強い、闘争心《とうそうしん》の疼《うず》きそのものであるかのようだった。

(いや、ただの戦闘狂《せんとうきょう》というのとは少し違うか。まるでシングル同士、改めて格付けを望んでいるようだな)

アルスはちらりと、ファノンとエクセレスの間に隠れるように置かれた、奇妙な筒型《つつがた》の物体に目をやった。それは先の戦闘中、彼女がまるで切り札の如く換装《かんそう》していたAWRの一部。

シングル魔法師が所持する専用AWRは、どれもこれも一癖《ひとくせ》あるものばかりだ。いずれも国の威信《いしん》を担《にな》う最高戦力だからこそその装備ともいえる。

アルスとしても当然その性能に興味がある上、シングルとしての実力を自負する者の例に漏れず、彼女と力を競《きそ》ってみたいという欲求がないわけではない。

いや、寧ろ先程の手合わせの後では、自分が何処《どこ》まで全力を出せる相手か、遠慮《えんりょ》なく、容赦《ようしゃ》なく、憂《うれ》いなく持てる力を全て解放して対峙してみたい、という強い誘惑《ゆうわく》に駆《か》られてさえいるのだから。

「ふぅ、まあいいか。とにかく、そっちにも事情があるということだな？　そちらが協力するというなら、それでも構わない」

アルスは肩《かた》を竦《すく》めつつ、そう言った。フェリネラの補足によれば、ファノン隊はゴードンらを追っていたが、【格子の断絶《ミリモア・マゼイン》】による妨害《ぼうがい》を受けたとのこと。となると先の戦闘は結局、間抜《まぬ》けが二組、賊《ぞく》に誘い込まれただけの話だ。

「ま、俺《われ》は俺で無理せずやる。そっちはチャンスがあったらゴードンとスザールを狩《か》ればいい。今度は、見失わないといいな」

皮肉げな物言いではあったが、ファノンは反発する様子も見せずぴしゃりと断言する。

「それで問題ない。〝1位〟なら、こっちにもいるんだから」

ファノンが幼稚《ようち》な対抗心《たいこうしん》を燃やし、それとなく背後のエクセレスへ自慢《じまん》げに視線をやると、彼女は少し困ったような表情を浮かべた。

「ああ、確かに。エクセレスさんは探位1位ということでしたね。だとすると、アルファのリンネ・キンメルを凌ぐ探知能力の持ち主だということになりますが」

今更《いまさら》の感もある台詞だが、アルスも直《じか》にリンネの能力を見ているだけに、その彼女を超《こ》える探知魔法師となると、多少——いやかなり興味が湧《わ》くところだ。魔眼を超える能力が、ただの探知魔法なわけがない。

「はい、確かに彼女とは面識もあります。ただ、探知は直接戦闘に関わる能力ではありませんから。探位ランキングなど、所詮《しょせん》国の威信絡《いしんがら》み、政治上のお遊び程度のものですよ」

エクセレスの冷静な返答は、どうやらただの謙遜《けんそん》とも異なる様子だ。順位を付けることにあまり意味はない、というのはリンネの力を正しく評価しているからこそだろう。同時に探知魔法師としての誇《ほこ》りを無駄《むだ》にアピールするでもないその態度は、彼女が魔法師と探知魔法師、両方の戦力的価値を公平かつ客観的に捉えていることの証しでもある。

「確かに、国の威信とやらには毎度煩《わずら》わされる」

「…………」

そんな国家に対し不謹慎《ふきんしん》とも取れるアルスのぼやきに、エクセレスはただ無言の笑みでそつなく返してきた。

なるほど、彼女は確かに優秀《ゆうしゅう》な人材であるようだ。この部隊のお目付け役として、ほぼ完璧に機能しているらしい。見るからに勝ち気なファノンを御《ぎょ》するため、常にしっかりとその手綱《たづな》を握《にぎ》っているのだろう。

ときには上層部からの命令を彼女が上手く仲介《ちゅうかい》して伝え、ファノンを操縦したり、その気ままさを諫《いさ》めたりしているのだろうか。そう考えると、やはりこの美女は、何かと苦労が多そうに思えてくるが……。探知魔法師にはもしかすると探知以外の職能が求められるのかもしれない。そう考えた時、ふと自分に当てはまりそうなことに気づき、背後の優秀なパートナーに意識を向けて背筋を伸《の》ばす。

思考が横道に逸れたと気付いたアルスは、そこで一旦話題を戻《もど》し、本題を突《つ》いてみることにした。

「それはそうと、そちらは賊を見失った要因であるジャミング。俺の見立てでは、【格子の断絶《ミリモア・マゼイン》】と目される魔法に、何か対抗策《たいこうさく》を見いだせたのですか？」

銃型AWRの使用者が、高度な魔《ま》法阻《ほうそ》害《がい》を行った人物であることは、既《すで》にアルスの中で確定していた。

アルスが真面目な顔でそう尋《たず》ねた途《と》端《たん》、ファノンが急に鼻高々ともいえる表情になり、まさに絵に描いたようなドヤ顔で、エクセレスへと目配せしながら指をクイッと曲げる。

隊長から情報開示のお許しが出ると、深い溜《た》め息《いき》が聞こえ、

「はい、大丈夫《だいじょうぶ》です。こちらもそうではないか、と思っておりましたので。実のところ二度ほど探知の網《あみ》を潜《くぐ》り抜けられているのですが、すでに魔法構造を把握できていますから。それでもあの魔法が確かに【格子の断絶《ミリモア・マゼイン》】であるのならば、より確かなものになるかと」

「それは保証します。【格子の断絶《ミリモア・マゼイン》】の外殻《がいかく》構成を変えてありますが、根幹部分では同一の魔法ですよ。しかし、あれを攻略《こうりゃく》できたというのなら、敬意も払《はら》いたくなりますね」

「ありがとうございます。アルス様にそう断言いただけて、憂いがなくなりましたわ」

エクセレスはあくまで殊勝《しゅしょう》に、そう礼を述べた。

そもそもアルスが【格子の断絶《ミリモア・マゼイン》】の構成を知っているということは、そのまま彼が禁忌《きんき》指定魔法を知っているということになる。本来なら、禁忌魔法《まほう》にはシングル魔法師さえ触れることができないというのが国際社会での暗黙《あんもく》のルールである。無論、国家の意志がそんな取り決めより優先されるケースもあるにはあるが、そのことが外交の場で明るみに出れば、国家間に無駄な緊張《きんちょう》を生じさせてしまう可能性が少なからず生まれる。だが、これはあくまでも表向きの話。平和な世の理想像に過ぎない。

アルスがわざわざリスクを口に出してまで情報を伝えたことは、エクセレスらにとって隠すべき裏の任務を把握していることを示すものでもあった。

ちなみに魔法に関して言えば、エクセレスもちょっとした知識を持っている。ひけらかすほどではないが、過去の禁忌指定魔法の一覧などは、万が一に備えて全て頭に叩《たた》き込んでいるくらいだ。

自身の特性上、より効率的に状況を分析するためにも、彼女は常にそういったイレギュラーな事態に備えているのである。だが、魔法の構成要件を認識《にんしき》できたところでそれを他者と共有できるほどの知識まではない。

だからこそエクセレスは、アルスに礼を言ってから閉じかけた口を再度開いた。

「それはそうと……アルス様は、何故あれが【格子の断絶《ミリモア・マゼイン》】だと？」

やや突っ込んだ質問になるが、結局はファノンと同様、自らも興味があったのだ――7カ国全ての魔法師の頂点に立つ存在が、どんな人物なのか。

一部の例外こそあれ、順位以外のシングル魔法師に関する詳細《しょうさい》情報は、基本的に各国ともにブラックボックスの中にある状態だ。魔法特性はもちろん、得意魔法などの開示は必要最小限に留《とど》められている。その中でもアルファの1位たるアルスに関しては、まだ少年ということでアルファ側が完全秘匿《ひとく》していたこともあり、クレビディートにとっては、長らくほぼ正体不明の状態だったのだ。

しかし、そんなエクセレスの問いに、アルスはにべもなく。

「見れば大体分かります。魔力結合の阻害《そがい》、ランダム生成から生じる魔力光は非常に特徴《とくちょう》的《てき》ですから。しかし、あれは魔法特性というよりもＡＷＲの性能に依存《いそん》するんじゃないか、と思いますがね」

貴重な情報を開示していることになるが、まるで惜《お》しげもなく、アルスは語った。

「アルス様、それ以上は」とロキの遠回しな諫言《かんげん》が入ったが、アルスはさして気にする様子もなく、

「これくらい、この厄介な事件においては大した問題じゃない。国の情報的優位も大事かもしれんが、そんな体裁《ていさい》にかまっていちゃ、解決が遅《おそ》くなるばかりだ」

そう言いながらエクセレスへと目を向けると、彼女は軽く目を伏《ふ》せた。

やはり後ろ暗い部分があるのだろう、と改めて察するが、問題はゴードンとスザールを含む、脱獄囚達《だつごくしゅうたち》をいち早く始末すること。それが達成されない限り、アルスに休息の時がやってこないのはもはや明白だ。

それに、ファノンの実力の一端を垣間見《かいまみ》れただけでも、先ほどの一戦は悪いものではなかった。個人的には面白いものを見れて得をした、という感想まで持っているくらいだ。

別に意識して恩を着せたわけではないが、そんなアルスの超然《ちょうぜん》とした態度が、ファノン

らにはどう映ったのか。

しばし部屋に沈黙《ちんもく》が満ちる中、暖炉から、一際《ひときわ》大きな薪の爆ぜる音が響《ひび》く。

途端、ファノンは小さく眉を寄せたかと思うと、何かを諦《あきら》めたように一息ついて。

「……人機一体型ＡＷＲ【バルバロス】と銃型ＡＷＲ【カリギュラ】よ。あなたにはもう関係ないでしょうし、この程度で釣り合うとは思わないけど」

その言葉に、フェリネラは思わず息を呑《の》んだ。小出しにされてきた情報全てが、この時に繋《つな》がったのだ。父が何故自分にファノンらの監視役《かんしやく》を任せたのか、不可解だったその考え。結果的にアルスの影響力《えいきょうりょく》とでもいうべきものが、期せずして謎《なぞ》の核心《かくしん》を衝《つ》いた形だ。

その二つのＡＷＲは、恐らくクレビディートから強奪されたか持ち出されたもの。ファノン達はつまり、ゴードンとスザール両名の捕縛だけでなく、そのＡＷＲに関する奪還《だっかん》指令を受けていた。だからこそ賊を追って、アルファ国内へと半ば強行的に侵入《しんにゅう》してくる必要があったのだろう。

ごく端的なファノンの言葉の意味を瞬時《しゅんじ》に理解したアルス、フェリネラ以上に、エクセレスや隊員らの方がはっとした表情になり……明らかな動揺《どうよう》を見せる。

「ファノン様ッ！」

咎《とが》めるようなエクセレスの言葉を無視して、ファノンはアルスだけに目を向けた。

「興味があるなら、私が知ってる範囲《はんい》でそれらの機構と刻まれた魔術式《まじゅつ》の主な働きを教えてもいいわ。その代わり……」

しかしここで、アルスは手を突き出して、彼女《かのじょ》を制止する。

「いいや、いい。どうせ国家機密レベルの話なんだろ？　それを俺に聞かせてどうするつもりだ」

「あら？　合理的でありつつも、自分の関心事には貪欲《どんよく》そうに見えたんだけど、まあいいわ。こうやってシングル魔法《まほう》師同士が顔を突き合わせるなんて、滅多《めった》にないことだし。さて、この先はお互い不干渉《かんしょう》といきましょう」

人を食ったような笑《え》みがファノンの口元を彩《いろど》った。

（ちっ、あくまで一方的に『借りは返した、これ以上踏み込むな』か。言ったもん勝ちが通ると思ってるのか、こいつ。まあ、深入りするなと言われずとも、そのつもりだったし、寧ろ厄介事を一部でも引き受けてくれるなら好都合だ）

厚意には厚意を。そんなルールを主張する会話の流れが嫌《きら》いだ。譲《ゆず》り合いや駆け引きもときに有用なのだろうが、だからこそアルスは、何層にも空気の読み合いが重なるこの手の「政治的空中戦」が苦手なのだ。

しかし目の前の小柄《こがら》な女は、予想以上に食えない相手のようだ。いかにも好戦的な雰囲気を醸《かも》し出しておきながら、隙あらばこんな取引までも持ちかけてくるのだから。

元首やお偉方《えらがた》を言いくるめることにでも慣れているのか、いやにこなれたやり口でもあり、頭の回る小型肉食獣《にくしょくじゅう》じみた印象がある。

そんなアルスの内心を他所《よそ》に、どこかあどけなさを感じる笑顔《えがお》を真っすぐに向けてくるファノン。

この場にいる人物で、アルファの軍所属の人間と言えるのは、実はアルスだけだ。いわば「学生もどき」ではあっても、フェリネラはまだ軍人ではない。そうなると、一種の責任と権限を有する地位であるが故に、アルスにとっては『シングル魔法師同士』という言葉がどうにも重い。

（どうせなら、あっちの筒型ＡＷＲの方が興味あるんだがな。ま、これ以上情報を聞き出すと、かえって枷《かせ》になりそうか）

一瞬《いっしゅん》だけアルスがそちらに注意を向けたのに気づいたのか、ファノンは「それはダメぇ」と甘《あま》えたようなノリで言い、その視線をさっと手で遮《さえぎ》ってしまった。

「だろうな。はぁ……ま、事故とはいえそっちに負傷者も出したからな。了解《りょうかい》だ、それじゃお互《たが》いに不干渉ということで」

「そうそう、あなた、わりと話が通じるじゃない」

歯を見せ、にっこり破顔してみせるファノン。こうなると、どこか愛嬌《あいきょう》すら感じられるのだから不思議だ。呆《あき》れたように肩を竦めたアルスだが、いったんこの場は、アルスがファノンに譲って落ち着いたという形になるだろうか。

硬軟《こうなん》取り混ぜたその交渉術《こうしょうじゅつ》は、アルスが想像した通り、ファノンがこれまで幾度となく軍の上層部を捩《ね》じ伏せてきた切り札である。ヴィザイスト相手では決して通用しなかったであろう手段なのも事実なのだが……。

傍らでエクセレスは、ファノンの手練手管《てれんてくだ》に感心するとともに、隊長の頼《たよ》りになる一面を久しぶりに見た気分だった。

「フェリ、そういうわけだ」

「分かりました。もっとも私はただの学生ですからね。当面は、問題の二つのＡＷＲのことやアルス様の判断は他言しません」

「すまない」

「いいえ、必要とあらば、体面より実利を取ることは当然ですので」

フェリネラはそう言って微笑《びしょう》し、アルスの選択《せんたく》を尊重する態度を見せた。それに、ファノンらの真の目的をすぐに父へ伝えることはしないまでも、情報面での収穫《しゅうかく》自体は、確実にあったのだから。

「ですが、クレビディートの方々は決して忘れないでください。次にまた、私を撒くような行動を取れば、そちらがこの約束を一方的に反故《ほご》にしたと判断します」

もちろんここはアルスに倣《なら》ってファノンらに譲るが、万が一の場合は、父に連絡《れんらく》を入れることをためらうつもりはない。そうすればヴィザイストは別働隊を総動員し、即座《そくざ》に国内の脅威を排除《はいじょ》するため、ゴードン、スザール両名のＡＷＲ奪取《だっしゅ》に動くだろう。アルファの国益を重視するなら、それもまた正解の一つだ。

厳しい口調で釘《くぎ》を刺《さ》すフェリネラの言葉を、今度はファノンが肩を竦め、承諾《しょうだく》する番だった。そもそも両ＡＷＲが無事クレビディート側に回収された後ならば、この際その名前や機能などが多少アルファ側に知られようとも、たいして差し支《つか》えはないのだから。

話が纏まったところで、アルスはふと思い出したようにフェリネラに訊《き》いた。

「そういえばフェリ、ヴィザイスト卿からの連絡がまだ来ないんだが」

それを聞いた彼女は少し目を見開いて、そっと艶《つや》やかな唇をアルスの耳に近づける。

「すると、こんなところまでお出でになられたのは、父の指示ではなかったのですか⁉」

「あぁ、そちらは総督《そうとく》ラインからの要請でな。しかし、どうしたんだろうな。俺の任務中にこんなことは今までになかったが」

アルスも小声でそう返事を返す。ふと神妙《しんみょう》な面持《おもも》ちになったフェリネラは、眉根《まゆね》を寄せて首を横に振る。

「分かりません、父に限って……。ただ今回の件は全体に、何かと情報入手に苦戦しているようです。私からも連絡を取ってみますが、後で直接お会いになった方が良いかもしれませんね」

「分かった」

と返事をしたところで、アルスはもういいだろうと、小声で話すのを止《や》めた。

「だが、銃使いに俺とロキが誘《さそ》い込《こ》まれたことが引っかかる。クレビディート側との同士討《う》ちを誘うためだとしても、やり方が雑過ぎる気がするが」

コクリと頷き返しつつ、フェリネラが答える。

「やはり、未《いま》だ脱獄囚側の狙いが不明である点……それが一番の問題かもしれませんね」

そんなやりとりに、ファノンが口を挟《はさ》んできて。

「いいわ。こっちで余裕《よゆう》があれば拷問《ごうもん》でもして、吐《は》かせてみるわよ。ちょっと学生さんには、刺激《しげき》が強いかもしれないけど」

トロイア監獄に収容されている囚人《しゅうじん》は、実質的に国籍《こくせき》は勿論《もちろん》、人権すら有しない。何をしようとも法に触れないのだ。

しかし、そんな脅《おど》し文句《もんく》を聞いてもフェリネラの顔色は変わらなかった。

「へぇ～、あなた、意外に荒事《あらごと》慣れしてる？」

不敵な笑みを向けるファノンに、フェリネラは恐縮《きょうしゅく》とばかりに目を伏せた。

「いいえ、それが本当に必要ならば、手段を選ばないというスタンスも考慮されるべきですから」

「なるほどね。やっぱりただの学生にしておくには惜しいわね、あなた」

現実的な考えを示したフェリネラに、ファノンは感心したように小さく笑ってみせた。

「んじゃ、これで俺らは帰らせてもらう。そもそも俺らが追っていた銃使いは、当面はそっちの獲物《えもの》だしな」

カタリと椅子《いす》を鳴らして立ち上がると、アルスはファノンらに背を向けた。

結局、この会談めいた話し合いの間にも、ヴィザイストからの連絡はなかった。

そのため、未だ今回の任務でアルスに任せられる標的については不明のままだが、彼《かれ》の出足がこうも鈍《にぶ》いのは珍しい。

すでに始末した脱獄囚もいるが、それはアルス襲撃に動いていた四人だけで、彼らの目的はおろかアルスに関する情報の出元についてすら分かっていない。

汚れ仕事の時は素性《すじょう》を隠すのが常で、裏世界におおっぴらに顔を売っているアルスでもないので、大方今回の脱獄囚達に、独自のネットワークでもあるのだろう。

歩き出そうとした拍子《ひょうし》、後ろで待機していたロキと目が合う。彼女はまだ何か言いたげだったが、その内容は分からない。どうやら少なくとも、アルスに対しての不満などではないようだが。

そんなところにフェリネラが切り出す。

「アルスさん、言いそびれたのですが、今日中に一度学院へ戻ろうかと考えているのです……」

その視線を、アルスは黙《だま》って受け止めた。敬称《けいしょう》も「さん」に変わっているが、どうやらフェリネラは、そうすることでファノン達《たち》から一瞬でも目を離してしまうことに不安があるらしい。もちろん、先程《さきほど》の会話の手前もあるのだろう。

「大丈夫だ。そっちは戻ったら、フィアとアリスにもそれとなく伝えておいてくれ。この状況下《じょうきょうか》でまだ待ちぼうけをくらってるんだから、全てが収束するのはだいぶ先になりそうだ。ヘタすると数日は帰れそうにないからな」

そもそもさっきフェリネラが釘を刺したばかりでもあるし、ファノン隊にとって、アルファの1位たるアルスがこの場にいる、という重みはちゃんと効いている。そうでなければ、ファノンがAWRの情報をチラリとでも持ち出して取引してくることはなかっただろう。実質的に隊の手綱を握っていそうなエクセレスの神妙な態度からしても、フェリネラが常時監視《かんし》せずとも問題ないはずだ。

当のエクセレスはといえば、ごく柔和《にゅうわ》な表情——厄介な交渉事が一段落した安堵《あんど》感《かん》から
だろう——を浮《う》かべたたまま、アルスとフェリネラに歩み寄ると。

「ご安心下さい、アルス様、フェリネラさん。話が纏《まと》まったところで、私達も本国に一度連絡《れんらく》し態勢を整えることにいたしますので。本格的に動き出すのは、明日以降になるはずです」

「だそうだ」

「分かりました。エクセレス様、お気遣《きづか》いありがとうございます」

会釈《えしゃく》した拍子、フェリネラの美しい黒髪《くろかみ》が肩から流れ落ちる。

それを眺《なが》めつつ、エクセレスは半ば同情めいた苦笑《くしょう》とともに、ずば抜けた才媛ゆえに、かえって苦労が絶えないであろうこの女子学生を労《ねぎら》った。

「フェリネラさんも、いろいろと大変ですね。あなたのお立場も理解しているつもりです。こうなってはある意味、私達はもう一蓮托生《いちれんたくしょう》ですから」

そう言いつつ、エクセレスはチラリとファノンを見やる。まさに「お互い苦労しますね」とでも言いたげな様子だ。フェリネラは、意味深な微笑でそれに応じる。

「んじゃ、今度こそ……」

アルスが古家の煤《すす》けたドアを開けようとしたところで、またもその背中に鋭《するど》い声が飛んできた。

「ちょっと待ちなさいよ！　そんなに急ぐこともないでしょ」

「まだ、何か用でも？」

アルスが呆れて振《ふ》り返ると、藤色の髪をさっと揺らし、ファノンが勢いよく立ち上がるところだった。

「こうしてシングル魔法師同士が会う機会なんてめったにないんだから、もう少し世間話に付き合ってもらうわよ。そうね、外でいいわ。ま、たかが数分くらいあなたの動きが遅《おく》れたって、国は滅《ほろ》びないわよ」

「滅びなくても、誰《だれ》かが死ぬかもな」

「それは残念。一人でも多くを救いたいって？　激務のヒーローなの？」

「……程々《ほどほど》にはな」

「意外にもワーカホリック⁉」

皮肉げに満足そうな表情を浮かべ、ファノンはそのまま、アルスが離《はな》したドアノブを握って回し、表へ出るように先導する。

視線できっちりエクセレス以下の部下達に待機を命じている辺り、どうも純粋《じゅんすい》な興味からくるお誘いのようだ。

盛大《せいだい》な溜め息を吐き出すと、アルスも視線でロキに待機を命じる。すんなりと頷《うなず》き返してきたロキだったが、その後アルスがドアを出る拍子に振り返ると、ロキがすっと先の「衝突《しょうとつ》」で対峙《たいじ》した女性隊員へと、歩み寄っていくのが見える。

（なんだ、さっきの意味深な顔は、そういうことか）

小兵《こひょう》と侮《あなど》られ先に手を出されたための反撃《はんげき》であったのだが、互いに歩み寄りを見せたことで、ロキも蟠《わだかま》りを解消すべく歩み寄った。いずれにせよ、ロキの心残りの解消を願いながら、アルスは口端をそっと持ち上げた。


外に出てみると、周囲はすっかり闇《やみ》の世界へと変貌《へんぼう》していた。この時期、内地の日照時間は外界に合わせて短く、まさに瞬《まばた》きの間に、昼夜が切り替《か》わってしまったように感じられる。誰も夜になる瞬間《しゅんかん》を目撃《もくげき》できないのかもしれない。

静かな夜の帳《とばり》の中、ファノンと二人でも、特に緊張することはなかった。警戒心《けいかいしん》も湧いてこない。寧《むし》ろ、こうして余人を交えず他のシングル魔法師と会話する機会など、本当に貴重だとすら思える。

思えばアルスにとって、自国ではレティ、他国ではルサールカのジャン・ルンブルズくらいしか、知己《ちき》といえるシングル魔法師はいない。そもそも他人と関わりたいという欲求自体がごく希薄《きはく》なので、寂《さび》しく思うことなどない。

季節的にも少し寒いが、魔力でそれを緩和《かんわ》することはしなかった。

古家を出て、辛《かろ》うじて室内から漏《も》れた灯《あか》りが届く範囲まで歩くと、ふとファノンは足を止めた。

「あなたの魔法、かなり構成を弄ってるでしょ」

フレンドリーとまではいかないが、会談の前に浮かべていた敵意は、すっかり影《かげ》を潜《ひそ》めてしまったようだ。

元首会談の時もそうだったが、シングル魔法師同士の関係性には、そもそも順位というしがらみが付き物だ。背負う国家の事情や実力の格差を否《いや》が応《おう》でも意識させられるため、誰もが胸襟《きょうきん》を開いて話せる仲になれるわけではない。もっともアルスとジャンに限っては、お互い所属国家が異なるとはいえ、二人の間でそれを気にしたことはない。互いに1位が2位になろうが、3位になろうが相手は何も思わないだろう、という目に見えない信頼《しんらい》関係のようなものがある。しかし、この藤色の髪の女魔法師は、果たしてどうか。

「その質問の答えは、高くつくぞ。お前が障壁魔法《しょうへきまほう》をいかにアレンジして使っているか、その情報を秘匿したいのと同じ意味でな」

防御《ぼうぎょ》に徹《てっ》した戦術だけでなく、それを攻性に転用できるファノンの実力は、アルスから見ても常識外だ。彼としては、その真髄《しんずい》を明かすといった相応の見返りを求めたくもなる。

「随分《ずいぶん》お高くとまってるじゃない。アルス・レーギン。ま、確かにあなたの秘《ひ》めてるものは、他国のどの魔法師とも格が違《ちが》うわね。国家戦力として当然の情報隠蔽《いんぺい》だけに留まらないレベルよね、たぶん。エクセレスも気付いてる、うちの副官はそういった領域のことには精通してるもの。澄《す》ましたその顔の奥の奥、そこに何を隠してるのかが気になるわ」

昨今、【暴食なる捕食者《グラ・イーター》】は総督の言いつけを守って使用していないアルスだが、そもそもアルスが扱《あつか》う魔法はもれなく無系統の恩恵《おんけい》を受けている。だからこそ規格外であり、消費魔力量に見合わない効果を現実に顕現《けんげん》させられるのだ。

従来の系統に収まりきらないという意味で、無系統にどこか似た障壁魔法を専門に扱うファノンだからこそ、微《かす》かな違和感《いわかん》を察知できたのかもしれない。少なくとも相手がジャンなら、そこには気づけなかっただろう。

ただ、ファノンの物言いは決してアルスを問い詰めるものではない。おそらく純粋に、先の戦闘《せんとう》で得た直感を確かめたい、というだけに思えた。

「…………」

沈黙するアルスの横で、彼女は質問の答えを待たずに、持ってきた傘《かさ》を杖《つえ》代わりに地に立て、そっと体重を預けた。

「臭《くさ》くないのよね、あなた。本当ならあんな密室じゃ男と会話するのもゴメンこうむりたいところなんだけど。汗《あせ》とか、かかないの？」

「あの程度じゃ、汗が出るほどの運動にもならん」

「へ～、あれだけの魔法を撃《う》ち合う直前まで行ったのに？　まっ、さすがは1位ってところか。私がここまで関心を持つのは珍《めずら》しいわよ？　エクセレス以外にはなかったって言っていいくらい」

ファノンはそう言いながら、アルスの全身を隅々《すみずみ》まで舐《な》め回すように視線を這《は》わせる。

「服装もシンプルだし、俗《ぞく》っぽさもない……ふむふむ」

勝手に納得《なっとく》しながら、独りぶつぶつ言っているファノン。いくらシングル魔法師とはいえ、そんな彼女に付き合わされていることに、次第《しだい》に時間の無駄だと感じ始めたアルスは。

「特にないなら、もういいだろ」

「そうね、悪くないわ。それは良いとして、私にそんな口が利《き》けるんだから、さすがはシングルよね、年下なのにね」

そんなファノンは先ほどから、ずっと微笑を浮かべたままだった。

「だいたいその年齢《ねんれい》で1位だなんて、誰だって疑惑《ぎわく》の目を向けて当然……でも、確かにシングル魔法師と呼ぶに相応《ふさわ》しい力を持ってるみたいね」

「おい！」

「まさに、選ばれた人間、この世界で祝福を受けた人間」

ピクッとアルスの眉根が反応する。

「祝福だと、忌《い》み嫌われたの間違《まちが》いだろ」

「良いわ、その歪《ゆが》んだ捉《とら》え方《かた》。で、人間に疎《うと》まれるのだから、滑稽《こっけい》よね」

皮肉な笑みを見せるファノンは、アルスの周りをゆっくりと歩き出す。

「アルス、話に聞いてた通り、国と軍に忠誠を誓《ちか》ったわけでも、愛国心に魂《たましい》を売ったわけでもない。でも、こうして任務には手を貸してる。……そう、チグハグな小鳥」

「愛国心なんぞ、犬も食わない。お前も、従順とは言い難《がた》いだろ」

ファノンは答えず、黙ってアルスの背中側に回ると、爪先立《つまさきだ》ちになって背を伸ばす。それから鼻をアルスの肩に近づけると、クンクンと動かし、匂《にお》いを嗅《か》ぐ。

「私は好き勝手させてもらってるからいいの。それに飽《あ》きるまでは、自由だから」

「本当の世界も知らずに、幻想《げんそう》の小部屋の中でか？　檻《おり》の中でさえずっても、不味《まず》い餌《えさ》しか出てこないぞ。当面、腹は満たされるだろうがな」

「自分だけは真実を知ってる、とでも言いたげな口ぶりじゃない。ガキね」

ファノンの声色《こわいろ》が急に変わった。実年齢《じつねんれい》相応というべきか、ここでだけは年長者めいた妙《みょう》な重みを伴《ともな》って、夜闇《よやみ》の中に響く。

「夢物語じゃないさ。自由が欲しけりゃ7カ国の中で自国から一番離《はな》れた場所にでも、さっさと亡命すればいい。適当に顔を変えて、変装すればいい。髪を切って教会にでも入って、一生魔力《まりょく》を押《お》し留めていれば、誰も見つけられない」

もちろん、実際はそんな単純な問題ではない。それに、そんな暮らしはまるで犯罪者の逃亡《とうぼう》生活だと、アルスも承知の上だ。

しいて言うなら、くだらない質問にくだらない答えを用意してやっただけのこと。

結局のところシングルという化け物を収容できるのは、やはり7カ国という巨大な檻の中でしかないのだ。

「フッ」

唐突《とうとつ》に耳元で吹《ふ》き出された息が、アルスの髪を掠《かす》めた。ファノンは距離《きょり》を取って後ずさると、冗談《じょうだん》なのか本気なのか判然としない口調で答えた。

「なら、ダメね。髪を切るなんて、我慢《がまん》できそうにないから」

こちらの反応を窺《うかが》うような、どこか媚《こ》びを含《ふく》んだ笑みに、アルスは冷《さ》めた目で応える。

「余計な時間を取らせたわね。いい土産話《みやげばなし》ができたわ」

「そうか、ならヘマはするなよ。そっちの標的がなんであれ、ここで始末をつけておかないと後々面倒になりそうだ」

最悪のケースに伴ういくつかの懸念事項《けねんじこう》を思うと、アルスの口調は自然と少し硬《かた》いものになっていた。

「お隣《となり》の国同士、遅かれ早《はや》かれお尻《しり》に火がつくものね。でも持ち場は持ち場、自分の領分については、こっちもきっちり始末する。そっちも後で、愚痴《ぐち》と泣き言のオンパレードにならないようにね。それじゃね、アルス・レーギン。当分は、会うこともないと思うけれど。あっ、最後に一つ……私達、あのまま戦い続けてたら、もっと面白《おもしろ》いものが見れたと思うわよ」

「自前のＡＷＲか」

それには答えず、妙に心に残りそうな熱を宿した視線だけを投げかけた頃《ころ》には、ファノンはすでに古家へと引き返していた。

結局、彼女は何が言いたかったのか……本当に、雑談程度で終わってしまった気がする。ただの時間の浪費《ろうひ》か、多少は有益なコミュニケーションだったのか。この数分の会話は、果たしてどちらだったのだろうか。

ただこの機会を得たことで、ファノンの印象が、アルスが以前に感じていたものとはだいぶ変わってきたことは確かだ。

外見的には同年代にも見えていたファノンだが、やはり中身までそうではない。シングルの座に至るまでの間に潜《くぐ》り抜《ぬ》けてきた死線とそれがもたらす経験は、やはり必然的に相応の重圧《オーラ》を、その身に纏わせるのだろう。

先ほどの激突《げきとつ》と戦闘のことを思い出す。クレビディートのシングル四位、ファノン・トルーパー。人様の国であれだけの無茶《むちゃ》をやってのけるのだから、やはりどこか頭のネジが飛んでしまっているのだろう。

どっと疲労《ひろう》感が襲《おそ》ってきたところで、古家の入り口から、今度はロキとフェリネラが並んで出てくるのが見えた。ファノンが戻ってきたことで、シングル同士の奇妙《きみょう》な夜の邂逅《かいこう》が終わったことを察したのだろう。

「それではアルスさん、父はいつもの拠点《きょてん》にいると思いますので、よろしくお伝えください」

そんなフェリネラの言葉に一つ頷き返すと、アルスはロキを伴って動き出した。

かつて幾度《いくど》となく訪ねたその場所へと行き先を定めて、不穏《ふおん》な夜を纏うアルファの地を、二つの影が疾走《しっそう》していく。

第85章「凶影来りて」

学生達にとって、これほど緊張感を肌《はだ》で味わえる瞬間はないだろうと思われるイベント。

それが定例試験の結果発表であるという事実は、非魔法師が通う一般《いっぱん》教育機関であろうと、選ばれし者が通う魔法学院であろうと変わらない。

その日は早朝から重苦しい気持ちを抱《かか》え、心なしか下を向いて登校する生徒の姿が多く見受けられる一方で、堂々と胸を張り、悠々《ゆうゆう》と構内を闊歩《かっぽ》する生徒もいたりするあたりは、実に世の皮肉を体現していると言える。まさに、勝者と敗者とがはっきりと分かれる風景である。

だが、束《つか》の間《ま》とはいえ平和な生存圏《けん》の中で暮らしていては、いつしかその差異すらも、日常のヴェールの中に覆《おお》い包まれ、ぼんやりとしていくものだ。

魔法師の雛達《ひなたち》の学《まな》び舎《や》であり、国家が大金を投じて運営するこの第2魔法学院でも、結局それは同じらしかった。

だからこそ、将来国を支える精鋭達《せいえいたち》が集うはずのこの教室で、ごく普通《ふつう》の教育機関と何ら変わらない、典型的な定期試験の結果発表後の光景が繰《く》り広《ひろ》げられていることは、別に不思議ではなかっただろう。

「言ってた通りになったわよね、これ」

「だね～。さっそく不正があった、なんて声も聞こえてきてるけど」

テスフィアとアリスは、そんな風に囁《ささや》き合うと、教室のあちこちから聞こえてくる様々な憶測《おくそく》を聞きつつ、そっと渋面《じゅうめん》を作った。

個人の意見や態度は様々だが、生徒達の多くが不平不満を唱えているようだ。

その理由の一つに、今回の試験結果が、いきなり公表されてしまったということがある。学年順位付きで結果が貼り出される通常の定期試験と異なり、今回は言ってしまえばウェイトの軽い中間考査にあたり、実技試験なども実施《じっし》されていない。だからこそ、まさか、というわけで皆《みな》が油断していたのは確かだった。だが、一部の学生達の不満顔の理由は、それだけではない。

「それにしても、アルって前は確か、目立ちたくないって言ってたんじゃないの？　それがぶっちぎりのトップだなんて、ねえ？」

小首を傾《かし》げたアリスの問いに、テスフィアも苦笑しつつ頷く。

「ヤケクソなんでしょ？　まあ、皆が信じられないのも無理ないわよね。試験で、点数取ってても出席日数不足で単位が貰えないかもしれないのだから。先生方への腹いせかもだけど、矛盾《むじゅん》してるわぁ〜。おかげで私の座学の順位が下がっちゃったし」

ちなみにテスフィアが三位で、アリスは四位なので、そこまで嘆《なげ》くほどでもないのだが。

「フィア、ちょうど三点差だね〜」

「そ、そうね……」

アリスのしたり顔から逃《のが》れるように、そっと顔を逸《そ》らすテスフィア。確かに点数的には二人の差は微々《びび》たるものだった。ちなみに二位のロキとは、三位のテスフィアですら五十点近くも差があるので、ちょっとハイレベルな「ドングリの背比《せいくら》べ」といった感じだろうか。それにしてもここまで僅差《きんさ》だと、運も実力の内といった程度の差しかないわけで。

「次こそは、フィアを抜こうかなぁ」

「何よ、そのわざと手を抜いてやった、みたいな言い方」

「アルが一番上だと、頂点は難しそうだしね。でもフィア、一つ忘れてない？」

「何がよ？」

「前回は私、実技で点があまり取れてなかったんだよねぇ。でも次の試験じゃ【天帝《てんてい》フィデス】もあるし、【光神貫撃《シリスレイト》】もあるから、ね？」

「あっ、ぐぬぬぬぬ……」

前回、アリスは実技試験において、己《おのれ》の得意魔法を他系統の初位級魔法であるアロー系で代用したせいで、散々な結果だったのだ。だが今では、彼女はアルスが作った特製AWRに加えて、あの「7カ国親善魔法大会」で使った新魔法までも擁《よう》している。

次の試験では、特に実技面において、アリスは確実に大きく点を伸《の》ばすだろう。そうなるとテスフィアとしてもうかうかしていられないどころか、ほぼ確実に抜かれてしまう結果となるはずだ。

そんな二人のやりとりを聞いていたらしく、一つ前の席に座《すわ》っていた少女が、どうにも暗い表情とともに振り返った。

「結局アルス君が本気出しただけでしょ。それに不正だなんだって騒《さわ》いでる連中も、今のうちだけだよ」

二人へとそんな物憂《ものう》げな視線を投げてきたのは、小柄で栗色《くりいろ》の髪《かみ》をした女生徒。テスフィア、アリスの共通の友人であるシエルである。

「アルス君が軍の仕事を手伝ってるのは周知の事実なわけだし、何より実力が凄《すご》いんだもん。分かってる人達は、みんな当然の結果だって、ちょっと冷めた目で見てるくらいだよ。それよりフィアもアリスも、なんだかんだで上位はちゃんとキープできてるじゃん。下には下がいるんだからさ、ほら、私なんて……」

いつもは愛くるしいその眼はどんよりと曇《くも》り、今や何か酷《ひど》い病気に罹《かか》っているかのようだった。そう、成績不振《ふしん》の悩《なや》みという学生特有の業《ごう》の深い難病である。

「珍しく元気ないわね。シエルだって、そこそこいい順位なんでしょ？　気にし過ぎよ」

「あははは……そう見える？　はぁ〜」

乾《かわ》いた笑いを発したシエルは、教壇《きょうだん》の上に映し出された仮想液晶《えきしょう》をそっと指差した。

そこにずらりと並んだ一年生の成績順位一覧は、目を凝《こ》らさなければならないほど小さい文字によって表示されている。

そんな砂粒《すなつぶ》のような文字の中から、シエルの名前を探し始める二人。成績上位なのだろうからすぐに見つかるはずと順に追っていくが……なぜか、なかなかその名を見つけることができない。ついに順位一覧の折り返し近くになって、ようやく判明したその順位はというと……。

「えっ⁉　めちゃくちゃ下がってない？」

「だねぇ、シエルにしては珍しいね。今回は、あんまり勉強できなかったの？」

半分慰《なぐさ》めるようにゆっくりと尋《たず》ねたアリスに、シエルは顔を横に振った。

二人がよく知るこの小動物的同級生は、お世辞抜きに真面目な優等生だ。きちんと努力もするし、何より知識の吸収に貪欲である。

普段《ふだん》仲が良いこともあって、テスフィアもアリスも、授業で理解できなかったところを教えてくれと頼《たの》んできた彼女に付き合ったことは何度もある。また、同時にシエルに勉強を教えることが、テスフィアとアリスにとってもとても良い復習になる。そんな風に、お互いにとって良い関係を築けていたはずなのだ。

「いや、勉強はいつも以上に頑張《がんば》ったよ。なのに点数がすっごく低かったの……」

「きっと解答の記入欄《きにゅうらん》を間違えたのね。あるわよね～、アレをやっちゃった時の焦《あせ》りようといったら」

思い出すだけでも寒気がすると言いたげに、テスフィアは小さく身震《みぶる》いした。

「違うよ、フィアじゃないんだから。というか二人はよくあんな点数取れたよね」

シエルはわざとらしくまた大きな溜《た》め息《いき》をつくと、順位の横に並ぶ総合点を指差す。

「ほら、四位のアリスから下を見てよ。全教科の合計とはいえ、五位の人とアリスの間には、百点近く差があるでしょ。今回はそれだけ試験内容が難しくて、アルス君とロキちゃんは別格としても、三位、四位とはいえフィアとアリスですら、一般生徒より遥《はる》かに抜きんでてるんだよ」

「そうか、な？」

アリスはどうもピンと来ない、とでも言いたげに首を傾げる。

そんな会話の最中、ふとテスフィアが仮想液晶を凝視《ぎょうし》し、ニンマリと嫌味な笑みを浮かべた。こういう時は大抵《たいてい》ろくなことがない。

「フィア？　人の順位を見て、その顔はないんじゃないかな」

シエルが顔を顰《しか》めると、テスフィアはさっと彼女のほうを振り向いて、「見て見て」と仮想液晶のある一点を指差した。

「ほら、リリシャの順位……七位だって、シッシッシ」

これでテスフィアの嬉《うれ》しげな顔の理由が分かった。座学とはいえ、自分の成績がリリシャの上をいったことがよほど痛快なのだろう。それもまあ、何とも俗っぽい喜びようであるが。

「リリシャちゃんは、それどころじゃなかったでしょ！　寧ろ、あんな忙《いそが》しい状況でよくテスト受けたよね」

当たり前のようにそこかしこでリリシャの姿を見かけたり様々な事件で絡《から》んでいたりしたため、何となく気にならなかったのだが、実はリリシャは、テスフィア達とは別のクラスなのだ。たまに一部の合同実技授業などで一緒《いっしょ》になる程度である。そして、最近は件《くだん》の新生【アフェルカ】の仕事やら何やらで、かなり多忙《たぼう》な様子であった。

「別に勉強時間がたくさんあるわけじゃなかったんだし、フィアと比べるのって、公正な勝負じゃないんじゃないの？」

「いいのいいの、細かいことはヌキで、私が満足できればそれで」

もっともらしいアリスの指摘《してき》にも、テスフィアのニヤケ顔は収まらない。

「あ～あ……でもそれ、人前で言っちゃダメだよ、フィア。恥《は》ずかしいから」

「……恥ずかしい、かな？　どうしてもダメ？」

「ダ～メ！　そもそもリリシャちゃん、後半ほとんど講義出てないのに、あの点数だよ？」

そこは確かにアリスの言う通りだと悟《さと》り、テスフィアはがっくりと肩《かた》を落とした。そこに、さらに顔色を悪くしたシエルが。

「ちょっと待ってよ。さらにそんな事実を聞いちゃって、凡人《ぼんじん》の私はどうすれば良いのかな？　胸が苦しいんだけど、ホント」

行き場のない感情と悲痛な思いを吐き出すシエル。それから彼女《かのじょ》は、どこか拗《す》ねたように口を尖《とが》らせると。

「まあ確かに、リリシャさんだって良いところのお嬢《じょう》さんなわけだしぃ、アルス君とだって親しげだからさ、同じ学力とまでは思わないけどさっ」

シエルは自分を慰めるようにそう言った後、なおもハァ～と深い溜め息をついた。

「ところで、なんで二人はそんな点数を維持《いじ》できるのかな？　ま、これも分かってて言ってるんだけど」

全教科満点の秀才《しゅうさい》、アルスが近くにいるのだから、テスフィアとアリスが彼に勉強を見てもらっていることは明白である。シエルとしても、7カ国親善魔法《まほう》大会に臨《のぞ》む時、彼にはいろいろと教えてもらった記憶《きおく》がある。

教え方はともかく、アルスの指導はいつも結果に繋《つな》がる。それも極《きわ》めて明瞭《めいりょう》、ストレートにだ。

そう言われたテスフィアは、少し膨《ふく》れっつらで机に突《つ》っ伏《ぷ》した。

「いやいや、今回はあんまり教わってないわよ。以前からの勉強が役に立っただけよ」

「そうだねぇ。私もそっちの方が大きいかも。アルって効率主義っていうか、講義とかでも意味のないものは勉強するだけ無駄《むだ》ってスタンスだからね。それに馴染《なじ》んでた私達も、自然に必要なことだけを詰《つ》め込んでたから、対応できたのかもねぇ」

もちろん、二人は二人で各々《おのおの》テスト勉強に励《はげ》んでいたこともあり、今回の試験に臨むにあたって、アルスに明確にどこそこについて教わったという自覚はない。どちらかというと、彼に日頃《ひごろ》から言われていることを実践《じっせん》した結果だ、という感覚の方が強いのである。

だから、アリスは少しだけ居心地《いごこち》悪そうに、微妙《びみょう》な笑《え》みを浮かべて頬《ほお》を掻《か》いた。

ただ、そんな風に「日頃の努力の結果だ」と言われてしまえば、シエルとしてもこれ以上あだこうだと言い募《つの》ることはできない。たちまちシュンと気落ちする仕草は、アリスの保護欲を痛いほど掻き立てる。

「そ、そうだ！　なら、今度みんなでアルに教わろうよ。それが良いよ、ね。シエル」

「アリスぅ……ありがとう～！」

シエルは涙目《なみだめ》になった後、一転して今度は百面相の如く、不満げに頬を膨らませて。

「それはそうとしてさ、今回は先生方も、あえて難題を出したって自覚があるみたいだよ。先生、言ってたもん。前回が、例年と比べて平均点が異常に高かったんだって」

ふんすと鼻息を荒《あら》くしたシエル。

「そ、そうだね……なんかゴメン……」

シエルの憤《いきどお》りは分からなくもないが、現に全教科満点の化け物が友人にいるせいで、アリスの方が申し訳なく思えてくる。さらに、アリス自身も平均点を引き上げている一人とあらば、尚更《なおさら》だ。

「もう良いけどさ～。でも、貴族の子弟《してい》って特に点数とか順位気にするじゃない？　大丈《だいじょう》夫《ぶ》なのかな？」

シエルがそう言ったのは、貴族令嬢《れいじょう》でもあるテスフィアに対してだ。ただしもちろん、なんだかんだ成績上位者であるテスフィアのことを気にしたわけではない。

「なんか棘《とげ》があるわよ、シエル。ま、言いたいことは分かるわよ。こうして教室の後ろの方から見ると、あちこちが殺気立ってるのが分かるし。ああいうプライドの高い奴《やつ》らって、すぐ不満を言い立てて徒党組むのよね」

訳知り顔で言い放った後、アリスとシエルに「どの口が言うんだろう」とばかり露骨《ろこつ》に呆《あき》れた視線を向けられ、テスフィアは空咳《からせき》を一つ挟む。

「コホンッ、ま、私にまでお声は掛《か》からないだろうけど、どうせ数を揃《そろ》えて、学院側に抗《こう》議《ぎ》にでも行くんじゃない？」

冷めた目で騒いでいる連中を見やるが、それはシエルも同意らしく。

「どうせ無駄なのにね。体裁《ていさい》ってそんなに大事かな？」

「シエル、それは禁句だよぉ」

アリスは口の前に指を立てて、彼女を窘《たしな》めた。テスフィアは気にしないだろうが、他の貴族子弟は当然ながらそうではない。

「そうね、フェーヴェル家はともかく、気位だけは一人前な中堅《ちゅうけん》貴族も多いから。誇《ほこ》りや体裁を失っちゃったら、貴族のアイデンティティが崩《くず》れ落ちちゃうって感じ？　でも、自分を守るのに、家の権力や既《き》成《せい》の価値観に頼《たよ》るしかないってのも、ちょっとねえ」

テスフィアは、早速《さっそく》寄り集まって何事か話《はな》し込《こ》んでいるらしい貴族子弟達《たち》を見て、少々げんなりした表情を浮かべる。

次いで、気分を一新しようとするかのように、テスフィアは唐突に勢いよく立ち上がった。

「そうだ、アリス！　今日は結果発表だけだから、この後、訓練していかない？　ほら、アルもいないわけだし」

「うん、いいよ！　というか、元からそのつもりだったんだけどね。シエルはどうする？」

ん～、と唸《うな》りながら考え込むシエル。この後、彼女としては寮《りょう》に戻《もど》り、不本意だった試験内容の復習でもするつもりだったのだろう。しかし結局、ここは座学よりも、身体を動かす方を選んだようだ。

「うん、ちょっとは気晴らしになりそうだもんね！　この際、いい汗流しに行こう！」

そう決断するや、シエルは気分と一緒に話題も切り替えるように、一つの疑問を口にする。

「そういえばさ、アルス君とロキさんがいないのって、何かの用事？」

「え、うん。そうみたい。あれよあれ、なんて言うのかな、ほら……〝例の仕事〟？」

瞬時《しゅんじ》にテスフィアが選択した、絶妙《ぜつみょう》な言葉。我ながら上手《うま》く閃《ひらめ》いたものだと、彼女は内心胸を撫《な》で下ろす。アルスは今現在、学院内の生徒達に対しては、あくまで手伝いという形で軍に関与《かんよ》している、ことになっている。もっとも真実を知る彼女としては、時々その「設定」があやふやになってしまうのが困りものではあったが。

「あぁ～！　アルス君、もう軍からも注目されてるんだもんね、凄いなあ」

そんな、ごくごく無邪気《むじゃき》に思えるシエルの反応を見て、テスフィアは胸にチクリと罪悪感の棘が刺《さ》さるのを感じた。

（ま、嘘《うそ》は言ってないよね、嘘は……）

そう自分に言い聞かせているのが、露骨に分かるテスフィア。

そんな彼女の横で、アリスは何やら微笑《ほほえ》ましげな表情を浮かべている。

こう見えてアリスは、シエルのそんな態度の裏にあるものを、ちゃんと察していたからだ。たぶんシエルは、アルスに関する真実を全てとは言わずとも、かなり近い部分まで気づいていて、あえて触れずにいるのだろう。

もっとも、その心遣いを口にしないのはアリスの優《やさ》しさであり、意外な観察眼の鋭さでもあったわけだが。

結局それから、一同はいったんそれぞれの部屋に戻って、改めて寮の玄関前《げんかんまえ》で待ち合わせるという段取りになった。

早々に訓練着に着替《きが》えて再集合したわけだが、張り切って向かった訓練場には、驚《おどろ》いたことに、すでに何組も先客がいた。勝って兜《かぶと》の緒《お》を締《し》めよとでもいうのか、余裕《よゆう》で試験を乗り越《こ》えた勝ち組の生徒らが、意気揚々《いきようよう》と訓練に励んでいるらしい。

そんな中、シエルは自分のAWRを携《たずさ》えて、キョロキョロと訓練場内を見回していた。

「どうしようか。訓練区画はどこも、もうとっくに埋《う》まってそうだよ。それに、三年生もいるね」

同学年ならともかく、そうなると一年生のテスフィア達《たち》が率先《そっせん》して訓練スペースを使用するのは気が引ける。

「う～ん、フィアもアリスも高順位なんだし、使ってる魔法を見られたくないよね？」

自分の切り札を伏《ふ》せておくのは、たとえ魔法師の雛《ひな》であろうとも暗黙《あんもく》の了解《りょうかい》のようになっている、一種の作法のようなものだ。だからこそ訓練区画には、せり出す壁《かべ》によって訓練中の様子を隠す機能まで備わっているくらいなのだ。シエルの懸念《けねん》に、テスフィアとアリスは顔を見合わせてから、互《たが》いに一度頷《うなず》き。

「大丈夫よ。見られて困るっていうなら、もう【アイシクル・ソード】なんて、バンバン使ってるしね」

「そうそう、正直アルくらいのレベルじゃないと、隠す意味ないよね」

思えばここでの訓練時には、アルスが一緒にいる場合が多かった。彼《かれ》の順位を秘匿《ひとく》する意味でも、隠蔽用の障壁《しょうへき》が必要だったのだが、今はそんな心配もいらないだろう。

結局三人は訓練区画には入らず、他の生徒に交じって、利用フリーの空きスペースへと移動することにした。テスフィアとアリスの二人に集まる視線を避《さ》けようとするかのように、シエルはいたずらに背中を丸めて歩く。

「やっぱり有名人だよね、二人は。なんか、そこら中から監視《かんし》されてる気分だよ」

シエルはぶつくさ言うが、当のテスフィアとアリスは最近、こんなぶしつけな視線にも随分と慣れてきた。そもそも最近はアルスが不在がちで、障壁なしのスペースで二人だけで訓練するのもさして珍しいことではない。だからこそ、好奇《こうき》の目をいちいち気にするのが馬鹿馬鹿しいという事情もあってのことだ。

「慣れよ、慣れ。それよりもメニューはどうする？　私とアリスは一応課題があるから、それに専念するけど」

唐突に話を振《ふ》られたシエルは「えっ⁉」と頓狂《とんきょう》な声を上げてしまった。

普通の生徒、特に学院の一年生レベルでは、自主訓練といっても、特にこれといって明確な目標を定めないことも多い。それは、生真面目《きまじめ》な優等生とはいえシエルも同様だ。彼らにとって、大概《たいがい》の訓練は授業内容の反復練習であったりするのだから。

　そこへ行《ゆ》くとアルスの薫陶《くんとう》を受けたテスフィアとアリスは、ただ教えられた内容をなぞるだけでなく、自分の意志で様々な試行錯誤《しこうさくご》をしつつ、今の自分より高い目標を設定していく、という習慣が徐々《じょじょ》に身についてきている。

「あ〜、私は、どうしようかな？　一応、ちょっと前から取り組んでることはあるんだけどねぇ」

　照れ隠しなのか、シエルはほんのり頬を染めてそう言いつつ、そっと視線を逸らす。

「へえ、なになに？　まあ、シエルは成長著《いちじる》しいからねぇ」

「私も気になるなぁ〜」

「ん〜、じゃあ二人が何をやるのか教えてくれたら、教えても良いよ？」

　まあ、掻い摘《つま》んでの概略《がいりゃく》程度ならば問題ないだろうと判断し、テスフィアとアリスは頷く。まあ、それも建前のようなもので、実際にはこの小柄《こがら》で温厚《おんこう》な友人に対し、隔意《かくい》を持つようなことはしたくなかっただけなのだが。

　それから三人は訓練場の端《はし》っこに身を寄せて、小さな輪を作った。少なくとも、テスフィアとアリスの訓練は、少しのスペースがあれば可能なものだったからだ。

「私達は、実は新しい魔法の修得中なの。ちなみに私が今やってるのは、そのために必要な座標指定とコントロール関連の訓練ね。なかなか上手くいかないんだけど」

テスフィアが言い、アリスも続けて。

「うん、そうなんだよね。それでね、私はこっち……」

アリスは持ってきた金槍──【天帝フィデス】──から円環《えんかん》部分を外すと、それを一つ取って、空中に浮《う》かせてみせた。

額に寄る深い皺《しわ》は、デモンストレーションにしては凄《すさ》まじい集中力を発揮していることの証明でもある。

やがてアリスがプハッと溜めていた息を吐《は》き出すや否や、浮遊《ふゆう》力を失った円環は、ゆっくりと床《ゆか》に落ちる。ちなみに【天帝フィデス】を扱う上でこの程度は序の口であり、最終的にはアバウトな座標指定ではなく、それらの空間座標全てを精密に指定・把握する必要がある。それはほとんど、周囲の全空をアリスが手中に収めるかのような、緻密《ちみつ》な操作力が求められるのと同意と言える。

さすがにその長く険しい道のりの困難さを悟るには至っていないが、床に座ったシエルは、一先《ひとま》ず直感的にその技の深さに感じ入ると、素直《すなお》に「おおぉ～」と拍手《はくしゅ》を送る。

それに一礼しつつ手を胸の前に下ろして応えるアリス。その所作は、まるで礼儀《れいぎ》正《ただ》しい奇術師《きじゅつし》か、王侯《おうこう》貴族の宮廷《きゅうてい》作法を真似《まね》たかのようでもある。

そんな和気《わき》藹々《あいあい》とした空気の中、続いてシエルは、テスフィアの訓練を見学することになった。

「言っとくけど、アリスのよりずっと地味よ？」と釘《くぎ》を刺すテスフィアだったが、シエルは満面の笑みで、別に問題ないと言外に伝える。

「じゃあ、失礼して……ねぇ、アリス。あれを試《ため》してみない？」

「ああ、昨日言ってたやつ？」

「そうそう、二人で訓練できるなら、一石二鳥じゃない」

言いながらテスフィアは床に腰《こし》を下ろすと、膝《ひざ》の上に、鞘《さや》から少し引き抜いた愛刀【詭懼人《キクリ》】をそっと置く。

「これで大丈夫、準備OKよ」

「うん！　じゃあフィア、行くよ！」

アリスは両手を掲《かか》げ、手指を器用に動かしつつ、巧《たく》みに円環を操作していく。やがて一つ目が宙に浮き、続いて二つ目が同じ軌道《きどう》を辿《たど》る。そう、まずは二つからのスタートである。

アリスは左右に傾《かたむ》きつつ浮遊した円環を、ちょうど自分達二人の手前、三メートルほどのところまで移動させ、いったんぴたりと静止させる。

目線での合図と同時、それが始まった。

アリスが二つの円環を、空中を滑《すべ》る標的のように動かし、今度はそれをテスフィアが氷系統の魔力によって追うという、一種の追いかけっこのような訓練である。

具体的にはテスフィアが立体空間をイメージし、その内部を魔力で凍結《とうけつ》させていく一方で、アリスはその凍《い》てつく空間に捉えられないよう、円環を操作する。

アリスが魔法の発現兆候を読みながら絶えず円環を移動させ続けるのに対し、テスフィアはその軌道を先読みしつつ、凍結する空間を作って追い込み捕《と》らえるのだ。

地味ではあるが、これなら二人ともゲーム感覚で取り組める。

追いつ追われつ、三分もすると二人の魔力操作が鈍《にぶ》くなり、額に玉の汗が浮いてくる。

結果、先に音《ね》を上げたのはアリスであった。

「もうダメェ！」

両手を下ろすのに従って円環も落下し、転がりながら壁面《へきめん》にぶつかって止まる。

一方のテスフィアは、タオルで顔を拭《ぬぐ》いつつ「そう？　私はまだ行けるけど」と強がってみせた。

「二人とも、レベルアップし過ぎじゃないかな？」

そんな光景を、目を丸くして見つめていたシエルはといえば、ぎこちない笑みとともに頬を引き攣《つ》らせ、そう発することしかできない。

「そうかな～。これでも全然理想には遠いんだよ？」

アリスがそう言うのは別に謙遜《けんそん》ではなく、実際に彼女の技能が、アルスの要求するレベルには達していないことは明白であったからだ。

指の動きと円環の動きの指向性を結び付け、ある程度コントロールするところまではクリアしたが、まだまだその先を覚えなければいけない。

まずは前後左右、この四方向の動きを完全にマスターした後、次は縦横に加えスピードの緩急《かんきゅう》、果ては曲線を描《えが》かせるところまで、奥深《おくぶか》い操作技術が必要なのだから。

「でもそれって、初歩の部分はやっぱり、アルス君の指導だよね？」

「う、うん」

「いいな～、私ももっと教われたらなぁ。まあ、私なんかじゃ迷惑《めいわく》をかけるのは分かってるんだけどね。でもさ、あれ以来訓練するのが楽しいんだよ？」

少し前の、アルスによる「７カ国親善魔法大会」の折の手ほどきのことを言っているのは間違《まちが》いないだろう。

下馬評的にもシエルはあまり期待されていない選手の一人だったのだが、そんな彼女が惜《お》しくももう一歩のところまで相手を追い詰めた奮闘《ふんとう》ぶりは、まだ記憶に新しい。

「なら、やっぱりアルに直接聞いてみるのがいいんじゃない？　シエルなら知らない仲じゃないんだし、きっと教えてくれるんじゃないかな……多分？」

語尾《ごび》こそ少し濁《にご》したテスフィアだが、一方できっとアルスが無下にすることはないだろう、と信じている口ぶりであった。

その後は休憩《きゅうけい》がてら、今度は二人がシエルの訓練を見守ることになった。

「ほら、せっかくだしあんまりこっちの目を気にせず、大胆《だいたん》にやってみて？　私達からも、何かアドバイスできるかもしれないし」

「うん、それじゃあ、ちょっと見ててね」

テスフィアのそんな言葉を受け、シエルは大きく頷《うなず》くと、おもむろに詠唱《えいしょう》を開始した。何節にもなる長い詠唱によって、彼女がまるでＡＷＲと共鳴するかのように魔力を練り上げ、何かの構成を組み上げていくのが分かる。

シエルのＡＷＲは棒術に使うような長物《ながもの》で、珍《めずら》しいことに両親からのお下がりだということだった。使《つか》い込まれたＡＷＲは細かい傷があるものの、それでもしっかり手入れされているのが分かる光沢《こうたく》を宿している。

やがて詠唱を終えたシエルが棒型ＡＷＲの一端《いったん》を床に打ち当てると、そこに魔力溜《まりょくだ》まりが二箇所《かしょ》生じる。たちまちそこから、岩でできているとおぼしき、奇妙な二本の腕《うで》が生え始めた。

シエルが得意とする土系統のレパートリーの中では、初位級魔法【土操手《マッド・ハンド》】に似ているが、一見してこの魔法は様子が異なるようだ。

「【岩石人形の手《ゴーレム・ハンド》】」

その岩の手は、片方だけでも人間一人を十分握《にぎ》れる大きさである。しかし地面から生えたそれが、やがてシエルの腰近くまで伸びると、途端《とたん》に岩の腕に異変が起こる。何故《なぜ》かそれは、あっという間に砂へと材質変化すると、脆《もろ》い砂の塔《とう》のように一気に崩れ落ちてしまったのだ。

「あぁぁ……まただぁ」

結果、せっかくの【ゴーレム・ハンド】は、魔法自体が虚《むな》しくも崩壊《ほうかい》・霧散《むさん》してしまうことになった。

「惜しい！　ってシエル、いつの間にこんな大技を修得しようとしてたのよ」

「まあ、ちょっと前から少しずつね。結局、完全には修得出来てないんだけどさ」

照れ臭《くさ》そうにシエルは首を振る。

その言葉通り、何をやってもその魔法を完璧《かんぺき》にマスターするには程遠《ほどとお》く、次に何をどうすれば良いのか見当がつかないまま、途方《とほう》に暮れていたのだ。

かれこれ、一ヶ月はこんな調子である。教師にもアドバイスを受けた挙句、長めの詠唱を取り入れてみたが、結果は岩の腕が崩壊するまでの時間が、数秒延びただけであった。

シエルのそんな様子を見て、思案顔になるテスフィア。いくら頭を捻《ひね》っても、今のシエルに彼女が的確なアドバイスを送ることは出来そうになかった。しかし、アリスの方は何か引っかかったのか、「一ついい？」と前置きしてから口を開いた。

「シエルはさぁ、元々土系統だからだと思うんだけど、扱《あつか》ってきたのは、土を形状変化させるタイプの魔法ばかりだったよね？　そこから〝岩〟だとちょっと変じゃないかな？」

「どういうこと？　土系統なんだから、当たり前だと思うけど？」

テスフィアの疑問に対して、アリスは上手く答えられず、もどかしそうな表情を見せる。

そう、こういう時にアルスがいれば、痒《かゆ》いところに手が届くように解説してくれるのだろうが。

「えっとその……つまりアルの受け売りなんだけどね。一口に魔力《まりょく》適性って言っても、それは便宜《べんぎ》上一つの系統として表現してるだけであって、実は同系統でも一番得意な発現形には、魔力特性の微小《びしょう》な違《ちが》いのせいで少しずつ個人差があるってこと。フィアの氷系統だって、どっちかといえばってレベルだろうけど、細かい吹雪《ふぶき》みたいな氷の粒を扱うのが得意な人と、氷のおっきな塊《かたまり》そのものを扱うのが得意な人っていう差があるわけで、ね？」

「なるほどね。私は【アイシクル・ソード】とかで使う氷の造形にはちょっと自信があるけど、氷系統の皆がそうじゃないもんね」

「うん。で、シエルはこれまで【土操手《マッド・ハンド》】なんかをメインに使ってたわけだから、魔法を発現させる形状としては、多分土っぽいものが一番慣れてるんだよ。それを〝岩〟って形に、急に発現形態を変化させようとしてるから」

なんとなくテスフィアも理解したのか、「確かに、なんか見るからに脆そうだったし」と同意する。

「え、え？　つまりどういうこと？　でも私、他の土魔法の【穿つ棘《ソーン・ピアーズ》】も使えるよ」

「でもあれって、やっぱり発現形態上、岩そのものとは違うでしょ？」

「ん〜？」とシエルも首を傾げて。

「そう言われるとそうかな？　私、【ソーン・ピアーズ】は、土を固めて成形してくイメージでやってたかも。そっか、単純に土形態の硬度《こうど》を上げたら、発現形態が岩になるってわけじゃないのかもね。見た目は似てるけど、アプローチはちょっと別なのかも。なるほどなぁ」

どうやら誤解は解けたようだが、それだけでは根本的な解決には繋がらない。

何とかならないものかと、座りながら唸り続ける三人。やがて悩んだ末に、新たな提案を持ち出したのは、アリスであった。

「シエルは、結局どうしたいのかな？　見てる限り、多分魔法式的には問題ないんだろうから、後はもうちょっと込み入った魔法発現時のイメージ成形とかの領域だと思うんだけど。それからさっき出た魔力の質、微妙な特性の違いの問題もあると思う。良かったら、今度アルに聞いておいてあげるけど？」

「ホントッ!?　私としては、ぜひ、二人みたいな方法で魔法を覚えたいな。前にアルス君から教わった方法も目から鱗《うろこ》だったし、学院だと誰《だれ》も教えてくれないような発想だったから」

「そうよね。そもそも私達がしてたようなアプローチに関しては、他の先生に見てもらっても、適切なアドバイスは期待できないんじゃないかしら。それこそ理事長でもない限りは」

　テスフィアの意見は、まさに正鵠《せいこく》を射ていた。学院における現代の魔法の常識は、アルスに言わせれば、魔法の発現イメージに偏《かたよ》り過ぎている部分がある。ＡＷＲの補助や詠唱の省略といった小手先の技が発展した結果ではあるのだが、アルスは常々、近道のようで遠回りになりかねないそんな教育方法には異論を唱えており、二人にはさんざん独自の発想による学習方法を叩《たた》きこんでいる。だからこそ逆に、アルスがいなければ、二人の新魔法修得プロセスの進捗《しんちょく》は、すっかり滞《とどこお》ってしまう弊害《へいがい》もある。

「でも、これって土魔法系統の使い手には、悩ましい問題よね」

テスフィアの言葉に、シエルは大きく頷いた。土系統の魔法は、多系統に比べても形状変化や用途《ようと》において、多彩《たさい》なバリエーションがある。

単純な攻撃《こうげき》用や妨害《ぼうがい》・捕獲《ほかく》用、飛び道具的な遠距離《えんきょり》用のものから、壁や高所に足掛《あしが》かりを造ったりする変則的なもの、障壁を生み出すといった防御《ぼうぎょ》寄りのものまで、実に様々なのだ。言ってしまえば、土系統の中に複数の系統が存在しているようなもの。

「私も、頑張っていろいろ研究や勉強してるんだけどねー。同じ土系統の子は、やっぱり大抵苦戦してるみたい」

言われてみるとシエルに限らず、土系統の生徒はその学習速度や魔法習熟度において、随分《ずいぶん》得意・不得意に差があるような気がする。ともすれば地味な印象に反して、ある意味でピーキーな魔法系統なのかもしれなかった。

そこでアリスはふと先日、ロキの訓練風景を見ていて気づいたことに思い当たる。続いてその提案は、円陣《えんじん》を組むように自然に顔を寄せ合っている他の二人に対して、小さく囁《ささや》くようにして発せられた。

「ねぇ、ちょっといい？　やっぱり学院の普通《ふつう》の訓練方法だと、上手くいかないような気がするんだけど」

「「えっ⁉」」

これにはテスフィアもシエルも、揃って驚愕《きょうがく》の表情を浮かべる。

途端、図《はか》らずも大きくなってしまった声に周囲の視線を感じて、テスフィアとシエルは、はっとした表情で周囲を見回した。

今、このフリースペースを訓練に利用しているのはテスフィア達だけでない。一年生のみならず二年生以上の姿も少なくはないのだ。そもそもテスフィアとアリスは、先の親善魔法大会での活躍《かつやく》もあり、一年生の間だけでなく学内での注目度も高い。

そんな二人が何やら奇妙《きみょう》な訓練をしたかと思えば、今度は顔を寄せ合って話し込んでいるのだから、皆《みな》の好奇の目に晒《さら》されるのは必然と言えた。

機敏《きびん》に状況《じょうきょう》を見て取ったシエルは、自然に話題を戻すべく、アリスに目を向けた。

「なら、やっぱり一度相談してみてもいいかな？　アルス君に」

「えっ、さっき私、そう言ったよ？　なんでもう一度、わざわざそんな確認《かくにん》するのかな？」

不思議そうにアリスに聞き返されて、シエルはあっ、とばかりにチロリと舌を出した。

「なんか、その、一応二人に許可を貰《もら》った方がいいのかなって思ったんだけど」

これはシエルなりの気遣《きづか》いのつもりである。アルスが二人のどちらかの独占物に近い存在なのではないかと、この少女は早合点《はやがてん》しているところがある。

アリスは一度きょとんとしてから、ようやくその気遣いを察したらしい。何とはなしに困った風にニコリと微笑み。

「ああ、別に大丈夫だから、遠慮《えんりょ》なく聞きなよ。ちなみにコツは、アルが面倒臭《めんどうくさ》そうな顔しても諦《あきら》めないことだよぉ」

「う、うん、それならオッケーだね！」

ほっとしたようなシエルに、テスフィアが訝《いぶか》しげに言う。

「ねえ、それは良いんだけど、私達って、そういう風に見られてるの？　アルが私達の護衛役だとか、そ、その……どっちかの、か、彼氏《かれし》だとか？　なんだかくすぐったい気分なんだけど」

「だって、アルス君が二人以外と長く話してるの見たことないよ。話しかけられても、短く返事するくらいだし。あっ、まあロキちゃんは別だけどさ」

それについては、確かにシエルの指摘通りだった。アルスの人間関係の築き方は学生としては少々歪《いびつ》なのは間違いなく、ぼっちキャラのレッテルを貼《は》られても仕方ないのだから。

まあ、アルス本人は気にしていないだろうが、テスフィアとアリスにしてみれば、複雑な気分である。

あくまでもアルスの順位は秘匿しなければならないが、それでもせめて学院生活くらいは満喫《まんきつ》してもらいたい。そんな気持ちが、彼と付き合いの長い二人の内には少なからずあった。

テスフィアは思わず渋面《じゅうめん》を作り、う〜ん、と考え込んでしまう。ふと横を見るとアリスも同じような表情を浮かべていたので、苦笑《くしょう》し合ってしまった。

つまるところ、問題はアルスがそんな普通の人間関係を特に望んでいないことにあるのだろう。彼の中で一番快適な学院生活の在り方、それは研究室で黙々《もくもく》と自分の好きな研究に没頭《ぼっとう》できることなのだから。講義も試験も、彼としては仕方なく受けているものに過ぎない。根本的に、学びを求めて通っている普通の生徒とは別物なのだ。

テスフィアは諦めたように首を振って。

「ま、このままでも良いのかもね。アルもあれで、案外楽しそうに見えなくもないし」

「そうだねぇ。それに着々と友達も増えてるわけだし。最近もまた、新しくさ」

アリスの分析《ぶんせき》に、すぐさまテスフィアは怪訝《けげん》そうに聞き返す。

「それって、まさかリリシャのことじゃないでしょうね？」

「当たり〜」

たちまち渋《しぶ》い顔になったテスフィアは、鬱々《うつうつ》とした気持ちを吐き出すように、大きな溜め息をつく。

「それはそうと、傍《はた》から見たら恋人《こいびと》に見えなくもないのかぁ、そっかー」

唯一《ゆいいつ》、青春を謳歌《おうか》できる学生生活。その中で、本来は色めき立つ話題のはずだったが、テスフィアは無感情に吐露《とろ》する。恋人関係を全力で否定すれば、アルスが望む学院生活からは遠ざかってしまうのだろう。今が心地《ここち》よいのはテスフィアもアリスも同じ。ならば――。

「好きに言わせておくのが良さそうね」

誰に聞くでもなくテスフィアは一人で答えを導いた。クラスの中で話していたら、また返答は違ったのだろうか。

そこでふと、彼女の視線は、訓練場の観客席にいる、とある人物を捉《とら》えた。暇《ひま》な者達が、学生同士の訓練風景や練習試合を観戦している中で、その人物の姿はやはり少し目立った。

(珍しいわね。何かの見学というか、視察みたいなものかしら)

テスフィアがそう思ったのは、それが生徒ではなく大人の女性だったからだ。身体にはコートを羽織っており、フォーマルなスーツの下には、大胆に胸元《むなもと》が開いたインナーを着ている。季節を考えれば確かに厚着でもおかしくはないのだが、それでもこの学院においては、ややチグハグな印象を拭えなかった。

彼女の横には案内係の女性職員が一人付いており、校内の施設《しせつ》に関する説明でもしているようだ。案内係は身振《みぶ》り手振りを交えながら、にこやかにあれやこれやと語っている様子だった。

「なになに〜？」と、テスフィアの視線を追ったアリスが、振り返って同じ方向を見やる。するとこちらに気づいたのか、その女性はニコリと微笑んで、手を振ってきた。

「誰かのお母さんかな？」

「そんな歳《とし》には見えないけど。もしかしてシエルの？」

テスフィアはとりあえずといった風に、シエルに水を向けてみる。

「まさかぁー、美人過ぎでしょ」

シエルは全力で否定しつつも、きちんと相手に会釈《えしゃく》を返そうとする。だがその直後、彼女は踵《きびす》を返し、訓練場を後にする。悠々《ゆうゆう》と去っていくその背中を見送りながら。

「なんか……随分エロいね、あの人」

「シエル、聞こえたらどうするのよ⁉」

咄嗟《とっさ》にテスフィアがシエルを窘《たしな》めるが、さすがに大丈夫だろう。距離《きょり》的《てき》にもまず、聞こえているはずはない。

それに、シエルのそんな感想自体には、概《おおむ》ねテスフィアも同意である。理事長然《しか》り、この学院で見かける色っぽい女性は、皆大人の魅力《みりょく》を隠《かく》そうともせず全開にしているような気がする。その原因が豊かではち切れんばかりの胸にあることは、個人的には否定したいところだが、シエルはなおも空気を読まず。

「うわあ、ボンキュッボンのシュバーって、きっとああいう女性《ひと》のことを言うんだろうねえ」

「最後の『シュバー』は何よ、ったく。そういえば、今の人、首からゲストカードを下げてたわね。ってことはやっぱり見学に来たのかしらね？」

「さあ、どうだろ。よく分かんないね」

まあ、気にしても仕方がないのかもしれない。手続き等の面倒《めんどう》さはあれど、現在のところ学院は別に関係者以外立ち入り禁止でもないし、新入生の親や、生徒の関係者などが何かの折にここを訪《おとず》れることは、まったくないわけでもないのだ。

「さてと、休憩ばかりしてらんないわ！」

テスフィアはそう言うと重い腰を上げ、それにアリスも続く。

「だね～。早く修得しないと、次の段階に行けないし」

その拍子《ひょうし》に、アリスの重い胸がちょっと揺《ゆ》れて。

それを見ていたシエルが、すかさず「こっちはこっちでエロいね」と繰《く》り返したことで、二人から揃って白い目を向けられ。

「だってぇ～、つい」と悲痛な表情での言い訳も虚しく、それぞれちょっとずつ違う理由で立腹したテスフィアとアリスは、唇《くちびる》を尖《とが》らせるシエルを無視して、さっさと訓練に戻ったのであった。

◇　◇　◇

それは、テスフィア達が訓練場で先程《さきほど》の会話を繰り広《ひろ》げる二時間ほど前――そろそろ試験の結果が発表されようかというタイミングでのことだった。

見慣れない女性訪問者と、彼女《かのじょ》に同伴《どうはん》する事務担当の女性職員の姿が、学内にあった。

ちなみに学外からの視察者に真摯《しんし》に対応するため、この第2魔法《まほう》学院にも、訪問者に対してほぼ完璧なマニュアルが存在する。

それが徹底《てってい》されているおかげで、教員はもちろん、手の空いた事務員など、直接教育に携わっていない者ですら、対応が可能となっているのだ。

それはもちろん、魔法学院が国費を投じて運営されているからである。国費イコール一《いっ》般《ぱん》国民の税金である、というわけで、生徒の保護者でなくともアルファの国民であれば、身元確認をはじめとした諸々《もろもろ》の正規の手続きを踏《ふ》めば、誰でもアポイントなしで学内を見学することができる、ということになっている。

ただ、そこはやはり「建前上」という言葉を付けるべきで、安全面への配慮《はいりょ》から、実際は誰でも彼でも、というわけにはいかない。

運営面や生徒数その他、学院に関する各種情報こそオープンになっているが、暗黙の裡《うち》に、部外者のみだりな訪問は、実質的に制限されているのが常なのである。生徒を預かる教育機関であるが故《ゆえ》に、そのあたりは特に徹底されている部分だ。

その女性訪問者は、そんな数少ない例外であるらしかった。

「それではコーネリア様、次はこちらの建物をご覧くださいませ」

そんな彼女に向かい、事務方の女性職員は手慣れた様子で、一つ一つ丁寧《ていねい》に学内施設の説明を行っていく。

「本校舎は主に全学年の教室と職員室で構成され、座学の大部分をこちらで行います。教職員の中でも研究者を兼任《けんにん》する教員には、あちらに見える研究棟《とう》を活用してもらっております」

広い学院内は単に見て回るだけでも相当な時間を要するため、女性職員は定番のルートを選びながら、案内自体は本校舎の二階までに留《とど》めて、さっさと次の施設へと説明の場を移していく。実際、教室の中もほぼ同様のデザイン・調度品で統一されているので、いち

いち全てを見て回る必要はないのだ。

その相手である女性訪問者、コーネリアは、とある貴族関係者の紹介状《しょうかいじょう》を携えて現れた。

もちろん軍や国家の要人ともなれば、それ相応の人物が応対するのだが、コーネリアの場合はそんな重苦しい雰囲気《ふんいき》でなく、彼女が見せた紹介状も、ごくシンプルな内容であった。彼女の身分の簡素な説明とともに、軽く学内を案内してやってくれ、との一筆が添《そ》えてあっただけである。

ただその紹介状を書いたのが、三大貴族の一角であるウームリュイナ家の関係者ともなれば、軽々しく済ませるわけにはいかない。案内役のお鉢《はち》が回ってきた女性職員も、気を抜《ぬ》くわけにはいかなかったのである。

さらにコーネリアというその女性は「危機管理委員会の所属である」という触《ふ》れ込みであった。となると、どう考えても国家組織の一員だ。

表向きは業務上の視察などのために来校したわけではなく、純粋《じゅんすい》に個人的な興味からの見学とのことだったが、それを鵜呑《うの》みにするほど学院の職員たちは世間知らずではない。なにしろこの第2魔法学院は、実質的なトップである理事長自らが、相当な食わせ物なのだから。

「何か質問はございますか？」

一通り説明を終えた職員の女性は慇懃《いんぎん》な態度で、コーネリアに対してそう尋《たず》ねた。

「ええ、特には大丈夫《だいじょうぶ》……ああ、そうそう一つだけ。今、先生方は全員が、職員室にいらっしゃるのかしら？」

どこか妙《みょう》なアクセントが耳に残る喋《しゃべ》り方《かた》でそう質問されると、女性職員はすぐに答えた。

「そういうわけではございません。非常勤の先生は職員室を使われますが、他の皆様《みなさま》はそれぞれ個室をお持ちですので、講義がない時や資料作成のため、ご自身の部屋に戻られる方も少なくありません。ちなみに教員のための会館があちらの奥《おく》にあるのですが、今ではほぼ、教員棟のような感じになっていますね」

「そうなの、ありがとう」

ごく簡単に、そっけない感謝の言葉が返ってきた。自分から質問したくせに、実は興味など最初からなかったような、どうにも気のない声であった。

彼女のヒールが廊下《ろうか》を鳴らす軽快な音を背後に聞きながら、先導する女性職員は、この不躾《ぶしつけ》な訪問者には見えないように、こっそりと僅《わず》かに頬《ほお》を引き攣らせていた。

多少距離《きょり》があってもなお鼻につく、コーネリアの強烈《きょうれつ》な香水《こうすい》の匂《にお》いもその苦い表情の原因の一つである。

どれほど良い香りでも、ここまで強烈だとどうしても嗅覚《きゅうかく》が麻痺《まひ》してしまう上に、どこか独特の成分が含《ふく》まれているような気がする。

高価なものだということは分かるのだが、それでいて、ちょっと猥雑《わいざつ》と言うべきか。例えば、それを嗅《か》いだ男にどこか変な気を起こさせずにはおかないような、妙に妖艶《ようえん》な香りなのである。

それに加えて彼女のコートの下では、胸が惜しげもなく大胆に押《お》し開かれている。それこそ形よく突《つ》き出している胸の谷間が、インナーからはっきりと覗《のぞ》いているくらいだ。

ここは曲がりなりにも魔法師の雛の学《まな》び舎《や》なのだから、少しは場所を弁《わきま》えてもらいたいものだが、一職員にそれを指摘《してき》する権利はない。それに学院の訪問客たる生徒の保護者の中にはこういうモラルの欠けた人種もたまにおり、いちいち注意していてはキリがないのだから。

そのまま資料館や図書館を経て、案内のプロセスは進んでいった。

「次はこの魔法学院特有ともいうべき、訓練場です。こちらは必須科目《ひっすかもく》である実技授業の他、放課後や休日も含め生徒達の自主訓練に活用してもらえるよう、一日の中で、一定時間だけ、特別に開放してあります」

加えて、相手の所属組織を鑑《かんが》みた上で、昨今問題視されている、学院の警備状況についても補足することを忘れない。

「当校では警備員の数を増やし、二十四時間体制で見回りを強化しております。その他、監視カメラや魔力感知システムなど、厳重な警備体制を整えております」

「ふぅん、そうなの。まあ、なにかと物騒《ぶっそう》ですものね……最近は」

「え、はい、仰《おっしゃ》る通りです」

一際《ひときわ》力を入れて説明したつもりの女性職員は、コーネリアのごく弱い反応に当てが外れて、少しだけ怪訝な表情を見せた。コーネリアはその名も「危機管理委員会」という、もっともらしい組織に所属しているという。ならばこそ、学院の安全体制のチェックは勘所《かんどころ》だと思っていたのだが。もしかして本当に物珍《ものめずら》しさだけで、呑気《のんき》に魔法学院見物にやってきたというのだろうか？

そんな疑念を胸に、仕切り直しとばかりに、女性職員は訓練場の観客席につながる扉《とびら》を開け、コーネリアを中へと誘導《ゆうどう》する。

「生徒の安全を一番に考慮《こうりょ》し、ここでは軍でも正式採用されている大規模な魔力置換《まりょくちかん》システムを導入しています。ちなみに今日の学内行事は、先頃《さきごろ》行われたテストの結果発表だけでしたので、混んでいますね。本学の学生は、訓練や魔法を修めることには非常に熱心ですので」

コーネリアの顔色を窺《うかが》いつつも、女性職員は互いに切磋《せっさ》琢磨《たくま》する生徒の姿を、そっと微笑《ほほえ》ましげに眺《なが》めた。

「あれは、何かしら？」

彼女の指先が示したのは、訓練場内に規則的に並ぶ黒い仕切りのようだった。

「あちらは、各々《おのおの》の行使する魔法を秘匿するために設けられた、独自の障壁です。あの特別区画を使用すること自体は誰でも可能ですが、やはり軍への入隊時期が近い三年生が多いですね。後は貴族の子弟《してい》などでしょうか」

「ふぅん、なんだかウジャウジャ……」

「はい？」

何かを呟《つぶや》いたらしいコーネリアに、女性職員は小首を傾《かし》げて聞き返すが、返事代わりに曖昧《あいまい》な微笑《びしょう》が戻《もど》ってきたのみ。

直後、僅かに眉《まゆ》を寄せ、目元に小さな険を浮かべつつ、コーネリアの視線がとある一点で静止した。

その視線の先、訓練場の片隅《かたすみ》では、三人の女生徒が顔を寄せあうようにして話し合っている姿が認められた。ふとその一人が、こちらへと顔を上げる。

それに笑顔《えがお》で応じたコーネリアに、女性職員がどこか誇《ほこ》らしげに告げる。

「ここの生徒は皆、努力家ですからね。日々立派な魔法師になるための訓練を欠かしません。前回の7カ国親善魔法大会における好成績もあり、生徒達《たち》の奮励努力《ふんれいどりょく》には、教職員も逆に感化されるほどです。特にあそこにいる彼女《かのじょ》達のうち二名は、まだ一年生でありながらトップクラスの成績を収めている優等生ですね」

「あっそ、もうここはいいわ」

だが女性職員の予想に反して、コーネリアは一転して粗野《そや》な態度になるとそう乱暴に言い放ち、さっさと観客席から立ち上がる。

そのまま通路の扉を開くと、不機嫌《ふきげん》そうに歩を進めつつ、小さく顔を顰《しか》めて。

「くだらない。まさにガキどもの巣窟《そうくつ》……」

「ど、どうかなさいましたか？」

慌《あわ》てて後を追ってきて、殊勝《しゅしょう》な態度で尋ねた女性職員に、コーネリアは冷めた声で返す。

「いいえ、なんでも……」

そう言ってからふと、彼女は改めて気づいたように続けて。

「あら、そろそろ時間ね。ところで、ＡＷＲの保管庫はどちらかしら？」

妖艶さの裏にたっぷりの悪意を蓄《たくわ》えた、一種毒々しい笑《え》みが唇の端に浮かぶ。

そんな風にして、コーネリア――身分偽装《ぎそう》中のミール・オスタイカは、何も知らない女性職員に、ごくさりげない調子で〝その場所〟について尋ねた。

きっと誰も予想しなかったに違いない。

きっと誰もが忘れていたに違いない。

真の平和など存在しないことに、悪から目を逸《そ》らしながら、悪に備えている。だからふと、そんな悪夢が現実となって忍《しの》び寄る足音を耳にした時、ようやく思い出す。

悪と対峙《たいじ》して、その存在を再認識《さいにんしき》する。

あぁ、悪とは、こんなにも身近なものであったと。

◇◇◇

訓練場でテスフィア、アリス、シエルの三人はそれぞれの課題に取り組んでいた。普段《ふだん》ならあまり長時間の利用は歓迎《かんげい》されないが、こうして訓練場の端《はし》っこを使っている分には特に何も言われない。

たちまち、視線も気にならないほど濃密《のうみつ》な訓練時間が過ぎていく。訓練場では事故防止のため、区画外であろうと置換《ちかん》システムが作動しているのだが、今回、三人は最後まで模《も》擬《ぎ》戦には手を出さなかった。稀《まれ》に知り合いから誘《さそ》いを受けることもあったが、全て丁重《ていちょう》に断って、ただやるべきことだけに注力したのだ。

だが、汗《あせ》をいくら流そうとも、どれほど疲労《ひろう》が身体に蓄積《ちくせき》されようとも、テスフィアとアリスはどこか満足できずにいた。別に身が入っていないわけではないはずだが、それでも違和感《いわかん》は拭えない。

周囲の学生達の訓練風景を見ても、翻《ひるがえ》って自分達のそれを客観的に分析してみても、どうにも学生の域を超《こ》えていないと感じてしまう。その原因は、きっと先に、ロキの訓練を間近で見てしまったからだろう。

まさに、前線で戦ってきた者が行う、真の鍛錬《たんれん》とでも呼ぶべきものを。

言葉では上手《うま》く説明できないが、そこにただ決定的な隔《へだ》たりが存在していることだけを、正確に認識《にんしき》させられている、ちょうどそんな状態であった。

真剣《しんけん》だとか、真面目だとか、熱心だとか、本気だとか、そんな精神論ともまた違う、確実で看過できない〝差〟である。

テスフィアはふと手を止めて、大きく息を吐《は》き出した。

額に薄《うっす》らと浮《う》かぶ汗を袖《そで》で拭いながら「何が違うのかしら……」と迷言を吐いた。

まさに迷言だ。言ってしまえばその越えがたい壁《かべ》は、己《おのれ》とロキだけでなく、アルスとの間にも存在するのだから。

つまりは、外界を知る者とそうでない者の差なのだろう。たった一度出た真の世界は課外授業であり、結局それだけでは、得られるものは大きくても僅かしかないのかもしれない。

そして、テスフィアは思い出す。かつて目撃《もくげき》した、アルスの姿を。あれは入学して間もない頃《ころ》……きっと、彼《かれ》が任務に出かける直前だったのだろう。月明かりの下、偶然《ぐうぜん》窺い見てしまった彼の表情。そこには、冷たさと悟《さと》りと強い意志が渾然《こんぜん》一体となったような、一種近寄りがたい雰囲気が浮かんでいた。

（いくら厳しい訓練を積んできたつもりでも、所詮《しょせん》は平和な壁の中で守られながら育った私達との違い？　それとも、私がまだ本当の意味で、世界の残酷《ざんこく》さを知らないから？）

脳裏《のうり》に浮かぶそんな疑問。だが、それをいくら突き詰《つ》めたところで、テスフィア自身が納得《なっとく》を得ることはなかった。

「考えても仕方ないよ、フィア。ロキちゃんのあれは別物だもん」

同じように、いや、テスフィア以上に顔から汗を滴《したた》らせつつ、アリスは割り切ったような言葉を投げかけた。

実は、彼女もまた、さっきまで同じことを考えていたのだ。ロキの訓練風景を見てしまったがために、自分達の訓練が如何《いか》にお粗末《そまつ》なものなのかを自覚させられる。

ただそれでも今は、いくら己の無力さに歯ぎしりしたところで、何も益がないことは分かっている。結局は、やれることを、やれる範囲《はんい》で地道に積み上げていくしかないのだろう。それでも、やはり内心焦《あせ》りは募《つの》る。

「分かってるけど……アリスは、どう考えてるの？　訓練に対する根本的な覚悟《かくご》の違いなのかな？」

そんな問いに対しアリスは、すっかり汗を吸って束になった毛先を揺らすと、しばし目を閉じる。

それから静かに息を吐き出しながら金槍を器用に回し、穂先《ほさき》を流れるような美しい動作で下げて、動作の終了《しゅうりょう》と共に構えの姿勢を解いてから。

「ほら、なんていうかここ、が限界なんだよね。所詮武芸の領域を出てないっていうか、踏み込《こ》みが不足してるっていうか」

いわば綺麗《きれい》なだけの小手先の動きで、どこか迫力《はくりょく》に乏《とぼ》しい。所詮はただの技であり、型に過ぎないのではないか、という気がする。死線を越えて修羅《しゅら》場《ば》をかいくぐり、独自の才能を磨《みが》き抜いた者だけが持つ、問答無用の説得力や奥深《おくぶか》さ。いわば、そこに自《おの》ずと宿るべくして宿る凄《すご》みのようなものが、決定的に欠けている。

「何よそれ。いや、なんとなく分からなくもないけど。それじゃ、私達じゃ一生あの領域には届かないってこと？」

そんなテスフィアの言葉に、アリスは口唇《こうしん》のすぐ下に指先を当てて、考え込むような仕草をすると。

「う〜ん、どう言えばいいのかな？　人って多分、本当の意味で識らないことはできないんだよ、きっと」

どこかふわっとした曖昧な言い方ではあったが、テスフィアはハッとしたように目を見開き、まさに腑《ふ》に落ちた、といった表情を浮かべる。

それから彼女はそっと目を閉じ、まるで熱が引いたように冷静な表情になって、そっと呟く。まるで悟った小さな真実を、ゆっくりと己の内に融《と》け込ませていくかのように。

「そっか……そうね、ロキも随分遠いのね」

どこか嬉《うれ》しそうに言うテスフィアに、こくりと頷《うなず》きつつ微笑むアリス。

そんな様子に興味を抱《いだ》いたらしいシエルが、わざわざ訓練の手を止めて声を掛《か》けてくる。

「なになに〜？　二人とも、なんか難しそうな話してるかと思えば、急に納得顔《なっとくがお》になっちゃって」

「まあ、分かりやすく言えば経験の差ってやつよ。あ〜あ、私ももっと外界に出てみたいわ」

そんなテスフィアの言葉に、今度はシエルが一瞬《いっしゅん》目を丸くする番だった。ただ彼女としても何か思ったのか、悩《なや》ましげに眉間《みけん》に皺《しわ》を寄せた。

「確かにね。机上《きじょう》の空論とまではいかないけどさ、ただ学院で学んで訓練してるだけじゃ、本当に将来のためになるのか、どっか実感が湧《わ》かないってトコはあるよね。一体何のための力なのかって具合にさぁ。あ、今の言い方、なんか悩めるヒーローっぽい？」

「シエルは、たまに鋭《するど》いよね」

アリスはそう言うや否や、シエルの頭に手を置くと、ニコニコ顔でふわふわの髪《かみ》を撫《な》で始めた。くすぐったそうに頬を緩《ゆる》めたシエルに、テスフィアも思わず、いつの間にか強張《こわば》っていた腕《うで》の力を抜いた。

それから自分の両手に目を落とし、そっと拳《こぶし》に力を込めて、指を開閉させてみる。

「そうね、何のための力か……それを、ちゃんと知る必要がある」

経験を積まなければならない。しかしきっとそれは、無理に焦って手に入れるものでもないような気もした。

大体、もしそれが今まさに必要なことなのだとしたら、あのアルスが何も言わないはずがない。「馬鹿か」とか「全く手間がかかる」とか、余計な一言や憎《にく》まれ口《ぐち》を叩きながらも、きっと彼は、容赦《ようしゃ》なく惜《お》しみなく、己を高みに導くための助言を与《あた》えてくれるだろうから。

ふと気づいてしまった、自分が抱く彼への無言の信頼感《しんらい》のようなもの。

それを悟ると同時、あの皮肉げな顔が鮮明《せんめい》に思い浮かんでしまった。それも面白《おもしろ》いほど容易に想像できてしまう。常日頃《つねひごろ》、恋《こい》する殿方《とのがた》のことを想《おも》っている乙女《おとめ》のように。

無意識に頬が熱くなるのを感じ、テスフィアはハッとして、緩みそうになった口元を全力で引き締《し》める。

「フィア、何その顔？　引き攣《つ》ってるのかニヤけてるのか……ちょっと恐《こわ》いんだけど」

シエルの怪訝な視線を受け、びくりとしたテスフィアは、さらに表情筋の抑制《よくせい》に全神経を注いだ。

「ふぉ、そふぉ？　もんひゃいない《だい》」

「フィアって、なんていうか結構、妄想《もうそう》力高めだよね。しかも脳内に映像で出てきちゃうタイプでしょ」

鋭い分析力《ぶんせきりょく》を見せるシエルと、それを肯定《こうてい》するかのように頷くアリス。

続いてアリスは、全てを知っているかのようににっこりと得意げに笑い。

「フィアはね～、何かと自分に都合のいい妄想を、頭の中ででっちあげちゃうからね～。それに、油断してると思ってるコトがすぐ顔に出るんだから」

「ち、ちがっ⁉」

反射的に否定の言葉を口にしたテスフィアは、一層顔を真っ赤にして、必死に場を取り繕《つくろ》おうとする。

訓練中とは思えない実に空気の緩んだ一幕だったが、年頃《としごろ》の女子達特有の和《なご》やかなムード故に、それを咎《とが》められる者はいなかっただろう。もしあの黒髪《くろかみ》の少年がここにいたとしても、さすがに躊躇《ちゅうちょ》してしまったはずだ。

が……突如《とつじょ》、そんな訓練場の空気を一瞬にして変えてしまう出来事が起こった。

巨大《きょだい》な衝撃《しょうげき》が、うねるような波となって足下《あしもと》から発せられたのだ。それはたちまち地面を駆《か》け抜け、施設全体に伝播《でんぱ》していく。

まるで大地そのものが割れてしまったかのようにすら思える、巨大な振動《しんどう》。続いて施設そのものが揺れ動く、これまで聞いたこともないほどの轟音《ごうおん》が周囲一帯の空気を震《ふる》わせ、生徒達の全身を襲《おそ》った。

しばらくの間、凍《こお》りついたかのように皆が動きを止め、あれやこれやの騒《さわ》ぎが始まったのは、その衝撃が収まって数秒後のことだった。各人が慌ただしく声を張り上げ、怪我人《けがにん》がいないかを問う上級生の声が響《ひび》き渡《わた》る。

そんな騒ぎの中、テスフィア達は、あれほどの揺れでもこの訓練場が倒壊《とうかい》しなかったことに、まずは胸を撫で下ろしていた。

「こ、恐かったね～。何だったんだろ？」

顔を強張らせながらも、シエルは揺れが収まった安堵感《あんどかん》を声に含ませて、あえて平然を装《よそお》いつつ、そんな風に疑問を発する。

だがテスフィアとアリスは、それにすぐには答えず、蛇《へび》に睨《にら》まれた蛙《かえる》のようにただ顔を青くしたまま硬直《こうちょく》していた。

そしてまたも爆発音《ばくはつおん》が続き、一拍遅《ぱくおく》れて訓練場の天井《てんじょう》が、見えない巨人《きょじん》の腕にもぎ取られるようにして吹《ふ》き飛ぶ。

「シエルッ!!」

咄嗟にテスフィアはシエルの身体を突き飛ばし、一緒《いっしょ》に地面に転がった。その頭上からは、無数に降り注いできた瓦礫《がれき》が、バラバラと音を立てて床《ゆか》に打ち付けてくる。

幸い訓練場の端にいたこともあり、三人は事なきを得た。上級生の迅速《じんそく》な避難誘導《ひなんゆうどう》も幸いしたのか、ここから見て取れる限りでは、瓦礫の下敷《したじ》きになった生徒はいないようだった。

ただそれでも全員が無事とはいかなかったようで、瓦礫が誰《だれ》かの身体でも掠《かす》めたのか、途切《とぎ》れ途切れに怪我《けが》による痛みを訴《うった》える呻《うめ》きと、緊急《きんきゅう》事態を叫《さけ》ぶ声が聞こえてくる。

「あ、ありがとう、フィア……」

「う、うん。でも只事《ただごと》じゃないみたいね」

その小柄《こがら》な身体ごと彼女を守るべく、シエルを組《く》み敷《し》くような姿勢を取りつつ、テスフィアは顔だけを忙《せわ》しなく動かして周囲を警戒《けいかい》する。

そして、ふと観客席を見て——この異変の原因を知るや、テスフィアはたちまち胸の鼓《こ》動《どう》が激しくなるのを感じる。

ちょうどここから反対側の観客席。そこには、見たこともない大きさの楕円形《だえんけい》の巨岩《きょがん》がめり込むように鎮座《ちんざ》していた。観客席を丸ごと吹き飛ばすほどの超重量《ちょうじゅうりょう》のそれが、本来の光景を一変させてしまっている。

一見しただけで、言葉を失くす。隕石《いんせき》の如き巨大な物体が、唐突《とうとつ》に空から降ってくる事態など、誰が予想できようか。

直後、訓練場内に響き渡るほどの甲高《かんだか》い悲鳴が一つ、外から聞こえてくる。通常ではありえない切迫感《せっぱくかん》を乗せた誰かの絶叫《ぜっきょう》。それが伝えてくる悲劇の予兆に、たちまちテスフィアの全身の皮膚《ひふ》が粟立《あわだ》つ。

そして、一つ、また一つと増えていくそれらの悲鳴は、全て、本校舎方面から聞こえてきていた。

一瞬、テスフィアの脳裏に、以前の忌々《いまいま》しい事件が蘇《よみがえ》る。狂気《きょうき》の科学者、グドマ・バーホングとその配下であるドールズ達によって引き起こされた学院襲撃《しゅうげき》事件。親友のアリスが深く関係していたこともあり、彼女にとってはまだ記憶《きおく》に新しい出来事だ。あの時は、理事長の奮戦によってことなきを得た。

テスフィアが徐《おもむろ》にアリスを見遣《みや》ると、彼女は、巨岩が飛来してきたと思《おぼ》しき方向を、険しい表情で見つめていた。そんな時。

「テスフィアさん、アリスさん、皆《みな》、早く避難《ひなん》を」

切羽詰《せっぱつ》まった様子で声をかけてきた上級生がいる。彼女は、二人の顔見知りでもあった。

「セニアット先輩《せんぱい》……」

アリスが課外授業の折、監督者《かんとくしゃ》を務めた二年生である。

シエルが慌てて立ち上がり、反対側にある通路口を目指して歩み出す一方、アリスの表情は硬く、まるで避難指示に抵抗《ていこう》があるかのようだ。アリスだけでなくテスフィアもまた、素直《すなお》に指示に従う代わりに、厳しい表情でこんな疑問を投げかけた。

「先輩、外の状況について何か聞きましたか？」

「いいえ、何も知らないわ。でも、何があったとしてもこのまま中にいては危険よ。まずは生徒全員が避難し、後は警備や先生方に任せるべきよ！」

上級生としての責任感もあってか、セニアットは語気鋭く言い放った。ここで口論している場合ではない、とでも言うように。

しかし一方で、さすがにこれがただの事故でないことはセニアットにも理解はできている。通常の事故で観客席にあんな巨岩が降ってくるなど、冗談《じょうだん》にしてもあり得ない。

「なら、動ける人だけでも状況《じょうきょう》の確認《かくにん》に向かうべきです！」

テスフィアも負けじと声を張る。無論、貴族としての使命を果たすという意味もあるが、それ以上に、外から伝わってくる異様な気配が気になっているのだ。まるで魔力《まりょく》によって肌《はだ》を撫ぜられているようで、さっきから湧き起こってくる悪寒《おかん》がどうにも拭《ぬぐ》えない。

アリスも金槍を携《たずさ》えて、テスフィアに同意するように神妙《しんみょう》な顔で頷く。

そんな間にも、途切れ途切れに地響《じひび》きともつかない轟音や振動が続いている。恐《おそ》らくは何かの異常事態が発生している。外ではそれに、警備員が対応しているものと思われる。

少なくとも魔法が使われているのは確実だが、校内でこれだけ派手な魔法を放たなければならない事態となれば、〝最悪の事態〟以外はあり得ないだろう。

「わ、分かったわ。でも、あなた達だけで行かせるわけにはいかないわ」

セニアットがそう言って覚悟を決めた直後、折良く数人の上級生がＡＷＲを持って近づいてきた。いずれも三年生で、既《すで》に軍の内定が出ている者ばかりらしい。彼らの顔つきからはすっかり学生の甘《あま》えが抜けており、中でもリーダー格らしい一人が、毅然《きぜん》とした態度で話しかけてきた。

「フェーヴェルさん、これは確かに非常事態だ。私は何が起こっているのか探《さぐ》るため、ちょうど仲間を募っていたところなんだ。場合によっては、先生方の助けとなるべく討《う》って出るつもりだ」

丁寧に、そして簡潔に、その男子生徒はあくまで礼儀《れいぎ》正《ただ》しく語った。テスフィアが見たところ、上級か下級かはともかく、きちんとした貴族の子弟であるらしい。彼の言葉に込められた礼節は、後ろのフェーヴェル家を意識したものだった。

落ち着いた態度の上級生に、テスフィアも冷静に対応する。

「はい、私達もそのつもりで話し合っていたところです」

訓練中にかいた汗は、すでに冷たく乾《かわ》きつつあった。貴族たる責務を果たそうとする矜持《きょうじ》は、こういう場面にこそ必要とされるものだ。率先《そっせん》して然るべき模範《もはん》を示さねばならないと思う反面、テスフィアは彼らを見て、一抹《いちまつ》の不安を抱かずにはいられない。それはアリスも同じようで、どこか危《あや》ぶむような光が瞳《ひとみ》に浮かんでいる。

（いくら毅然とした態度を装っても、魔力はそうじゃない）

二人とも魔力をそれなりのレベルで扱《あつか》えるからこそ、彼らが無意識に発する魔力の揺らめきが感じ取れる。アルスの訓練を経て感覚がさらに鋭敏《えいびん》になったせいか、いっそより如《にょ》実《じつ》に彼らの不安が感じ取れてしまうようだった。

だが、リーダー格の男子生徒はそんな二人の懸念《けねん》を他所《よそ》に、一際強く頷くと同時、セニアットとアリスへと交互《こうご》に視線を移す。

「二年生のセニアット・フォキミルだね。では、君も私達と一緒に？」

「はい、シエルさんは避難させますが、テスフィアさんが心配ですので」

「分かった。で、君はどうする？」

今度はアリスへと、覚悟の是非《ぜひ》を問う。

「私もフィアと一緒に」

決意とともに紡《つむ》がれた返事に、質問をした男子以外の二人は戸惑《とまど》いを見せたが、リーダー格の彼は小さく頷き。

「そうだな、そちらはフェーヴェルさんのお知り合いのようだし、実力的にも心配は要《い》らなそうだ」

彼はアリスの同行についてテスフィアの判断を委ねるような口調で、ちらりと視線を送る。上級生としての矜持ではなく、あくまでフェーヴェル家の家名を重んじた態度だ。殊勝であると同時にちょっと心もとない気はしたものの、テスフィアにとっては渡りに船であった。

「分かりました」と頷くと、彼は説明口調で声を上げる。

「下級生の保護は上級生の務めだが、フェーヴェルとティレイクの実力は疑うべくもない」

敬称《けいしょう》を省《はぶ》き、上級生としての責任ある態度でテキパキと指示を出す。

「まず二班に分かれる。私を含めた上級生は戦闘音《せんとう》の激しい本校舎へと向かう。フェーヴェルは本校舎裏手側から回ってくれ。君達には彼を同行させる」

三年生の彼が前へ出てくるが、そこでテスフィアもアリスも苦い顔をした。

二人が彼に対して抱いているのは、少し頼《たよ》りないのでは、という懸念だ。何より臆《おく》することない自信に裏打ちされた表情には、不安しかなかった。

しかし、班を分けた以上、下級生であるテスフィア達に一人加わるのは当然である。

「君達は避難ルートを確保し、先生方の指示に従い、できる限り交戦を避《さ》けてくれ」

今は騒音《そうおん》が収まっているが、先ほどまで苛烈《かれつ》な戦闘行為《せんとうこうい》があったと目されるのは本校舎近辺だ。何かあったとすれば、そこしかないだろう。

意を決してテスフィアは、声を上げる。

「これだけの異常事態ですから、生徒である私達にできることは限られています。ならば負傷者などの救助に尽力《じんりょく》した方が良いでしょう。戦闘音がすることから、テロや侵入者《しんにゅうしゃ》であるかと思います。戦闘が苛烈な本校舎へは少数で向かった方が良いかもしれません」

毅然とした口調は、貴族としての矜持から。何より彼ら——上級生らの過剰《かじょう》な正義感に対する心配からでもあった。貴族だからこそ立ち上がったのならば、上級貴族としてテスフィアは率先して前線に立たなければいけない。それに彼らの魔力操作では、万が一の場合に対処できない。そもそも先程まで熱心に自主訓練をしていたらしく、見たところ彼らの消耗《しょうもう》具合は、テスフィア達以上である。

彼はテスフィアの発言を咀嚼《そしゃく》し、思考する様子を見せ、一拍《ぱく》ほど考え込むと決断を下した。

「ではフェーヴェル達は本校舎へ行き状況を確認してきてくれ」

できるだけ多方面の情報を探るという意味で、二手に分かれるのは良い方策である。だが、彼はなおも心配げな顔を向け、

「危険だと感じたら、すぐに逃《に》げるように、分かったな」

「はい、アリスと確認に行ってきます」

少しだけ胸を撫で下ろすテスフィアに、上級生は活《かつ》を入れるようにキッパリと声を張り上げた。

「ダメだ！　君達二人では行かせられない。ここはセニアット・フォキミルに任せたい」

彼はセニアットへと不甲斐《ふがい》ない視線を送り、その意図を目で伝えた。いざという時に判

断を下し、責任を持つこと。フェーヴェルの家名を持つテスフィアに対して、それが可能なのはセニアットだけであった。

「分かりました。テスフィアさん、アリスさん、それで良いわね。これが受け入れられないのであればこの話はなしよ」

テスフィアとアリスは同時に首肯《しゅこう》した。

リーダー格の上級生は、グループの中から二人を指名し、避難《ひなん》を先導するように指示を出す。

結果として避難組と、上級生グループ、テスフィアグループの三班に分けられた。

避難組のシエルは二人の上級生に連れられて反対側の出口に向かった。

「二人とも無茶《むちゃ》しちゃダメだよ？　アリス、フィアを見ててね」

「なんで私が無茶する前提なのよ！」

心配顔のシエルにそんなツッコミを返し、小さく息巻くテスフィア。

「大丈夫よ、ちゃんと二人とも私が見ているから」

セニアットがシエルに微笑みかけると、ようやく彼女も安心したようにこくりと頷く。

その後、セニアットが決意の表情とともに言う。

「それじゃ行きましょう、テスフィアさん、アリスさん」

まもなく通用口を通り抜け、三人は訓練場の外に出る。

ふと見ると、明るい空に太い黒煙《こくえん》が幾本《いくほん》も昇《のぼ》っているのが分かる。校内のあちこちに、無残な破壊《はかい》の爪痕《つめあと》が残されており、彼女《かのじょ》らは思わず息を呑《の》んだ。そして。

「そ……そんな」

〝その光景〟を目にした途端《とたん》、アリスが愕然《がくぜん》として目を見開いた。

アルスの研究室がある建物、通称《つうしょう》「研究棟」――そこが大きく破壊されている。まるで巨獣《きょじゅう》の爪《つめ》が抉《えぐ》り取ったような半月状の傷が、建物の半分ほどを崩壊《ほうかい》させていた。

テスフィアもまた、信じられない表情でそれを見つめることしかできなかった。毎日のように通っていた、アルスの研究室。その室内は、今やすっかり剝《む》き出しとなり、吹きさらしの状態にあった。

立ち尽《つ》くし絶句している二人に、セニアットが鼓舞《こぶ》するように声を掛ける。

「二人ともっ!!　いい？　これだけの被害《ひがい》が出てる以上、確実に一大事。まさに最悪の緊急事態よ。まずは建物の陰《かげ》を移動しながら……テスフィア！　アリス！」

再び張った声で名を呼ばれ、ようやく我に返った二人は同時にセニアットを見遣った。

「ショックなのは分かるわ。でも今は、ここでぼんやり突っ立ってるのが何よりも危険よ！」

「だ、大丈夫です。な、何があったのか、いえ、誰がやったのかは別にして、ちゃんと安全な避難ルートを確認して戻らなくちゃ」

テスフィアは、まるで自分に言い聞かせるようにそう口にした。

それから三人は、建物の死角を利用しながら移動を開始する。

昨日までの見慣れた学院が、今や全くの別物になってしまったような気さえする。混乱と動揺《どうよう》が精神を侵蝕《しんしょく》し、制服をまとったままの自分達が、異物になってしまったような錯《さっ》覚《かく》さえ覚える。

そんな中、彼女らは必死に息を殺し、魔力を押さえつけながら歩き続ける。

三人が移動を始めてから程《ほど》なくして、正面入口が見えるところまで本校舎に近づくことができた。本来ならば数分の距離が、慎重《しんちょう》を期すため、十分以上もかかった。

やがて壁面《へきめん》の角からそっと顔半分を覗かせ、片目でその先を窺うテスフィア。そして飛び込んできた衝撃的《しょうげきてき》な光景に、思わず声を上げそうになり……彼女は必死で唇《くちびる》を噛《か》んで、その衝動《しょうどう》に堪《た》えた。

狼狽《ろうばい》しながらも素早《すばや》く身体を壁の陰に戻すと、セニアット、アリスの心配げな視線を気にする暇《ひま》もなく、自然と力が抜け、壁面に沿ってずるずると腰《こし》が落ちていった。込み上げる嗚咽《おえつ》と、否応《いやおう》なく溢《あふ》れ、目に溜《た》まっていく涙《なみだ》。

思わず両手で口を塞《ふさ》いだテスフィアを見て、アリスとセニアットも慎重に〝あちら側〟を覗き、顔を大きく歪《ゆが》めた。

そこに広がっていたのは……言葉にするのも憚《はばか》られる、一方的な殺戮《さつりく》の名残《なごり》。戦闘音が止《や》んだのは、つまりはそういうことだったのだ。

すぐ向こうの本校舎前広場には、死体の山が築かれていた。石畳《いしだたみ》の隙間《すきま》に血が集まり、それでもなお受けきれない夥《おびただ》しい血が、まさに川のように広場に流れている。

むせ返るように匂い立つ血の海の中、無惨《むざん》に捨て置かれた死体の様相もまた、目を覆《おお》いたくなるものばかりだった。手足が折れ、あるいは胴体《どうたい》が切断寸前に切り裂《さ》かれ……警備員が大半であるが、教職員と思われる死体もある。

地獄《じごく》のような光景ではあったが、唯一《ゆいいつ》救いと呼べるのは、本校舎の百人近い生徒達と、抵抗をあきらめた残りの教員達が無事であるらしいことだ。彼らは皆、頭の後ろで手を組み、膝《ひざ》を突いて俯《うつむ》かされている。だがその顔は一様にショックで真っ青になっており、あまりに唐突かつ非常識に繰《く》り広《ひろ》げられた殺戮劇の前で、完全に絶望しきった表情を浮かべている。

「な……なんなのよ！」

建物の陰で、真っ先にそう吐き捨てたのはセニアットである。彼女は青白い顔のまま、前髪《まえがみ》を強く握《にぎ》りつつ、そんな行き場のない思いを吐き出した。それでどうにか一息つけたのか、彼女は辛《かろ》うじて自分の役目を思い出したようだ。

「い、今すぐ引き返します！　異論は認めないわ」

「でも……」

微《かす》かに眉を寄せつつ、アリスはその視線を隣《となり》へと移した。そこには何とも形容しがたい表情を浮かべる、テスフィアの姿がある。ショックを受けているのか、それとも怒《いか》りに震えているのか、いや、そのどちらともなのだろう。

テスフィアの細い手は、掌《てのひら》に爪が食いこみ、血が滲《にじ》まんばかりに固《かた》く握られていた。

だがそんな彼女の様子は、二人の安全に責任があるセニアットに、危機感を抱かせるには十分であった。

「だ、ダメ！　あそこにいる皆の様子からして、襲撃者《しゅうげきしゃ》は複数で、生き残ってる人達に指示に従うことを強制してるはず。敵が集団なら、必ず指揮を執《と》ってる首魁《しゅかい》がいるわ！　まずはそれを確認しないと。ざっと見たところ、十人はいる。先生や警備員の人でも太刀打《たちう》ちできなかった相手よ、まずは情報を、待っている皆に持ち帰ることだけを考えて」

絶望と怒りに駆られたような、強い視線を向けてくるテスフィア。今にも斬り込もうとしそうな彼女に、セニアットはそんな妥協点《だきょうてん》を提示するのがせいぜいであった。彼女の人《ひと》柄故《がらゆえ》か、それとも貴族の矜持とはこんなにも危なっかしいものなのか。そんな感慨《かんがい》を覚えると同時に、なんとしても下級生たるテスフィア、アリスを守らなければと決意を新たにする。

続いて、セニアットは自ら再び、建物の陰から顔を出して。

「それにしてもあの襲撃者達《しゅうげきしゃたち》、全員顔も隠していないわ。人数は改めて見ても、五、九、十二人はいるわね。多分全員ＡＷＲを持ってる」

「いえ、一人持ってない男がいたはずです。多分あいつがリーダー格。私、これでもきちんと見ていましたから！」

幾分《いくぶん》か冷静になったテスフィアが、そう告げる。

「え⁉」

完全に感情に呑まれているように思えたテスフィアだったが、さすがは優秀《ゆうしゅう》な魔法《まほう》師の雛《ひな》にしてフェーヴェル家の子女というべきだろうか。

慌ててセニアットが観察し直すと、確かに、外套《がいとう》のようなものを羽織った男が一人、広場の真ん中に、周囲を圧するように堂々と立っている。ＡＷＲらしきものを一切《いっさい》持たない彼は、まるでこの状況を愉《たの》しんでいるかのように、終始口端を持ち上げていた。

やがて仲間らしき賊《ぞく》が引きずってきた警備員——まだ息がある——の身体がそんな男の

前に投げ出された。警備員は荒《あら》い息を繰り返し、血に染まった腹部の傷の痛みに喘《あえ》いでいる。外套の男と仲間が冷たく、哀《あわ》れな犠牲者《ぎせいしゃ》を見下ろしたその時。

「や、やめろ！」

一人の男の声が、広場に響いた。続いて。

「貴様ら、何が目的だ！　こ、これ以上、危害を加えるな!!」

人質《ひとじち》のように跪《ひざまず》かされていた一団の中から、一人の男性教員が立ち上がる。声はやや震えていて虚勢《きょせい》を張っているようにも思えるが、何はともあれ、堂々と彼は賊に物申したのだ。

黙《だま》って聞いていることに耐《た》え切れなくなったテスフィアが、ハッとしたセニアットの横にさっと並んで建物の角から顔を覗《のぞ》かせる。

直後、見張りの一人が駆け寄り、男性教員の腕が一瞬で後ろに捩《ね》じ上げられる。それから、閃《ひらめ》いたナイフがごく無造作に、その太腿《ふともも》を突《つ》き刺《さ》す。

「ぐあああああああぁぁ!!」

彼の腕を捩じり、ナイフを腿に突き立てた賊の一人は、そのまま軽く足を掛けて教員を地面に押《お》し倒《たお》すと、平然とした調子で「それを決めるのはアンタじゃないんだぜ、先生」とだけ言い、ニタリと笑んだ。

続いて警備員を引きずってきた男が、提案するかのように外套の男に言う。

「そうだ、あいつを使おうぜ、ダンテ?」

「ふん、もう待ちくたびれたのか?　……まあいい、好きにしろ」

賊のリーダーらしいダンテと呼ばれた男は、あくまで簡潔にそう言った。その口調は、まるで退屈《たいくつ》しのぎにひと騒ぎ起こすのを許可する上官のように、平板なものだった。

「好きにしろ」というその言葉は、人間一人……いや、生き物全ての命を何とも思わぬかのような、寒々しい響きを伴《ともな》っている。

その声に愉しそうに頷いた賊の一人は、やがて先程《さきほど》の仲間に命じて、腿に突き立てたナイフごと、男性教員を引きずってこさせる。

続いて先ほどの負傷した警備員の襟首《えりくび》をも掴《つか》むと、力任せに大人二人の身体を引っ張り、例の死体の山の前に連れて行く。

それから彼は徐に男性教員の襟首を離《はな》して解放し、もう一人の警備員を目で差し示しつつ、こう言い放った。

「先生、ここにナイフが一本ある。これで、あんたの目の前のこいつを殺せ。そうすりゃあんたの命は助けてやる。ついでに生徒も半分くらい、解放してやるぜ」

そう言われた教員は、たちまち目を見開いて全身を硬直させた。彼の教え子たる生徒達《たち》全員が必死で耳をそばだて、状況を窺《うかが》っている前で、彼の額を嫌《いや》な汗が流れ落ちる。賊達《ぞくたち》はそんな見せ物を、楽しそうに眺《なが》めていた。

ふと、教員の絶望に染まった目が、先程残酷《さきほどざんこく》な宣言をした男を見上げる。

「おいおい甘えるなよ、ナイフはてめぇの足にちゃんと仕舞《しま》ってあんだろ。それを使うんだよ。どうせ、こっちの男は死んじまう。アンタも太腿の大動脈がイってるかもな。結構血が出てる。急がねーとな、先生」

出血多量で自分が死ぬか、それともじきに息絶える警備員の死期を早めるか。

伏《ふ》せた目の下、生徒達の意識がそれとなく男性教員の答えへと集中するのが、場の全員にはっきりと分かった。

「……ふ、ふざけるな」

ガチガチと歯を鳴らしながら、常軌を逸した提案をした賊を男性教員は見上げる。しかし相手は特に機嫌《きげん》を損《そこ》ねるでもなく、寧《むし》ろその反応を予想していたかのような、不気味な笑顔《えがお》でその視線を受け止めた。

「まさに、模範解答だな」

そう言い捨てるや、賊は男性教員の太腿に手を伸《の》ばし、そこに刺さったナイフを乱暴に引き抜《ぬ》いた。男性教員がぐっと呻き、たちまち血が溢れ出すのを、冷ややかに見ながら。

「どの道、死ぬんだけどな」と野卑《やひ》な笑《え》みを浮かべつつ、彼はナイフに着いた血を教員の服で拭う。

その凶行《きょうこう》ぶりに、思わず身を乗り出しかけたテスフィアを、セニアットが必死で服を掴んで制止する。

今、テスフィアが何を思っているかは、その表情から容易《たやす》く読み取れた。

臨界点を突破《とっぱ》する直前の激しい怒り、ぶるぶると震える拳が、それを何より強く示している。

「ダメよ！　今は落ち着きなさい。私達が出ていってどうなるの！」

下級生を叱責《しっせき》するセニアットの声もまた、震えていた。彼女もまた、世界に存在しうる残虐《ざんぎゃく》さそのものが具現化したような、その光景をちゃんと見ていたのだから。だが、だからこそテスフィア、そして彼女を追うであろうアリスを、あの場に行かせるわけにはいかなかった。

こんな時に、自分は人道的な怒りよりも、恐怖《きょうふ》に裏打ちされた冷静さが優《まさ》ってしまっている。そんな弱さを自覚しながらも、セニアットはもはや力ずくでも二人を避難させなければと考える。

「ここは退《ひ》きましょう」

抗議《こうぎ》するようにキッと振《ふ》り返るテスフィア。その顔を、セニアットは直視できなかった。

「なら、先生を見殺しにするのですか！　私にはできません！」

「そんなこと言ってないわ。でも、私達が出ていって何ができるっていうの？　ただただ、被害を拡大させるだけよ」

セニアットは俯きながら、歯を食いしばるような思いで、己《おのれ》の無力を吐露《とろ》した。

「こ……こんな時に、アルがいれば……きっと！　絶対に！」

唇を強く噛むテスフィア。聞きようによっては他人任せだが、それはセニアットの言葉の正しさを理解し、かの少年の力を信じているからこそ。

ただ、アルスがいなくても、そんなことを、心のどこかで彼女は考え始めている。賊を甘く見ているわけではない。寧ろ、どこかで死のリスクを覚悟しつつも、若さと義憤《ぎふん》から来る純粋《じゅんすい》たる蛮勇《ばんゆう》が、彼女の胸の内に湧き起こりかけている。

だからこその〝貴族〟なのだと。この身に脈々と受け継《つ》がれた血ゆえに、自分は誰より高潔であり、勇猛果敢《ゆうもうかかん》でなければならないはずだ。そうでなければ、そもそも魔法学院の門など叩《たた》きはしなかった。

すでに、この道を歩み始めているからこそ――今、テスフィアは、セニアットの言葉に従えない。

やがて例の賊が動き、男性教員の背後でナイフを逆手に持ち変えると、大きく振り被《かぶ》る。

その光景が目に入ると、テスフィアの身体はもう勝手に動き出していた。愛刀に手を添え身を乗り出して、躊躇なく一歩を踏《ふ》み出す。

しかしテスフィアが踏み出したと同時、周囲から連続的に奇妙《きみよう》な音が響く。同時、彼女《かのじよ》達《たち》の視界の端《はし》で、丸太のような支柱が地面からいくつも突き上がり始めた。

何かの機械装置じみたそれは、いずれも学院の地中に埋《う》め込まれていたものらしい。

テスフィアはハッとしてセニアットを振り返った。

あの装置は以前、禁忌魔法《きんきまほう》が学院を襲い、それをシスティが退けた際に出現したものだ。元シングル魔法師たる彼女を補助する防衛装置――魔力塔《まりよくとう》である。だとするなら、それは彼女が動き出したということの、何よりの証左であるはず。

「直《じき》に理事長が来ます！　それまで、それまで時間を稼《かせ》げれば！」

セニアットに対するテスフィアのその言葉は、未来の可能性の一つというより、ほぼ確定事項《じこう》として語られた。どうやら賊の間にも、不可思議な塔《とう》の出現に動揺が広がっているようだ。今ならば……。

「うん！　あの先生を救出して、すぐに離脱《りだつ》する……それだけなら！」

アリスもまた、テスフィアに口添《くちぞ》えするように、セニアットに向けて言った。

「先輩は、すぐに逃走《とうそう》できるように牽制《けんせい》と準備をしてください。それでいいね、フィア」

「うん！」

緊張《きんちょう》に強張りつつも、アリスの顔は、それでも正しい行いを取るのだという誇《ほこ》りに輝《かがや》いている。

かくして、方針は定まった――。

だがその直後、身体を少し晒《さら》していたテスフィアのすぐ側、壁面に向かって一直線に鋭い巨大な枝が迫《せま》る。

まるで意思があるかのように、それは賊の一人の足元からアーチを描《えが》くように伸びて、テスフィアらを襲った。

「バレた！」

即座《そくざ》にテスフィアは、巨大な枝の槍《やり》を避《よ》けつつ走り出す。隣では息を合わせるように、アリスも動き出している。

彼女らが回避《かいひ》した巨枝はそのまま壁《かべ》を粉砕《ふんさい》し、手近にいたセニアットは標的にはせず、そこを貫《つらぬ》いて止まった。どうやらテスフィア、アリスに続く三人目、セニアットの存在までは悟《さと》られていないようだ。ならば今こそ、彼女が伏兵《ふくへい》として機能するはず……窮地《きゅうち》にいる男性教員の救出を目的とし、こうして抵抗の口火は切られた。

（もうじき、理事長がきっと来てくれる！　それにここでみんなが一斉《いっせい》に蜂起《ほうき》すれば、あいつらを捕《と》らえることだって可能かもしれない！）

無論、それは相手を殺すことにもなる。それを考えると、グッと刀を握る手に力が籠《こも》った。

一方、男性教員を手にかけようとしていた賊は、テスフィアとアリスの突撃《とつげき》を意に介《かい》さず、ただ視線だけをこちらに向けた。その身体は大量の返り血を浴びているが、なおも顔色一つ変えない様子は、異様ですらあった。

そしてもう一人、先程《さきほど》巨枝《きょえだ》を伸ばしてきた男が、テスフィアとアリスの進行方向に立ちはだかっている。頭部が禿《は》げ上がり、いかにもくたびれた中年男たる彼《かれ》は、口に小枝を咥《くわ》えていた。

この男だけは、一撃《いちげき》目を回避した二人に舌打ちし、面倒臭《めんどうくさ》そうに顔を顰《しか》める。

最短距離《きょり》で賊二人を倒す必要がある。そう、テスフィアは覚悟《かくご》を決めた。それも、迅速かつ確実に無力化しなければならないのだ。

「チッ……ネズミにしちゃ、結構動けるじゃんよぉ！」

不気味な声を上げ、禿げた男は口にしていた小枝を軽く投げる。するとそれは空中で爆《ばく》発的《はってき》に急成長して巨大な枝の槍となると、またも二人目がけて伸びてきた。

正面からの攻撃《こうげき》に、テスフィアとアリスは弾《はじ》かれたように二手に分かれ、攻撃をギリギリで回避する。後ろでは、枝の大槍が突き立った石畳が、木《こ》っ端《ぱ》みじんに粉砕される音が響き渡った。

「フィアッ！」

アリスの声に、テスフィアはコクリと頷《うなず》く。アリスはテスフィアとの距離をあえて空けて左側に移動しながら、攻撃の狙《ねら》いを枝の魔法を使った土系統の男に絞《しぼ》った。

金槍を掴んだ腕《うで》を引くと、瞬時《しゅんじ》に淡《あわ》い魔力光が刃《やいば》を包《つつ》み込《こ》む。

「【光神貫撃《シリスレイト》】！」

突き出すと同時に光の一閃《いっせん》が、男めがけて驚異的《きょういてき》な速度で伸びていく。光の瞬《また》きともとれる神速の突き。

しかし、男は【シリスレイト】の射線上に魔法を張り巡《めぐ》らせたかと思うと、木の盾《たて》を構築して防御《ぼうぎょ》体勢を取る。その盾の表面には歪んだ年輪が浮《う》かびあがり、鏡の如き魔力コーティングの光沢《こうたく》で覆われていた。

そこに飛び込んだ光の刺突《しとつ》は、盾の防御を辛《から》くも貫き、後ろに隠れていた賊の腹部に僅《わず》かな手傷を与《あた》えたようだった。

穴の空いた木の盾の奥《おく》、衣服が焼け、露出《ろしゅつ》した男の肌が、赤く爛《ただ》れて血が滲み出す。が、アリスの狙いは目の前の男よりも更《さら》に奥――ナイフを持った例の男だった。男性教員を助け出す隙《すき》を作るため、禿げた男とナイフの男が一直線上に並ぶよう、わざわざ位置取って攻性魔法を放ったのだ。

「――!!」

だが、ナイフの男は軽く一歩分動いて、アリス最速の魔法を回避していた。彼がテスフィア、ましてやアリスを意に介さず、その力を軽《かろ》んじていると悟ったからこその奇襲《きしゅう》だったが、予想に反して対応力が高い。

だが、それでも僅かに、男と男性教員との距離が開いた。

ナイフの男はやや体勢を崩《くず》しながらもその顔をアリスへと向けた。薄笑《うすわら》いが消えてすっと無表情になると、猛禽類《もうきんるい》のような鋭《するど》い目が、ジッとアリスを捉《とら》えてくる。

が、そんな男に向け、今度はテスフィアの横薙《よこな》ぎが一閃する。それを男がナイフで受けると、金属同士が衝突《しょうとつ》する甲高い音が響いて、相手はすっと、威力《いりょく》を受け流すように小さく後退する。

「先生！　誰か、早く先生を……！」

テスフィアの悲痛な呼び掛《か》けに、だが、動き出す生徒は一人もいなかった。

いや、正確には数人が意を決して立ちあがろうとしたのだが、それを押さえつけるような凄《すさ》まじい魔力が発せられたのだ。

それはこの場でただ一人、微動《びどう》だにせず腕を組んで仁王《におう》立ちしている賊のリーダー格。

確かダンテと呼ばれていた外套をまとった男が発する、異様な気配によるものだ。

魔力量による問題ではない、いっそ次元が違《ちが》うと感じられるほどの怪物《かいぶつ》のような存在感《プレッシャー》。

それを悟れたのは、テスフィアが持つ魔法師としての直感ゆえであっただろう。訓練場で抱《いだ》いた悪寒の正体を認識《にんしき》した。

テスフィアはもはや、その微動だにしていないはずの男を、まっすぐ見ることすらできなかった。ただの魔力による威圧《いあつ》を、これほど嫌なものに感じたのは初めてだ。まるで心臓を鷲掴《わしづか》みにされたかのように、ドッと額に脂汗《あぶらあせ》が浮かぶ。

「ダンテさん。これは、殺しても良いんですよね？」

ナイフを持った手をスナップさせながら、先ほどの男がにやけ顔で歩み出す。

テスフィアが刀の横薙ぎとともに繰り出した【氷刃】を受け、ナイフの刃はすっかり氷に覆われていた。だが男がごく軽くナイフを二度三度と振ると、たちまちそれも、細い刃の表面から剥《は》がれ落ちていった。

そんな中、ダンテと呼ばれた男はろくにそちらを見もせず、ごく端的《たんてき》に一言。

「あぁ、抵抗するなら殺せ」

ただそれだけで、生徒達の戦意ごと、テスフィアの呼びかけは封殺《ふうさつ》されてしまう。

声が、目が、そしてダンテの魔力そのものが、あらゆる抵抗の意思を挫《くじ》いてしまっていた。テスフィアも例外ではなく戦意を一度でも手放せば、この空間に立っていることすら困難になる。

テスフィアは己の魔力をできるだけ制御《せいぎょ》しつつ、大きく深呼吸する。

目標は一先《ひとま》ず、ダンテと呼ばれたリーダーらしき賊ではない。今は目前の敵だけだと、意識を切り替《か》えるが。

「ってことだ！　死にかけの先生を気にしてる場合じゃねぇぞ」

テスフィアが狙いを定めたナイフの男は、低く身を屈《かが》めると、おもむろに片足に体重を乗せた。次いでかき消すように姿が見えなくなったと思った瞬間《しゅんかん》、彼はすでにテスフィアの眼前に移動していた。

ちりちりする死の予感に、思わず呼吸が止まる。思考を超越《ちょうえつ》して、慣れ親しんだ感覚だけがテスフィアを辛うじて突き動かした。

咄嗟《とっさ》に刀を下から振り上げるも、相手のナイフがそれよりも早く、首を掻《か》き切るために振るわれる。

脳裏《のうり》を駆《か》け巡る死の宣告――。

咄嗟に首を捻《ひね》り、凶刃《きょうじん》から逃れようとする一心で、テスフィアは上体を反らした。

何の変哲《へんてつ》もないナイフが、ひんやりと冷えた鋼の温度が、首筋を軽く切り裂いていった。瞬時に血の噴《ふ》き出す恐怖が、身体を竦《すく》ませる。

頭と胴体が分かれていないかを確認するかのように、思わず首へと手を持っていく。

そして押し当てた掌に、血で引かれた赤い一線が記されているのを見て、テスフィアはゴクリと喉《のど》を鳴らした。戦い、いや、殺しの経験の差……あまりにも開きがあることを実感するには、今の一撃で十分過ぎた。

そんなテスフィアの様子を見て、男は嘲笑《あざわら》うかのように。

「足元を見てみろ、先生の血で真っ赤だ。こっちの男は……あぁ、もう冷たくなってるな」

醜悪《しゅうあく》な顔と表現するに、これほど適切な表情もないだろう。男は血溜《だ》まりを前に、顔を歪めて愉悦《ゆえつ》に浸《ひた》った。

歯噛《はが》みするテスフィアに、男はなおも饒舌《じょうぜつ》に言葉を重ねる。

「ようやく命知らずの間抜《まぬ》けが現れてくれたな。無抵抗《むていこう》にも飽《あ》きてたんだ。せいぜい頑張《がんば》って抗《あらが》ってくれよ、その方がこっちもお楽しみが増える」

「……ッ！」

待ち人来たれりとでも言いたげに上機嫌《じょうきげん》な男を、テスフィアは鋭く睨《にら》みつけた。そもそもこの侵入者達《しんにゅうしゃたち》は、圧倒的《あっとうてき》に数で劣《おと》っているはずなのだが、この余裕《よゆう》はどうだろう。

警備員や教員が太刀打ちできずに無力化されているところを見ると、個々人の能力が相当に高いのは間違《まちが》いない。だが、広大なこの学院全てを制圧するには、あまりにも賊の人数は少ない。学院には、職員や警備員だって、その敷地《しきち》面積相応の人数が控《ひか》えているのだ。

だとすれば、彼らの目的が分からない。生徒を人質に取って、何を成《な》し遂《と》げるつもりなのだろうか。この凄惨《せいさん》な様子からして、人を殺すことに快楽を感じる狂人《きょうじん》ばかりのようだが、そんな彼らが、あえて人質を取る理由は？

テスフィアの呼びかけに応えようとした生徒達のように、ここの学生達は、いずれ魔法師として軍に入る身だ。いかに半人前であろうと、彼らだって束になれば決して侮《あなど》れる戦力ではない。

だがもしかすると、侵入者どもはそれすらも承知の上で、ただこうして……〝何か〟を待ち構えているのかもしれない。

その証拠《しょうこ》に、集められた生徒や教員達の前で、リーダーらしきダンテという男はさっき『抵抗《ていこう》するなら殺せ』と言った。それはつまり、言外に「抵抗さえしなければ殺されない」と告げたも同然である。

やはり無情な殺戮だけでなく、彼らには何らかの目的があるのだろう。とはいえ、そんなダンテの台詞《せりふ》が、この場ではこの上なく有効に作用したのも事実だ。計算ずくかどうかは不明だが、結果的に彼の言葉により、人質達《ひとじちたち》は〝抵抗する意思〟という魂《たましい》の刃を、自ら地面に投げ置いてしまったのだから。

人間の心理は、常軌を逸《いっ》した異常事態の前にはとかく脆《もろ》い。この凶悪《きょうあく》な賊が己の言葉を守る保証などまるでないというのに、目の前に低リスクで最悪の事態を避け得る選択肢《せんたくし》が与えられれば、どうしてもそれに縋《すが》ってしまいたくなるのだから。

つまるところ、現在の人質達は、賊にすっかり生殺与奪《せいさつよだつ》の権利を握られてしまったに等しい。

そういう意味で、テスフィアが考えるより、事態はずっと深刻な様相を呈《てい》していた。

だが……だからこそ、彼女としては承知できない。

生命を弄《もてあそ》ぶようにして、不必要に血を流すその行為《こうい》を。いとも容易く目の前で行われるその凶行を、断じて許容することはできない。

「お楽しみが増える、ですって？　これだけは言わせてもらうわ。お前達は何も思わないのか！」

言葉は破裂《はれつ》するように口から吐《は》き出され、テスフィアは今や、烈火《れっか》の如く声を荒らげていた。曲がりなりにも大貴族の家で育った自分には、何処《どこ》まで行っても犯罪者の心理など分からないのかもしれない。とはいえ、世の中が綺麗事《きれいごと》だけで回っていないことも、頭では理解しているつもりだった。

人間は弱さゆえに、ときに貧しさや憤怒《ふんど》に駆られるまま、秩序《ちつじょ》を乱し、理性を欠いて、野獣《やじゅう》のように無辜《むこ》の人間を手に掛ける。自分の目が届かないところで、きっと世界では、そんなことが日常的に行われているのかもしれない。

けれども、テスフィアの目前でそれを行っている奴《やつ》らは、決して獣《けもの》のように一切の理性を持たないわけではない。寧ろ、全てを分かっていて楽しんでいるのだ——遊び半分、同じ人間を狩り殺すようにして、凶事《きょうじ》を愉しんでいる。それは人の業などというものを超《こ》えた、悪鬼羅刹《あっきらせつ》にも似た所業である。

「は？　こいつぁ傑作《けっさく》だ。今どきの学生ってのは、こんな馬鹿しかいねぇのか？」

己の心の叫《さけ》びを鼻で笑う男に向け、テスフィアは怒りを露《あら》わに突っ走った。魂の底から、熱い溶岩《ようがん》のような憤怒が湧《わ》き起こる。

いっそこんな鬼畜《きちく》に話しかけた自分を、嘲笑《ちょうしょう》すらしたい気分だ。言葉など通じない人の姿をした邪悪《じゃあく》を討《う》つのに、もはや躊躇《ちゅうちょ》など一切必要なかった。

魔力《まりょく》を解放し、無意識下で制御。冴《さ》え冴《ざ》えとする魔力の収束が全身を包み込み、【詭懼人《キクリ》】の刀身を凍《い》てつかせた。

ナイフ一本しか持たぬ相手と決して侮るわけではないが、様子見など一切しない。

そうして刀を引いたテスフィアの背後に、隠れるようにして構築されていく氷剣《ひょうけん》。

（【永久氷塊凍刃《ゼペル》】）

心の中で魔法の名を叫ぶと同時に、長大な氷の剣が空気を凍てつかせながら男に迫った。

だがその直後、テスフィアは思わず、その目を大きく見開いた。

男が踏み込んできた、その一歩だけはどうしても視認《しにん》できなかった――男は避けるでもなく防ぐでもなく、ただ真《ま》っ直ぐテスフィアの懐《ふところ》に潜《もぐ》り込んできたのだ。

構築した長大な氷剣故《ゆえ》に、間合いでは十分過ぎるほどの利を得ていたはず。にもかかわらず距離を一瞬《いっしゅん》で詰《つ》めてきた男のナイフは、氷剣どころか、咄嗟にテスフィアが構え直した【キクリ】そのもので受け止めねばならぬほど、間近に迫っていた。

さらに、ナイフの表面にはいつのまにか魔力が纏《まと》われており、異様な熱を帯びて赤く染まっている。

それが辛うじて受け止めた【キクリ】の刃先を滑《すべ》ったかと思うと、そのままテスフィアの左肩口へと流れ、肉を引き裂いていく。

肉とも血とも分からぬものが焦《こ》げる嫌な臭いが、鼻をついた。

何が起きているのか、理解できなかった。飛び散る鮮血《せんけつ》とともに、編み上げた【ゼペル】が、破砕《はさい》音を奏《かな》でながら崩壊していく。

痛みを堪えるために息を止めると、テスフィアはそのまま添《そ》えていた左手を刀から離した。そして、辛うじて右手だけで刀の軌道《きどう》を引き継ぐ。

その時だ。

男はナイフを手放し、親指と人差し指で摘《つま》むような形を作ると、それをテスフィアの鎖《さ》骨《こつ》に捩じ込んだ。

「ガッ!!」

パキッと鎖骨が折れる音が、体内で反響《はんきょう》した。なんとか刀だけは落とさずに済んだが、右手の痺《しび》れは指先まで一気に走り抜け、握力《あくりょく》を大きく削《そ》ぐ。

戦い方の質が違う。魔法に頼《たよ》り切った自分の戦い方と、この男の戦法は本質からして別物だと感じた。

痛みによって、思考はぐちゃぐちゃにかき回されて取り留めもなくなる。続いて恐怖と焦燥感《しょうそう》が、突如《とつじょ》として堰《せき》を切ったように襲《おそ》い掛かってくる。自分の正義が、刀が、力が、残酷《ざんこく》な世界の条理の前に、それでもいくらかは通用するはずと思っていたのに。

かつて、魔物《まもの》を前にしても恐怖に屈《くつ》しなかった。親友たるアリスを、狂人の毒牙《どくが》から怯《ひる》まず守り抜いた。胸に誇りとして抱いていたそんな自信が、今、全て根底から崩れ去ろうとしている。

想像を絶する悪意と、故意に残忍《ざんにん》さで磨《みが》き抜かれた殺人技量の下、死に直面することの恐怖は、かつて潜《くぐ》り抜けてきたそれらの比ではないほどに重かった。たちまち、魂が搦《から》め捕《と》られて足が竦む。

（それで、も……！）

意志を取り戻《もど》したテスフィアは、頭上に【アイシクル・ソード】を瞬時に構築。無論、それは荒削《あらけず》りな氷の塊《かたまり》に過ぎないが、それでもここで取れる最善の選択《せんたく》だったはずだ。必勝の手応えとともに目前に浮かぶ敵の薄《うす》笑いに、せめてもの亀裂《きれつ》を入れてやる。

狙い通りの軌道とはいかなかったが、至近距離《しきんきょり》で投下した【アイシクル・ソード】は、そのまま敵の動きを妨害《ぼうがい》すべく、テスフィアのぎりぎり鼻先を通り、両者を分断するように地面に突き立った。

何とか致命的《ちめいてき》な連撃を防いだと思われた直後、氷剣の濃《こ》い蒼《あお》の奥で、何かが一瞬動いたようだった。次の瞬間、テスフィアの身体が、横からの衝撃《しょうげき》に微かに揺《ゆ》れる。

気づくとテスフィアは、口から血を吐いていた。

飛び散った血が【アイシクル・ソード】の表面に大小様々な赤点《せきてん》となって付着し、そのまま垂れ落ちていく。

「ぐっ、あああああぁぁぁ!!」

味わったことのない痛みは、左脇腹《わきばら》から。視線を落とすと、自分の脇腹の肉を、男の右手が掴んでいる。さっき氷剣越しにちらりと動いた影は、男が繰り出した貫《ぬ》き手だったのだ。男の指先からは凄まじい熱が迸《ほとばし》っており、テスフィアの制服の腹部は溶《と》けるように焼け落ち、布の一部からは炎《ほのお》すらも出ていた。

咄嗟に男の腕に刀の柄《つか》を叩きつけたテスフィアだったが、相手はビクともせず、かえってその脇腹の肉を千切り取らんばかりの力が込められていく。

霞《かす》む視界の中、男は顔にニヤリと濃い笑みを落として、テスフィアの肉が焼けていく様をじっと眺めていた。その額、【アイシクル・ソード】が紙一重で掠《かす》った傷からは一筋の血が流れ出ているが、男はまるで意に介する様子はない。

テスフィアは、小さく呻《うめ》いた。口の中は、すでに鉄に似た匂《にお》いとともに溢れる血に満ち、呼吸すらままならない。それでも痛みを押して、今度は男の手首を切り落とすべく、刀を翻《ひるがえ》す。

刃の一閃を見て取り、さすがに男が腕を引いたことで指は引き剥がせたが、テスフィアはその場で膝を屈してしまった。

鼻を刺す焦げ臭い異臭《いしゅう》とともに、不気味に空いた腹部の穴から溢れ出す赤黒い血。その光景は痛みと精神的衝撃でいっそ麻痺《まひ》しかけた脳に、ひたすらに己の無力さを訴《うった》え続けていた。

またた、また力が足りなかった……。テスフィアは血の糸を口から垂らしたまま、呆然《ぼうぜん》と地面に目を落とす。

◇◇◇

テスフィアの様子を窺い見る余裕すらなく、アリスは全力で目前の禿げた土系統使いの男と対峙《たいじ》していた。

槍術《そうじゅつ》には自信がある。アルスとの模擬《もぎ》戦を繰り返し、技術が上がっているのが自分でも実感できている。

なのに——全く余裕がない。

今も、高速で金槍を振るアリスの動きを、土系統の魔法で生み出した長柄《ながえ》の武器を携《たずさ》えた男は、余裕の態度でいなしてしまった。この男が持つ得物は、槍というより棒と表現した方がより正確だろう。見た目は、捻《ね》じれた細い枝を何本も絡み合わせて作られた棒状の武器だ。しかし、いざ武器同士がかち合った時、周囲に響《ひび》く音は確かに金属同士のそれなのだ。尋常《じんじょう》ではない魔力を槍に込めて硬化《こうか》させているのだろう。金槍【天帝《てんてい》フィデス】をもってしても、打ち負《ま》ける場面が多々ある。

結果、男が繰り出す高速の槍捌《やりさば》きをいずれも巧《たく》みに返しつつも、アリスはジリジリと後退を余儀《よぎ》なくされていた。

だが、前傾《ぜんけい》姿勢で無駄《むだ》なく刺突を繰り出す男は、退いたアリスに重圧をかけるように、なおも強引《ごういん》に距離を詰めてくる。もはや全神経を注いで対応しなければ、どうにか保っていた均衡《きんこう》さえも瓦解《がかい》してしまいそうだった。

男の視線、筋肉の動き、肘《ひじ》の角度、足の位置、得られる情報を全て分析《ぶんせき》してこれ以上ないくらい巧みに対応しているつもりなのに、なおアリスの方に分が悪い。

アルスを除けば、ここまで手強《てごわ》いと感じる相手をアリスは知らない。このままでは、いつか追い詰められて致命的な一撃を受けてしまうだろう。

戦闘《せんとう》の只中《ただなか》にいるからこそ分かる、一歩ずつ敗北が近づいてくる嫌な予感。奈落の崖《がけ》の縁に立たされつつある焦《あせ》りが、アリスの表情にまざまざと表れていた。

「へっ、惜《お》しいな、そこそこ良い腕だっつぅのによ。ま、そもそも子供《ガキ》が、大人に勝とうなんて考えちゃいけねぇよ」

高速で槍を扱《あつか》いながらも息一つすら切らさず、男は平然とそんな風に声を発してくる。

「いくら、お、大人だからって……」

必死でそう言い返そうとして、アリスは思わず黙り込む。

無理に言葉を紡《つむ》ごうとして、呼吸が乱れたのだ。小さくも一定のリズムで呼吸を繰《く》り返していた彼女《かのじょ》だったが、僅かに意識が逸《そ》れたことによって息が続かなくなる。

アリスが、慌《あわ》てて深く息を吸《す》い込もうとした瞬間。

その隙を狙っていたかのように、一際激烈《ひときわげきれつ》な刺突の雨が降り注いだ。

あっ、とアリスが息を呑《の》む。がむしゃらに金槍を動かして防ぐが、男は涼《すず》しい顔で、まるでほくそ笑むようにして。

「誰《だれ》に鍛《きた》えてもらったんだい、お嬢《じょう》ちゃんよ？　おりゃ、そんな師匠《せんせい》はいなかったからなぁ。まったく羨《うらや》ましいねぇ～」

「うるさっ……くっ‼」

キッとした表情で言い返そうとするアリスの頬《ほお》を、男の槍が掠《かす》める。ピッと血が飛んだ直後、頬に刻まれた傷にも、薄らと血が滲み始める。アリスはグッと腹に力を籠《こ》め、感情を押し殺すことに専念した。

続いて両手で掴んだ槍を地面に据《す》え、次に飛んできた重い一撃を即座に防ぐ。

男は感嘆《かんたん》したようにひゅう、と口笛を吹くや、容赦《ようしゃ》せずに連撃を加えてくる。

もはやアリスにはその軌道全てを読み切ることは叶《かな》わず、増える一方の槍傷《やりきず》を、なんとか浅く抑《おさ》えるので精一杯《せいいっぱい》であった。

「お嬢ちゃん、魔法師を目指してるんだよな？　なら、腕を派手に怪我《けが》でもすりゃ、この先に支障が出るよなぁ。腕、腕、う、でっ」

男の繰り出す槍撃《そうげき》が一段と鋭くなり、加速していく。アリスが金槍を両手で構えて受け止めようとした直後、フェイント気味に走った相手の槍先が、アリスの指の間の皮膚《ひふ》を引っ掛け、引き千切っていった。

「ッ……!!」

「左手だったかぁ」

やむなく飛び退《すさ》って距離を取ると、アリスはたまらず左手をだらりと下げた。指の間は深く裂《さ》け、ボタボタと流れる血が、指先を伝って地に垂れ落ちていく。

男はニヤリと笑うと、まるで一休みでもするように、槍をクルリと回してそのまま肩《かた》に担《かつ》いだ。猫背《ねこぜ》が酷《ひど》いせいか、その槍が見た目以上の重量であるかのようにも見える。

「さて、これで左手は使えなくなったなぁ。治療《ちりょう》が遅《おく》れれば、そのまま指は一生動かせなくなるぞぉ？　そうなりゃもう、魔法師の道は難しいだろうなぁ～、え？」

神経を逆撫《さかな》でする、無駄に語尾《ごび》を伸ばした挑発的《ちょうはつてき》な口調。それも戦略かどうかは分からないが、現にアリスの槍は鈍《にぶ》り、付け入る隙を与えてしまっている。

「大人は怖《こわ》いだろぉ？　生きてりゃまだ治療ができるかもなぁ？　死んだら元も子もねぇぞ。ホラ、いっそ、背中向けて逃《に》げてみろや？」

ニヤついた顔の裏に潜《ひそ》む、確かな嗜虐性《しぎゃくせい》と残虐性《ざんぎゃく》。どんなことがあろうと、今この男に背を向けてはならないと、本能が警鐘《けいしょう》を鳴らす。

アリスは震《ふる》える右手で槍の中腹を握《にぎ》り、何とか片手でも扱えるように構え直す。

次いで、ふぅ、と震えながら大きく一つ、息を吐き出した。

（【光神貫撃《シリスレイト》】は使えない。意表を突かないと、簡単に避《よ》けられる）

槍を前に構え、アリスは己の腕で隠《かく》すようにして金槍についている円環《えんかん》を外し、それをこっそりと浮かせる。

途端《とたん》、僅かな魔力の波動を感じ取ったのか、男の目つきがややアリスの動きを警戒《けいかい》するものへ変わった。

だが、それも一瞬の心の動き程度。少し時間が経《た》つと、男は結局たいしたことはないと侮ったのか、またも低劣《ていれつ》な笑みを浮かべる。

「何か知らねぇが、無駄な小細工かぁ？　分かっちゃいねぇな、子供はよぉ。おっと、すまんすまん、長い間誰とも話してねぇと、どうも口が寂《さび》しくてなぁ」

「へへっ、そんな余裕があるの？」

あえて強がりの笑みを見せて、アリスは円環をどうにか自然に動かし続ける。

「余裕？　違うんだなぁ、それが。ま、せっかくだから学生の嬢ちゃんに教えてやるよ。ほら、これを見ろよ……」

男は先程の戦いで、アリスから受けた腹の傷跡《きずあと》を指差した。それは軽傷ではあるが、確かに木の盾の防御を破り、アリスが初めて彼に与えたダメージの証しでもある。

一体何を言い出すつもりなのかは分からないが、アリスはせめてこの間に、と呼吸を落ち着かせつつ、無表情の警戒体勢を崩さずに、男の言動を見守る。

「だいたい、腹じゃ相手を仕留められねえだろうが。本当の大人は、ココを狙うんだ、ココをな？」

男は自分の頭を指差しながら、醜悪な嘲《あざけ》りの笑みを浮かべる。

「まったく、型にはまった槍使い相手は、本当に楽でつまんねぇ。学生さんよぉ、まだルールありの模擬試合でもしてるつもりかい？」

男は不敵に言い放つと、そのままケタケタと笑い出す。

確かに、男の言っていることは間違っていない。

敵を直ちに殺傷・無力化するための槍術ならば、確かに一撃で急所を狙いにいかなければいけないのだ。その甘《あま》さを敵に指摘《してき》される屈辱《くつじょく》に、アリスは思わず唇《くちびる》を噛《か》んだ。同時にそれこそが、凶賊《きょうぞく》と対峙せねばならないこの局面で、もはや自分に勝ち目がないと思える最大の理由でもある。

アリスは、そっと自分の金槍に目を落とした。

魔法《まほう》師の最大の敵は、魔物だ。そもそも、人間を殺すために磨いてきた技術ではない。だからこそ、人を殺すことのみを目的とした相手の技を前にして、自分にはその覚悟も技術もない、と思い知らされる。

守るための力？　そんな言葉が綺麗事であると気づかされる。なぜなら、冷酷《れいこく》にただ己の命を狩り取ろうとしてくる相手を前にして、自分の刃ときたらその半分の覚悟もなく、まさに鈍《なまくら》同然なのだから。

以前、アルスが自分の体術や武術は独学だと言っていた。自分一人でひたすらに効率を求め、改良を加えてきたこともあるが、何よりアルスには魔物だけでなく対人戦闘の経験があることも大きい。結果、あらゆる角度から研究され研鑽《けんさん》された技は、まさに彼だけの唯一無二《ゆいいつむに》の技術へと昇華《しょうか》されている。

翻ってアリスの槍術はといえば、結局は型に押《お》し込めて黙々《もくもく》と磨いてきたというだけ。独自の工夫《くふう》もなく、故に覚悟が宿る余地がない。

結局は学生の域、見栄《みば》えの良い模擬戦なら行えるという段階から抜《ぬ》けきっていないのだ。

本物の刃を向け合う真剣勝負《しんけんしょうぶ》、ましてや命をやりとりすることに慣れた凶賊相手の死闘《しとう》では、甚《はなは》だ心もとない。

「分かったかぁ。敵に非情になれねぇなら、出しゃばるもんじゃねえぜぇ？」

男はそう言い終えると、今度こそ決着をつけるべく、捻れた木の槍を携えて、すっと腰《こし》を落とした。

男が踏み込んでこようとしたその時――近くで地面に膝《ひざ》を突《つ》きながらも、密《ひそ》かに戦いを見守っていた生徒達《たち》の間から、小さな悲鳴が上がった。

はっとそちらを見たアリスの視界の端に、この上なく重い一撃を受けた誰かの身体が、大きく宙に吹き飛んでいくのが見える。赤い髪《かみ》を揺らし、流れる血を振り撒《ま》きながら……正面玄関《げんかん》の手前まで吹っ飛ばされたその身体は、勢いあまってごろごろと地面を転がり、そのまま動かなくなる。

そのずたぼろの姿を見て、アリスは全身から血の気が引くのを感じた。

あろうことか、それはテスフィアの姿だった。受け身すら取れず、もろに吹き飛ばされたその身体は、もはやこと切れてしまっているようにすら見える。

絶句するアリスの前で、ふとテスフィアが、小さく身体を震わせて呻いた。まだ息があることにほっとしたのも束《つか》の間《ま》、脇腹の傷から地面に流れ出す大量の血を見て、アリスは顔色を変えた。

今も彼女は痙攣《けいれん》のような動きを続けているが、とにかく現在分かっていることは、テスフィアが、まさに瀕死《ひんし》の重傷《じゅうしょう》だということ。

「フィアッ!!」

アリスが一瞬顔を逸らしたその隙の代償《だいしょう》は、高くついた。さっと踏み込んできた禿げた男の槍が、回避できない至近距離で真っすぐに刺《さ》し込まれる。

「リフレクッ……」

木枝の槍のしなりを生かした鋭い突きを見て、咄嗟にアリスは金槍を構えつつ、魔法を展開する。刃が輝きを増して、何とか防御を間に合わせようとするが……。

防御魔法《ぼうぎょまほう》の発動は果たせず、鋭い槍はそのまま吸い込まれるようにして、アリスの肩の付け根を穿《うが》った。

「ぐぅっ……!」

肉を骨ごと抉《えぐ》られるような激痛に、思わず声にならない呻きが漏《も》れる。

さらに押し込もうとする男の突きに、片手の金槍を夢中で振《ふ》るって対応するアリス。だがそれは、素人《しろうと》が物干し竿《ざお》でも振り回すような、酷く無様な抵抗に過ぎない。

魔力を込めて突き出した刺突を男は軽々と潜り抜け、アリスの胸部を勢いよく足蹴《あしげ》にする。肋骨《ろっこつ》がメキメキと音を立て、アリスの身体は盛大《せいだい》に吹き飛ばされ、手近な建物の壁面《へきめん》へとぶつかる。背中から波及《はきゅう》する衝撃に、全身の骨という骨が悲鳴を上げて軋《きし》み、激烈な痛みを伝えてくる。

切った後頭部からは、首元まで温《ぬく》い血が流れてくるのが分かる。悠々《ゆうゆう》と近づいてくる相手を焦点《しょうてん》のぼやけた視界になんとか捉えようとするが、たちまち意識が遠のいていく。

「ん、死んじまったかよぉ？　ま、恨《うら》みっこなしだが万が一ってこともあらぁな。この際、しっかり止《とど》めといくかい」

面倒《めんどう》そうに呟《つぶや》きつつ、死そのものの足音が、ゆっくりと近づいてくる。

しかしそんな男の歩調が、唐突《とうとつ》に乱れた。酔《よ》っ払《ぱら》いの千鳥足でもあるまいに、突然《とつぜん》自分でもよく分からないままに、その身体がふらつき出したのだ。

「おんや？」

男は自分の足を見ると、その顔を意外そうに歪《ゆが》めた。

「へぇ……こっそり狙ってたか。けど、やっぱお子ちゃまだろうがよぉ、その狙いどころはなぁ」

呟く男の脛《すね》には、斜《なな》めに深い傷が刻まれている。面白《おもしろ》いほど血が出ているが、男は苦痛に堪《た》えるでもなく、飄々《ひょうひょう》としている。寧《むし》ろ、一瞬に賭《か》けたその一撃ですら、アリスが急所の頭を狙わなかったことに、少々呆《あき》れたような口調であった。

肩を竦めた男の背後で、音を立てて一つの円環が落下した。

【天帝フィデス】は槍本体と円環が同素材で作られている。円環もまたＡＷＲとして機能するようにアルスが手を加えた唯一無二の逸品《いっぴん》。

アリスは足蹴と引き換《か》えに突いた【光神貫撃《シリスレイト》】の発現場所を調整し、男の背後へと遠隔《えんかく》操作した円環から放ったのだ。まさに、完全な死角からの攻撃。どうにか紡げた魔法は、本来の五分の一程度の威力しか発揮しなかったものの、見事男に命中させることができた。

だるそうに足を引き摺《ず》りながら、それでもやるべき事——決着をつける——ために、男は右手に握った槍をクルリと返し、穂先《ほさき》をアリスに向ける。

「こんな大きな的じゃ、外す方が難しいくらいだぜ。なのによぉ、ここが狙えないんじゃ殺し合いにもならないんだよぉ」

動かないアリスを見下ろしつつそう言うと、男は大きく槍を振りかぶった。

男が突き出した直後、木の枝をより合わせた槍の先端《せんたん》が割れ、急成長するや三方向に広がる。しかし、それがどのような効果を、結果をもたらすのかを確認《かくにん》する前に、木の槍は唐突に切り刻まれた。

刹那《せつな》、男は目前に唐突に生まれた風の斬撃に表情を硬《かた》くした。

「……!!　こりゃ⁉」

驚《おどろ》いた表情を浮かべる男だったが、一拍《ぱく》置いて、その全身から今度はどっと血が噴《ふ》き出してくる。いつの間にか無数に刻まれていたそれらの傷は、いずれも決して浅いものではない。

顔さえも血に染まるが、男は次なる攻撃に備えて、後退しながら前面にアーチ状の幹をいくつも重ねて防壁《ぼうへき》を作った。

これで、先ほどの風の刃が再度襲《おそ》い掛かろうとも、構築した幹の盾を突破《とっぱ》することはできない――はずであった。

次の瞬間、男の身体は凄まじい勢いで吹き飛ばされていた。異様な突風《とっぷう》の力に巻き上げられ、彼ができたことは、せいぜいもろにその猛威《もうい》を受けないように、腕で顔を覆《おお》ったぐらいだっただろう。

幹の盾はほとんど砲弾《ほうだん》めいた風の渦《うず》に弾《はじ》け飛び、手近な研究棟《とう》の壁《かべ》に激突《げきとつ》した男の身体は、無残に押し潰《つぶ》された。まるで、壁一面に赤い花が咲《さ》いたように見えるその光景の中。

「遅《おそ》かった、のね。なんてこと……！」

深い嘆《なげ》きを含《ふく》んだ声で呟くその人物は、ようやく落ち着いた風の一吹《ひとふ》きとともに、アリスの側にゆっくりと降り立った。

いつもの服装に杖型《つえ》AWRを持つシスティの顔は、今や暗い影《かげ》が落ち、悔恨《かいこん》の情に歪んでいるようだ。顔や服に染《し》み付いているのは紛《まぎ》れもなく血痕《けっこん》であった。彼女は他の侵入者《しんにゅうしゃ》らを一掃《いっそう》し終え、何とかこの現場に駆けつけたのだが、既《すで》に殺戮《さつりく》の嵐《あらし》は巻き起こってしまった後だったのだ。

その場に倒《たお》れているテスフィアとアリスを見ると、システィはキッと視線を上げ、この元シングルの乱入に対し、一斉《いっせい》に身構えた賊《ぞく》らを睨みつける。そんな中、一人悠々としているダンテの姿だけは一際目立つが、システィは構わず杖を小さく掲《かか》げ、戦いの構えを取った。

「理事長、すみません。私、二人を守れなくて……」

目に涙《なみだ》を浮かべて、自責の念とともに顔を伏《ふ》せるセニアット。

「いいえ、あなたはよく堪えたわよ。セニアットさん、あなたが果たすとしたらこの後よ。まずはアリスさんをお願い。あとはなんとかするわ」

セニアットの胸中を察したように、システィはあくまで優《やさ》しく諭《さと》した。

「は、はい！　今度こそ」

強く頷《うなず》き返しつつ、セニアットはまずアリスの下に駆けつけた。彼女の肩の傷は深く、すぐにでも治癒魔法師《ちゆまほう》に見せなければいけない容態だ。

軽く視線を巡《めぐ》らせたシスティは状況を把握《はあく》する。まだ息のある男性教員、その側にはもはやこと切れてしまった警備員の男が無惨《むざん》に転がされていた。何より――。

（テスフィアさんは不味《まず》いわね。一刻も早く治癒魔法師に診《み》せないと）

だが、そこまでの距離《きょり》を賊らは静観してくれないだろう。

「負傷者と医療《いりょう》関係者は、寮《りょう》の方に避難《ひなん》してもらっているわ。彼女たちもそこへ」

システィはそれだけを伝えると、改めてダンテらを見据《みす》える。

今、システィはかつてないほどの怒《いか》りに打ち震えていた。表情というものが削ぎ落とされ、冷酷そのものの顔と鋭利《えいり》な刃《やいば》のような視線が、凶賊どもを捉える。

たちまちその身体から絶大な魔力が、風を伴《ともな》って流れ出る。

周囲一帯に聳《そび》え立つ魔力塔《まりょくとう》が、光を帯びて震えている。

そこに貯蔵されていた魔力は、先のグドマの襲撃《しゅうげき》時に多少消費してしまったが、それでもまだ、残されている莫大《ばくだい》な魔力が全て、彼女の身体へと集結してくる。

「よくも私の学院と大事な人達を……！　生きて還れると思わないことね！」

荒《あ》れ狂《くる》う魔力はたちまち暴風となってシスティを取り巻いた。彼女が持つ杖型のＡＷＲもまた、その膨大《ぼうだい》な内包魔力を放散する時を待っているかのように、まばゆく輝《かがや》いている。

凄《すさ》まじい重圧《プレッシャー》に、彼女が一歩ずつ歩みを進める度《たび》に、侵入者等はじりじりと後退する。

だが、そんな中でも蛮勇《ばんゆう》を振るい、彼女に向かってくる賊がいる。今もそんな侵入者の一人がAWRたる大槌《おおづち》を振りかぶりつつ、鬨《とき》の声《こえ》を上げて飛び掛《か》かってきた。

たちまち賊の魔力が大槌に集結したかと思うと、生まれ出た鉱物の塊が突端《とったん》に付着し、たちまち二回り以上も槌《つち》の直径を大きくする。

そのまま超重量《ちようじゆうりよう》の大槌がシスティの頭上に迫《せま》った時、後方からは、息を合わせるような連携《れんけい》で、さらに二人の賊がシスティに接近していた。

新手の二人は、気配すら悟《さと》らせず一瞬でシスティの間合いに踏《ふ》み込《こ》み、それぞれが携えた凶刃を閃《ひらめ》かせる。

先手必勝、躊躇《ためら》いなく相手の命を奪《と》りにいくその戦法は、テスフィアやアリスら、対人戦の覚悟《かくご》がまだ定まっていない者にとっては、そのまま致命的な隙《すき》を突かれることになるという意味で、非常に有効なものである。

視線はもちろん、表情一つすら動かさず、システィは杖を地面に突く。

たちまち石畳《いしだたみ》を割って、瑞々《みずみず》しい若木が顔を出す。それらは一気に枝を伸《の》ばすと、賊二人の身体を巻き取るようにして拘束《こうそく》する。続いて注がれた魔力で枝が急成長するや、ギリギリと締《し》め付けられた男たちの全身の骨が、一気に粉砕《ふんさい》された。

断末魔《だんまつま》の悲鳴が重なり響いた直後、システィの頭上から躍《おど》りかかった男の持つ大槌が、地面に影を落として迫りくる。

もはやちょっとした小屋ほどに巨大化《きょだいか》した大鎚は、仲間二人もろともにシスティの頭部を打ち砕《くだ》かんと、恐《おそ》ろしい勢いで振り落とされた。

その直前、超硬質《ちょうこうしつ》なはずの金属の槌が、まるで賽《さい》の目《め》に切ったバターのごとく、無数の欠片《かけら》に切り分けられてしまう。さながらバラバラになった積み木のように崩《くず》れ落ちる金属《きんぞく》片《へん》。その隙間《すきま》の向こうでは、男が顔に驚愕《きょうがく》の表情を浮《う》かべる。

そして、一片《いっぺん》の勝者の笑《え》みをも見せず、システィはただ眼前で腕《うで》を力強く一振《ひとふ》り――それだけで、まるで見えない巨拳《きょけん》のような風の塊が、大槌の無数の欠片ごと男を攫《さら》い、軽々と吹き飛ばす。

そのまま衝撃で木の葉のように舞《ま》った男の身体は、学院の敷地を猛《もう》スピードで飛び出すと、街路に叩《たた》きつけられて意識を失った。

いとも容易《たやす》く三人の賊を排除《はいじょ》したシスティは、再びカツカツと靴音《くつおと》を立て、ゆっくりと歩を進めていった。その脇《わき》で、先程《さきほど》骨を粉砕されて倒れた二人の賊の身体を、するすると退き消えていく木々の枝が、ゆっくりと地面の穴に引き込みつつ完璧《かんぺき》に〝掃除《そうじ》〟する。

圧倒的な戦力差の前に凶賊達《きょうぞくたち》は、慄《おのの》くかに見えた。が、システィに対して排除行動を起こすのではなく、彼《かれ》らの狂気《きょうき》は人質《ひとじち》へと向いた。

手直な女生徒に手を伸ばした賊の一人。

しかし、直前で男の手は血を噴き、指先が削《けず》り取られる。

人質達を覆う黄金の風の障壁《しょうへき》が一瞬で構築され、悪意を阻《はば》む守り手となった。

「無駄よ。あなた達《たち》程度でこれを破ることは出来ない」

苦悶《くもん》しながら血塗《ちまみ》れの手を強く握る賊に対し、システィは冷徹《れいてつ》な声で近づく。人質を隔《かく》離《り》することは叶った。後は、凶賊を排除するだけだ。

「……で、あなたの目的は何？」

ダンテに問う静かな声には、それでも押し止《とど》めようもない怒気《どき》が含まれていた。

「〝魔女《まじょ》〟の異名は伊達《だて》じゃねえ、か。けどよぉ、あんたも舐《な》め過ぎだ」

横目に見るダンテの狂気的な瞳は、システィに刹那《せつな》の畏怖《いふ》を抱《だ》かせた。

ダンテは徐《おもむろ》に手を翳《かざ》すと、脱力《だつりょく》した仕草で手首をスナップさせた。

「――!!」

咄嗟《とっさ》に障壁を振り返ったシスティは、信じられない光景に眼を見開いた。風の障壁――

【無限の王風《リグラ・リタス》】はシスティが貯蔵した魔力を源として、自動修復できる。

一度発動してしまえば、後から手を加える必要のない無限の風壁なのだ。

しかし、システィの耳に、生徒達の悲鳴が届いた。

【リグラ・リタス】の動きが緩慢《かんまん》になり、風が質量を持ったかのように停滞《ていたい》する。

無限に修復できる風の障壁だが、何かがおかしい。なぜか勢いを削がれた黄金の風は、奥《おく》の生徒達が薄《うっす》らと透《す》けて見えるほど穏《おだ》やかになり、煌《きら》めく風刃は鋭《するど》さを失ってしまった。

「何を、されたの⁉」と思わず口を衝《つ》いて出た言葉。元シングル魔法師たるシスティをもってしても、理解することが困難な現象だ。

「人質は人質だ。その魔法の風壁を自ら解くか、それとも俺《おれ》が力ずくでぶっ潰すか？　器用なことは出来ねえから、壁ごと中身が全員死んでも文句はなしだぜ」

射殺すようにダンテを睨《にら》んだものの、システィが取れる行動は一つしかなかった。

魔法が解かれ、王風が霧散《むさん》した先では、生徒達が地面に突っ伏《ぷ》して苦鳴を上げていた。

「賢明《けんめい》な判断だな。ま、こっちも当然、あんた用に保険はかけてあったが」

不敵な笑みの中、ダンテは指をすっと立て、背後の崩れた校舎の一角を指し示した。

三階から四階にかけて崖崩《がけくず》れを起こしたように抉れた校舎の中――そこからゆっくりと歩み出てきた数名の人影《ひとかげ》がある。

「――‼　まだ別の人質が⁉」

視線を一層鋭くしたシスティに、ダンテは悠然《ゆうぜん》と言い放つ。

「そういうことだ。下手な抵抗《ていこう》はすんなよ。ま、いっそ全員を巻き込んで、死人の名前で在籍者名簿《ざいせきしゃめいぼ》を埋《う》めるのもいいかもだがな？　さて、次の教育的選択だ……誰を殺して誰を生かすか、落ちこぼれを選びな」

眉《まゆ》を寄せたシスティの視線の先。そこには生徒二人と職員が一人、背中側に回した手を拘束され、首に縄を括《くく》られた状態で立っている。彼らは皆《みな》、崩れかけた校舎の端《はし》、地上から高く離《はな》れたその縁に立たされていた。

そしてそれらの手配をしたと思われる女が二人の部下を伴い、彼らの背後に立っていた。ダンテの指示一つあれば、すぐにでも彼女らは人質を突き落とし、その首を吊《つ》ることだろう。

「システィ理事長……」

人質の一人たる女性職員は、震えながらその名を呼ぶ。先程まで身分を偽《いつわ》って潜入《せんにゅう》したミールを、そうとは知らず案内していた女性だ。だが、顔面蒼白《そうはく》となったその様子からは、助けを求めているというより、単にその名前を呟いただけにも思えた。

「〝念のため〟の準備は、万端《ばんたん》だったたってわけだ。そうそう、俺の目的だったたな？　確かに目的がなきゃ、こんな回りくどいことはしねえよな。けどよ、何か人にものを尋《たず》ねようってんなら、まずはその杖を引っ込めるトコからにしてもらうぜ？」

醜悪《しゅうあく》な笑みとともに、ダンテの心の昂《たかぶ》りに呼応するように、彼の身体から魔力が溢《あふ》れ出す。察するところ、彼が擁《よう》する魔力量はシスティとほぼ同等。いや、魔力塔による蓄積《ちくせき》補完分を除けば、単体魔力では上回ってさえいると思える。

（〝現役《げんえき》〟のシングル魔法師レベル。それにさっきの魔法はいったい……）

システィは視線を鋭くしつつ、そんな風に敵戦力を分析した。そんな相手と魔法を駆使《くし》した本格的な戦闘に入れば、学院全体を巻き込むことになるのは必至だ。しかも、この賊は底が知れない部分がある。部下達の発する殺気や殺戮技術を見れば、この男もまた、対人戦闘術に長《た》けている可能性が高い。魔法師たるシスティの本領は、防衛と魔物を相手とする戦いだ。元シングルとはいえ、純粋《じゅんすい》な魔法戦以外で勝負すれば、もしや、という不安がある。ましてや、今回は人質がいるのだ。

一瞬でそこまで思考を巡らせるシスティ。そう、被害《ひがい》を最小限に抑えることを前提にすれば、今現在、打てる手は限りなくゼロに近い。そして教育者にしてこの学院の理事長たるシスティにとって、生徒の命を二の次とする選択肢《せんたくし》は絶対に考えられない。

何よりタイムリミットである。最も深刻な怪我を負ったテスフィアを、これ以上ここに放置することは出来なかった。故に、これ以上の抵抗は……。

システィはやむなく杖を下ろすと同時、身体を覆う魔力《まりょく》――すなわち、さっきまで漲《みなぎ》っていた戦闘意志の発露《はつろ》を収めてみせる。

それを見て取ったダンテは、ニヤリと唇を歪めて。

「お利口だ。さて、俺の目的だがミネルヴァだよ。渡《わた》してもらうぜ」

「……!!」

瞠目《どうもく》すると同時、システィは奥歯《おくば》をギリリ、と噛みしめた。

先の親善魔法大会でも象徴的《しょうちょうてき》に公開された、世界最高峰《さいこうほう》のAWRの一つであるミネルヴァ。最古のAWRにして人類の至宝だけあって、一定の場所に長く保管しておくのはかえって危険という判断から、実はその管理については、7カ国がランダムに持ち回るという体制が取られている。

ちなみに先日、親善魔法大会で持ち出された際には、確かに次の保管国としてアルファ、それもこの学院が選ばれてはいた。だが、それに関する情報管理は国家レベルで徹底《てってい》されており、常に7カ国における最重要機密なのだ。それを何故《なぜ》、強大な魔力を持つとはいえ、こんな賊が知り得ているのか
「……何のことかしら？」

ここは当然、少々わざとらしく見えたとしても、白《しら》を切るしかないシスティ。

対してダンテがすっと腕を上げると、校舎の上にいるミールが、例の女性職員の背中を

足でぐいと押す。体勢を崩しかけつつも、必死で何とか踏みとどまった女性職員。その弾《はず》みで校舎の縁から細かな砂礫《されき》が落ち、パラパラと地上の瓦礫《がれき》に降りかかる音が響く。

「ま、こっちにゃ三人もいるんだ。別に、二人分の首吊《くびつ》り死体がぶら下がるくらいまでの間は、黙《だんま》りを決《き》め込んでてくれてもいいがな」

「……分かったわ。その代わり、そこの生徒と職員を解放しなさい。それが条件よ」

「おいおい、立場分かってんのか？　ダメだ、一先《ひとま》ず負傷者だけを解放する。それと、あんたにはその物騒《ぶっそう》なＡＷＲを捨ててから、丸腰《まるごし》で隠し場所まで案内してもらうぜ」

　しぶしぶ頷くとシスティは、杖を投げ捨てる。

「いい判断だ、それじゃ行くか……あんまりグズグズすんじゃねえぞ？　残ったこいつらが暇《ひま》すぎて、うっかり何人か遊びで殺しちまうかもしれん」

「その前に、ちゃんと約束なさい！　ミネルヴァを渡せば、これ以上、誰にも危害は加えないと！　ちゃんと人質が解放されるまではここを動くつもりはないわ」

「あぁ、いいぜ。負傷者を優先的に解放してやる。だが、譲《ゆず》るのはそこまでだ。あんたが教員どもに指示出して動かすかもしれないしな。負傷者は、ガキどもの内から上級生を中心に使って運ばせせな。それとあそこの三人は残させてもらう、ミネルヴァと交換《こうかん》だ」

　賊は、学生などよりもずっと即戦力《そくせんりょく》となりやすい教員達の動きを警戒しているのだろう。

仕方なくシスティはダンテの言葉に従い、学生らに命じて、負傷者を運ばせる。行き先としては、仮の避難場所となっていた学生寮《がくせいりょう》を指定した。

だが、この機会にできるだけ大勢を解放させようと努力したものの、結局本校舎前には、それでも五十名近い生徒と職員が残ることになってしまった。

負傷者同士、支え合いながら続々と本校舎前から避難していく生徒達を確認する。

そんな中、テスフィアのもとへと駆《か》け出したのは二年生のセニアットであった。

彼女は唇を噛み締めながらダンテの視界に入り、その威圧感《いあつ》に伏し目がちになりつつも、テスフィアに足先を向ける。

そんなセニアットに向かって、ダンテは無言で歩を進めて来る。

一瞬《いっしゅん》、場に緊張感《きんちょう》が走った。テスフィアを挟《はさ》んで、セニアットがダンテの行く先をふさぐような構図になったからだ。

だが実際のところ、まるで路傍《ろぼう》の石の如く、ダンテの瞳《ひとみ》にはセニアットの姿など映っていなかった。事実、その意識はあくまでセニアットではなく、ひたすら本校舎へと向けられていたのだから。

ダンテが倒れているテスフィアの傍《そば》を素通《すどお》りしかけた直後、ズボンの裾《すそ》へと、唐突に血で汚《よご》れた手が伸びる。

赤い髪を地面に広げ、テスフィアはほとんど無意識でダンテの裾を掴《つか》んでいた。血に濡《ぬ》れた指が裾を弱々しくも握り込む。

ふと、ダンテが足を止めた。そのまま、焦点の定まらない目をぼんやりと見開きつつ地面に転がっている、赤毛の少女を見下ろす。

血溜《だ》まりの中、ほとんど意識も途《と》切《ぎ》れかけているというのに……それでも凶賊が学院の奥へ侵入《しんにゅう》すると見たからか、はたまたセニアットにまで狂気の手が伸びることを防ぐためか、いずれにせよ食い止めようとしたのだろう。

「……!!」

システィは重傷を負ってもなお抵抗しようとする赤毛の少女の意志に、胸を締め付けられる思いだった。

テスフィアは所詮《しょせん》息も絶え絶えの状態である。意識などない亡者《もうじゃ》の如き、か細い抵抗であり、首をもたげる力さえ残されていない。あくまでダンテの服の裾を震える手で掴んだに過ぎず、到底《とうてい》その歩みを止められるはずもないと思われた。

だが、その直後。

テスフィアの血に染まった手がふと冷気に覆われ、滴《したた》る血が凍《こお》り付いたかと思うと、ダンテの衣服を一瞬で侵食《しんしょく》していく。その異様な凍結《とうけつ》効果は、瞬時《しゅんじ》にこの不敵な男の警戒本能を刺激《しげき》し、その身体を強制的に突き動かした。

ダンテは反射的に足を引き、血に濡れた細い手を振り解《ほど》く。

暴王として賊達《ぞくたち》の上に君臨し、システィの登場にも、【無限の王風《リグラ・リタス》】を使われても動じなかった。そんな彼が、たかだか絶命しかけた女生徒一人に底知れぬ力を感じ、何を置いても振り解かざるを得ないほどのプレッシャーを感じてしまった……それは紛れもない事実であった。

いかに氷系統魔法であろうと、ダンテの心胆《しんたん》を寒からしめることは出来ない。ただの魔法ならば……それも学生が使う程度の魔法ならば取るに足らないはずだった。

にもかかわらず、ダンテは思考するより早く、敵の排除行動へと移っていた。

得体の知れない抵抗者に止《とど》めをさすべく、膨《ふく》れ上がった魔力を込めた拳《こぶし》を振り上げる。

一連の動きは、凍結の侵食を遥《はる》かに上回る速度で行われた。

まさに、生命を凍《止》める者と、生命を狩《か》り取る者の刹那の交戦。

だが、ダンテはその無慈悲《むじひ》な一撃《いちげき》がテスフィアの頭部に届く直前、拳を空中でピタリと止めた。

背後でごうっと魔力を発し、髪を逆立てんばかりに揺《ゆ》らして臨戦態勢に入ったシスティの存在があったためだ。ここでこの少女一人を殺せば、恐らくシスティの怒りは、理性とともに一線を越《こ》える。そこから先は、もはやどんな駆け引きも交渉《こうしょう》も通用しないだろう。壮絶《そうぜつ》な殲滅《せんめつ》戦の果てに最後に立っている一人がどちらの陣営《じんえい》か、そんなごくシンプルな結果によって勝敗が決するのみだ。

今のところ、それはダンテの望む結末ではなかった。ダンテは暴虐《ぼうぎゃく》の王だが、決して愚《ぐ》王《おう》ではない。そもそも派手に一戦を交えている間に本格的に軍が動き出せば、たとえミネルヴァを見つけても、おちおちそれを学外に持ち出すことすら叶わなくなる。

ダンテは小さく鼻を鳴らすと拳を引き、今にも息絶えてしまいそうな赤毛の女生徒を見た。もはや、先程ダンテが振り払《はら》った彼女の手は、地に落ちたままピクリともしない。

そんなぼろきれのような姿を眺《なが》める、無機質なダンテの視線。その瞳に、あまりにも無力な少女の抵抗はどう映ったのか。やがて、そんな彼の服の裾から凍結した布ごと剥《は》がれ落ちるようにして、テスフィアが放った最後の凍結魔法《とうけつまほう》の名残《なごり》も消えていく。

それからただ、ダンテは無言で踵《きびす》を返した。

「はっ、心配すんな。ここであっさりキレちまうくらいなら、最初からこんな手の込んだ真似《まね》はしねえよ」

ダンテはそう、無表情に言い捨てると再び歩き出す。

その後ろには、三人の人質を部下に託《たく》して半壊《はんかい》した校舎から飛び降り、軽快にこちらに歩み寄ってくるミールの姿があった。

最後の負傷者であるセニアットが、玉の汗《あせ》を額に浮かべて我に返るや、テスフィアを抱《かか》え上げる。数人が手を貸しながらテスフィア達、負傷者の搬送《はんそう》が終わる。

「約束は守ったぜ。今度はそっちの番だ」

まだ残された人質はいる。全員ではなくとも最低限、負傷者だけは解放させることができた。しかし、まだ予断を許さない状況《じょうきょう》に変わりない。

システィは無表情に頷くと、ダンテに命じられるまま、後《うし》ろ髪《がみ》を引かれる思いで、彼を伴ってミネルヴァの保管場所へと歩き出す。ある意味で、最も危険な男をこの場から引き離しつつあるとも言えるのだけが救いだろうか。ただいずれにせよ、どれほど腸《はらわた》が煮《に》えくり返る思いであろうと、天秤《てんびん》に乗せられた多数の命には代えられないのだから。

◇　◇　◇

先に立つシスティ、次にダンテとミールという順で、三人は本校舎へと入っていった。

「ねぇ、ダンテ。他じゃ随分《ずいぶん》と殺されたみたいよ、この女に」

「らしいな。俺としちゃ、別口に回した連中も、そこそこ使える奴《やつ》らを選んだつもりだったんだが〝魔女〟が相手じゃ仕方ねえ。まあいいじゃねえか、こうしてちゃんと道案内役を釣《つ》り出せたんだからな」

「あ〜、そういうこと」

ダンテの意図を察し、ミールは呆れたように一つ首を振った。

一緒《いっしょ》に脱獄《だつごく》してきた連中が、魔女の激しい怒りを買って命を落としたという事実にも、ダンテは顔色一つ変えない。それもそのはず、ダンテからすれば、彼らは撒き餌《え》のようなものに過ぎない。ミネルヴァの所在を知るシスティ・ネクソフィアを激昂《げきこう》させ、引きずり出すために、学院の随所《ずいしょ》で暴れさせたのだから。

「まったく、仲間を使い捨てなんて怖いわぁ。それに、人使いもちょっと荒過《あらす》ぎじゃない？事前に下調べのために、私を偽名《ぎめい》で学院に潜入させるなんてねえ。結局ここは広すぎて、例のモノの隠し場所はもちろん、大したことは分からなかったわよ」

「ま、多少はここの構造を把握できただろうが。それにあの場で新しい人質も用意できたんだ、悪いオチじゃねえ」

「それは確かに、ね」

ダンテの言い様に、ミールは肩《かた》を竦《すく》める。一方で、システィの足取りはあくまでも重い。

正直、賊を自らミネルヴァのもとに案内することになるとは思わなかった。今この瞬間《しゅんかん》、ダンテ一人ならばあるいは逆襲《ぎゃくしゅう》に転じて……とも思ったが、彼の悠々とした態度は、余裕《よゆう》の実力差を想像させるには十分だ。AWRがなかろうとこちらへの警戒は一切《いっさい》解かない。それがかえってシスティの意志を阻む心理的な障壁となる。

しかし、元シングルたる自分を凌駕《りょうが》するほどの存在が、こんな凶悪《きょうあく》な男の姿でこの学院に現れるなど、まさにシスティにとって悪夢に等しい。しかも、この香水《こうすい》の匂《にお》いを振り撒く怪《あや》しげな女まで付いてきているとなれば、状況はさらに悪いと言える。

どうせなら、少しでも時間稼《かせ》ぎをしたいところだが、それも確実に功を奏するかどうか。もしなんとか軍の救援《きゅうえん》が到着《とうちゃく》したとしても、校内に何人の賊が入り込んだのかは分からず、また、さっきのように人質がまだ多数いる可能性も高い。戦闘《せんとう》が始まれば、確実に生徒も巻《ま》き込まれるだろう。

だがもし、ここにアルスが駆けつけてくれれば……。

そんな想像をしてみるも、システィの表情はなお晴れなかった。いや、アルスが到着してもやはり、被害は免《まぬが》れ得ないのではないか、という気がする。賊の頭目であろう後ろの男は、凄まじい手練《てだ》れだ。前線を離れて久しいとはいえ、己《おのれ》の力をもってしても底が測れない。対峙《たいじ》したとしたら、アルスですらどうなるか。その証拠《しょうこ》に……。

「ミール、この前、あのどっかの貴族様から回されてきたお目付け役に聞いたって言ったよな？　この学院にゃ、現1位がいるんだろ？」

　ギクリとしたシスティの様子を他所《よそ》に、ダンテは、平然とそんな極秘《ごくひ》情報を口にした。内心彼らの情報網《じょうほうもう》の広さに驚きつつも、システィはどこか呆れてしまった。怖《こわ》いもの知らずというべきか、大胆不敵《だいたんふてき》というべきか。数々の偉業《いぎょう》を成《な》し遂《と》げてきた人類最強の魔法師を、この男は微塵《みじん》も恐れていない様子だった。

「ええ、もっとも情報元は態度がデカくてウザイってんで殺しちゃったわけだけど。私なりに手を打ったつもりだったのよ？　先に始末しようと送《おく》り込んだ奴らは、残念ながら全《ぜん》滅《めつ》したみたい」

「余計なことだ、奴らがいかに裏の殺しに慣れてたとはいえ、な。いずれにせよ、スザールが上手《うま》く引き離してくれたか。おい魔女さんよ、件《くだん》の1位ってのはどれくらい使えるんだ？」

「さあね。でも、彼がここにいなくて、命拾いしたわね」

　システィは淡々《たんたん》と、前だけを見て返答した。敵に背を向けているせいでどこか落ち着かないが、女の忍《しの》び笑《わら》いが、後ろの方から聞こえてきた。

「ふふ、表の1位がどれほどのものかしら？　そこらの魔物《まもの》相手の魔法遊び程度でお山の大将気取りなんて滑稽《こっけい》もいいところ」

「あら、彼は対人任務でも別格よ。話を聞いてる限りじゃ、彼を襲《おそ》わせたあなた達の部下も、戻《もど》ってきてないみたいだしね？」

「そうみたいね。気でも晴れた？　ねぇ年食うと、命が惜《お》しくなくなるの？」

あくまで朗《ほが》らかなミールの声調とは裏腹に、途端《とたん》に女二人の間に殺伐《さつばつ》とした空気が漂《ただよ》う。

「ミール、ここの1位は表だけでなく、裏の仕事もこなす奴だ。すでにノックスをやってる。7カ国が絡《から》んだ政治の舞台裏《ぶたいうら》で、他にもいろいろ仕事を振られてるようだからな。ご本人もきっとうんざりだろうよ」

「ノックス⁉」

ミールはその名を呟くと、一瞬顔を歪めて、歯噛《はが》みするような表情になりつつも、幾分《いくぶん》か冷静さを取り戻し。

「へぇ〜、興味あるわね。そうそう、個人的にシングルといえば、ルサールカの貴公子とやらも見てみたかったんだけど。いずれは、殺《や》るんでしょ？」

「どうだろうな。ま、出てくりゃ始末するだけだが、大して楽しめないぞ？　俺らと対等に殺し合える奴なんてほとんどいないだろうからな」

「その一人が1位ってわけね、ウフフフッ」

耳に残るミールの笑いに堪えながら、システィは本校舎の中を遠回りして、教職員専用の通用口へと向かう。それからしばらく歩き、ようやく中庭へ差し掛かったところで、足を止める。

中庭の中央には学院設立記念碑《きねんひ》の巨大《きょだい》な石板があり、それが佇《たたず》む一帯は、周囲の窓からの一切の視界を遮《さえぎ》るように、絶妙《ぜつみょう》な位置に配置されている。

「おい、どうした？　止まるんじゃねえよ」

「……せっかちね。ちょっと待ってなさい」

記念碑の前までゆっくり歩み寄ると、システィは石板に魔力を通す。途端、赤く光った魔力が、石板の表面に刻まれていた溝《みぞ》を血のように流れ落ち、全体が淡《あわ》く光りだす。次の瞬間、低い物音とともに石板が地中に沈《しず》み込み、階下へと向かう階段が姿を現した。

「これは……！　へえ、わざわざ潜入して見て回っても、そうそう簡単に見つからなかったわけね」

ミールはひゅう、という口笛とともに、感嘆《かんたん》したように言った。

「この先よ」と率先《そっせん》してシスティが階段を下り、ダンテとミールが後に続いた。

三人が長い階段を進んでいくと同時、暗い地下に自動的に照明が灯《とも》っていく。やがて地下五階相当まで下ってきたその時。

突如《とつじょ》、目の前に広い空間が出現する。訓練場とまではいかずとも、その半分は優に超える広さである。

周りは特殊《とくしゅ》な造りらしい石壁《いしかべ》で覆われ、周囲には何本もの魔力塔のような円柱が聳《そび》え立っている。一つ一つが頑丈《がんじょう》な特殊《とくしゅ》魔素材製で、周長は四メートル近くあるだろうか。

ミールはその荘厳《そうごん》な風景に、この先に眠《ねむ》るお宝の価値を、いやでも再認識《さいにんしき》させられた思いだった。ダンテはその柱を鋭い視線で眺めつつ。

「ふん、柱の一つ一つに魔《ま》法《ほう》式が刻まれてるな。お宝の本当の価値を理解しないまでも、さすがに多少は分かってるか。とはいえ大事そうにしまい込んで、半端《はんぱ》な知識で恐る恐る撫《な》でまわしてるってだけの研究レベルじゃな。この奥にあるお宝はカネに換えるどころか使ってこそ、今でも現役バリバリのたいした代物《しろもの》だってのによ」

「ミネルヴァは人類最古のＡＷＲよ⁉　あなた、もしかして何かその先を知って……？　い、いえ、あり得ないわ！」

システィは、まるで食ってかかるように激しい口調でそう言った。盗《ぬす》む、というだけなら、確かにミネルヴァには莫大な価値がある。なにしろ古代魔法文明の研究史上、唯一《ゆいいつ》と言っていい古さを誇《ほこ》る歴史的資料であり、性能や機能に関して、未知の部分もまだ残っている。この秘《ひ》められた謎《なぞ》を明らかにしていくことで、ミネルヴァの存在は今後のＡＷＲ発展に大きく寄与《きよ》すると言われているのだから。

　ちなみにミネルヴァの研究から得られた知識を汎用的《はんようてき》に実用化して武装化したのが、現在魔法師達《たち》が使っているＡＷＲの原型である。いわばミネルヴァは全てのＡＷＲの母ともいえる、人類的規模の至宝なのだ。

　しかし、だからこそシスティは内心この暴虐そのものの男が、ミネルヴァの金銭以外の価値など分かっているはずがない、と高をくくっていたところがある。その予想に反して、ダンテはニヤリと唇《くちびる》を歪めた。

「そうだな、あり得ねえよな？　お偉《えら》い魔法師と魔法学者の皆さんが束になっても解けねえお宝の秘密について、こんな乱暴者《もん》が、何かしら知ってるなんてよ……ククッ」

　７カ国が持てる知識を集結し、いくら研究し続けても、ミネルヴァについて判明したのは僅《わず》かな情報だけ。あらゆるＡＷＲの偉大《いだい》なる原型という部分ですら、ごく僅かな一面を人が辛《かろ》うじて理解し抽出《ちゅうしゅつ》した結果に過ぎないのだ。

　だが、ダンテのそんな物言いに、システィの心がざわつく。

　彼女《かのじょ》はそれきり無言になったが、それでも今はダンテに促《うなが》されるまま、歩を進めていかざるを得ない。

　やがて広い空間から先、細い通路の三十メートルほど向こうに、大きな扉《とびら》が見えてきた。

　あそこが開放されれば、ついに世界最古のＡＷＲが、あらゆる意味で危険極《きわ》まりないこの男の前に姿を現してしまう。

いっそ、ただのAWRならばまだ良かったのだろう。どれほど高性能であろうと、それならば所詮は、魔法師の装備の一つに過ぎないのだから。さらにダンテがただの賊に過ぎず、ミネルヴァを手っ取り早く金に換えようとしているだけの小者だったのなら、事態はさらにシンプルであったはずだ。

だが、ダンテのあの口ぶりは、彼が人類7カ国の至宝たるこの古代遺産について、予想もつかない何かを握《にぎ》っている可能性は極めて高い、とシスティは踏んだ。

ただでさえ底が知れないこの男に、未《いま》だ未知数の力が渡ってしまわないとも限らないのだ。それこそ最悪の状況があり得ると分かった以上、もはや、おいそれと彼に渡すわけにはいかない。可能ならば、手を触《ふ》れさせることすらも。

（楽勝とはいかずとも、アルス君が来てくれたら何とかなるかもなんて、希望的観測すら甘《あま》かったみたいね。なら、隙を見て……！）

システィが静かにそう決意した数秒後、二メートル半はあるかという巨大な扉が、厳《おごそ》かな佇まいで三人を迎《むか》えた。鉄板を繰《く》り抜《ぬ》いて造られたような両開きのそれには、あの石板同様に、魔法式の模様が刻まれている。

「さっさとしろ。上をまた血の海にしてえか？」

躊躇《ちゅうちょ》する暇さえも許されず、システィは扉に手を翳す。パスコード代わりの個人魔力が認証《にんしょう》されると同時、ガコッと機械仕掛《じか》けの重い音が鳴り、扉に隙間が生まれ始める。

それを押《お》し広《ひろ》げて中へ入ると、ダンテは後ろを振《ふ》り返り、

「……ミール、お前は尾《つ》いてきたネズミを始末しろ」

「はいよ、殺してもいいわよね？　さっきからあんたの合図を待ってたけど、退屈《たいくつ》で欠伸《あくび》が出ちゃうとこだったわぁ」

いいから早く行け、とでも言うように一つ手を振ると、ダンテはそのまま、システィと共に固く閉ざされていた部屋へと入っていく。そして、扉が鈍重《どんじゅう》に閉じていく音を背後に聞きつつ、ミールはゆっくりと振り返った。

「私達が、ここまで完璧に尾けられるなんてね。もしかして、ご同業かしら？」

あくまで朗らかな調子で、ミールは暗い通路のとある一点に目を向ける。

そんな彼女に応えるように、通路を支える柱の陰にある空間が、小さく揺らめいた。やがて、柱自体から影が剥がれ落ちたように、一つの人影が現れる。

その人物を見て取るや、ミールは一瞬目を見開き、驚《おどろ》いたような表情を見せる。

「若いわね、もしかして学生かしら……何者？　チッ、それにしても遊び相手としちゃ大ハズレね、隠《かく》れんぼじゃ満足できない身体なのよ、私」

「ふふ、そういうあなたは、第一級犯罪者のミール・オスタイカ。下品な女性に名乗る名前はありませんが、私、これで鬼《おに》ごっこもなかなか得意なほうでして。そう、今からでも逃《に》げ出してみようかしら」

そう言って、静かに現れた少女――フェリネラ・ソカレントは、不敵に微笑《ほほえ》んでみせる。その笑みは、どこか安堵《あんど》の色まで湛《たた》えていた。そう、エクセレス・リリューセムに学院襲撃の報告を受けた時は、さすがの彼女も半信半疑だったのだから。もしやまた彼女を撒《ま》くための方便では、と疑いもしたくらいだ。ただエクセレスが情報として示した詳細《しょうさい》な状況証拠から、結局フェリネラもそれを信じるしかなかった。

結果、やむなく下したその場を離れて学院へ向かうという決断は、どうやら無駄《むだ》にならずに済んだらしい。

ただ唯一の不覚は、気づかれてしまったこと。こうして相対するだけで、自分より格上であることを嫌《いや》でも理解させられる。

(流石《さすが》にトロイアの四階層組。そうそう簡単に逃げられる相手じゃないわね)

いつぶりか、緊張感が否応《いやおう》なく限界値まで引き上げられ、向き合っているだけで背中に汗が浮いてくる。

フェリネラは、相手を揶揄《からか》うような先の言葉に反して、すぐさま腰《こし》に下げたＡＷＲを引

き抜くと、魔力を纏《まと》わせて戦闘態勢に入った。

自身の隠密《おんみつ》能力を過信していたわけではないが、地下という局所空間が引き際《ぎわ》を誤らせ

てしまったのだろう。

「へえ、お嬢《じょう》ちゃん、どうして私の名前を知ってるのかしら？　それに、さっきの隠密行動

の技術にAWRのこなれた扱《あつか》い。学生にしては偉いじゃない、なかなかの優等生さんねぇ」

小気味良いヒールの音を鳴らして泰然《たいぜん》と、そしてあくまでも優美にミールは距離を詰《つ》め

てくる。その口元には、大人が子供を相手に遊んでやる、とでも言いたげな余裕の笑み。

しかしそんな態度にフェリネラも動じることなく、柔和《にゅうわ》な笑みで応じた。

「いえいえ、入っていなくちゃいけないお家から暴れ出てくるような、はしたないご婦人

には敬意を払う必要もありませんからね。さっさとお帰りいただかないと。〝トロイア監《かん》

獄《ごく》〟に」

ピクリとミールの表情が険しくなり、ギリリ、と歯噛みの音が鳴る。フェリネラは機敏《きびん》

にその変化を読み取り、なおも言葉を重ねた――いかにも親切な忠告めかして。

「あとその、申し上げにくいのですが、随分と臭《くさ》い香水を使われているようですね。お歳《とし》

を召《め》した方はどうしてもその、臭《にお》うと聞きますから仕方ないのでしょうが。正直、そこま

であからさまでは、後を尾けるのも簡単でしたよ」

軽く鼻を覆《おお》うような仕草をすると、ミールは吐《は》き捨てるように。

「ガキにはまだ早いってだけよ。まったく、最近のガキは発育だけ良くて、脳ミソに栄養が行き届かなくていけないわね！」

たちまちミールの全身から発せられた魔力に、フェリネラは平静を装《よそお》いながらも、心臓が締め付けられるのを感じていた。

彼女が掴んでいる情報によれば、ミール・オスタイカは、トロイア監獄の地下四層に収《しゅう》監《かん》されていたと聞く。凶悪犯《きょうあくはん》であるほど下層に収監される規則だったというが、それならば第四層というのはどれ程《ほど》なのか。

数多くの人間を殺めた凶悪犯ということで実力も半ば想像していたが、いざ相対してみると、それがフェリネラの予想を遥かに上回っていることだけは確かだ。

ここまで届く魔力の重圧だけで、いっそ意識が呑《の》み込《こ》まれそうになるのだから。

（総量だけでも、二桁魔《ま》法《ほう》師……しかも上位クラスに匹敵《ひってき》する！　問題は）

浅く息をつきつつごくりと唾《つば》を飲み、急速に乾《かわ》いていく口腔《こうこう》に潤《うるお》いと空気を送り込む。大きく喉《のど》を上下させると、フェリネラは持てる全ての魔力を使い果たす心算で、この難敵と対峙した。

いっそ、二桁であろうと魔法師ならばなんとかできたかもしれない。だが、目の前にいるのは殺しに特化した魔法犯罪者だという点が、最大の問題であった。

　そうなると、本来魔物との戦いが専門の魔法師を相手にするのとは、自《おの》ずと勝手が違《ちが》ってくるはずだ。つまりは二桁や三桁云々《うんぬん》といった魔法師の実力を測る尺度など、当てにならない可能性は高い。見た目は美貌《びぼう》の女性だが、どんな牙《きば》を隠し持っているか知れないのだ。

　こうなってくると、エクセレスにもらった情報は、ある意味で貧乏《びんぼう》くじとさえ言えた。

　まずは、とジリジリと足を滑《すべ》らせつつ、間合いを測るフェリネラ。だが、ミールはそんなことなどお構いなしに、一歩一歩悠然と近づいてきた。

　そんな彼女のつま先が、密《ひそ》かに視界内に設けていた、とある一線を踏《ふ》み越えた刹那《せつな》——

　フェリネラの口元に小さな笑《え》みが浮《う》かぶ。

　フェリネラのＡＷＲは、敵の機先を制するには長けている刺突《しとつ》武器である。加えてその切っ先を相手に向けて繰り出される初撃は、風の力を纏い急加速する。相応の実力者でない限り、対応に遅《おく》れが出るのは必至のはず。

　まさに、ミールの胸部を一撃で貫《つらぬ》くには十分な速度と力をもって、それは突《つ》き出された。

　だがミールもまた、足元を中心に舞《ま》い踊《おど》るかのような華麗《かれい》な動きで、それを回避《かいひ》。彼女の身体の側面を、レイピアのようなＡＷＲの先端《せんたん》が危《あや》うく掠《かす》めていく。それを両者ともにしっかりと瞳で捉《とら》えつつ、一瞬、視線が交差する。

途端、ミールの綺麗《きれい》に整えられた爪《つめ》が、フェリネラの首筋に向かって突き出された。しかしフェリネラは、先にAWRとともに突き出した右腕《みぎうで》の影《かげ》、ミールにとって死角となる位置から、そっとかがめていた左腕《ひだりうで》を出現させる。その掌《てのひら》から、たちまち風の魔力光が照り輝《かがや》いた。

互《たが》いに表情に変化は見られなかった。

一瞬ののち、フェリネラの左手に込められた魔法が風の渦《うず》を生み、蓄《たくわ》えていた魔力が凝《ぎょう》縮《しゅく》される。そこからミールに向かって、一直線に細くうねる竜巻《たつまき》が伸《の》びていった。

風系統の上位級魔法【破削の猛威《ロンド・ラグド》】。隙《すき》をついた一撃は見事にミールを捉え、恐《おそ》るべき風の猛威を、直接その身体に叩《たた》き込んだ。

だが……僅かな違和感《いわかん》に、フェリネラはぬかりなく相手の動きを見つめた。

果たして予想通りというべきか。通路を揺らすほどの唸《うな》りを上げてミールに襲いかかった【ロンド・ラグド】は、突如としてその勢いを失うと、それきり柔《やわ》らかな微風《びふう》となって吹《ふ》き消えてしまう。

後には、涼《すず》しげな顔をしたミールが、腕《うで》を振り上げた格好で立っている。その手に握られているのはやや大きめの扇子《せんす》のようなAWRだ。その中骨の間に張られているのは、紙などではなく、薄《うす》い特殊金属の刃《やいば》であるようだった。

だが、何よりも驚異的《きょういてき》なのは、一振《ひとふ》りで上位級魔法をかき消したその性能である。フェリネラが眉を寄せる中、ふん、と僅かに髪《かみ》を掻《か》き上げつつ、ミールは言い放つ。

「接近戦を囮《おとり》にして魔法とか、猫《ねこ》を噛《か》むネズミのつもり？　セコイ真似してくれるじゃない！　これだから、せせこましい学生《ガキ》の戦い方は嫌《きら》いなのよ！」

「どちらがネズミか、教えて差し上げます」

背に伝う冷《ひ》や汗を感じつつも、フェリネラはあえて強がって見せる。そんな中でも、次なる一手の仕込《しこ》みは忘れない。何があっても手を止めるなと、本能が警告してくるのだ。

ふとミールの頭上、四方に風の渦が発生すると、穿孔機《ドリル》の如く高速回転する小さな竜巻が発生。まるで槍《やり》の穂先《ほさき》のように斜《なな》めに傾《かたむ》いて空中から獲物《えもの》を狙《ねら》うその先端が、四方向からミールを捉える。

「【狂える餓陋《フェム・デロッサ》】!!」

両手を広げて、打ち下ろすような動きを取るフェリネラ。途端、四方から風の穿孔機が激しく渦巻《うずま》きながらミールに迫《せま》る。が、ミールは飛び退《すさ》るようにして、手近な柱へと身を隠す。四つの小さな竜巻がそれを追うや、周囲に金属と風の渦が噛み合う激しい擦過音《さっか》とともに、眩《まぶ》しい火花が飛び散った。

しかし、さすがに特殊金属の柱がそう簡単に破壊《はかい》されるわけもない。表面を傷つけられ削《けず》られながらも、魔法式が刻まれた強固な柱が倒壊《とうかい》する気配は一向になかった。

それどころか数秒が過ぎたのち、柱の陰から、身を切り裂《さ》くような風が吹き付けてきて、フェリネラは思わず腕で顔を覆う。そんな彼女に向け、ついに四本の竜巻を制したらしいミールが柱の陰から進み出てきて。

「ゴホッ、ゴホッ、ったく、柱の陰は埃《ほこり》っぽいわね。風系統の魔法を受けるのは髪が乱れるから嫌なのよ。……あ？」

ミールは扇子で口元を覆いながらも、太腿の辺りに視線を落とす。そこに一本、赤い線を引いたような傷ができていることに気づいたのだ。

「ああ……よくも私の肌《はだ》に、傷を付けてくれたわね。これはもう、ちょっといたぶるくらいじゃ済まないかもね。だいたい若いってだけでムカつくのよね、あんた」

フェリネラはぐっと腹に力を入れ、突き刺《さ》すような殺気を受け止める。彼女がこんな荒《あら》事《ごと》に慣れておらず、ごく普通《ふつう》の学生だったならば、一瞬で腰が引けてしまうところだっただろう。それにしても、先程《さきほど》フェリネラが放った【フェム・デロッサ】は、中位級魔法たる【穿つ空孔《フェム・リハル》】を複数同時構築した上位級魔法である。しかも死角を突いての奇襲《きしゅう》だったというのに……。

（これが効かないなんて！　何より、ミール・オスタイカは私と同じ風系統……まずい、わね）

たとえ同系統であろうと、魔法は多岐《たき》にわたり細分化されているのが普通だが、風系統に関しては、比較的《ひかくてき》攻性魔法のバリエーションが少ないのが現状だ。それはつまり、互いの攻《せ》め手が読まれやすいことを意味する。それゆえに風系統の使い手同士では、意表を突いた一手などで実力差を覆《くつがえ》しにくいのだ。

そんな制限のある中で、なんとか奇襲を成功させたと思ったのだが……内心で焦《あせ》りを禁じえないフェリネラに対し、ミールは焦燥《しょうそう》感など欠片《かけら》もない顔で、艶《つや》やかな唇を開いた。

「ふぅん、風系統の魔法はそれなりに網羅《もうら》しているつもりだったけど、随分新しく開発されたみたいね。ま、所詮は学生のおままごとの延長でしかないんでしょうけど……そうそう、それよりもあなた、知ってるかしら？」

その妖《あや》しげな含《ふく》みのある言葉に乗って、薄らいだ香水の香りが、微《かす》かにフェリネラの鼻をついた。

「皮膚《ひふ》をパックリ切られると、そりゃあ治りにくいのよ？　しかも狭《せま》い範囲《はんい》に複数長い傷をつけられたら、よほど腕の良い治癒魔法《ちゆまほう》師じゃないと、治してもヘンに皮膚が癒着《ゆちゃく》しちゃうしね。つまりはその綺麗なお顔に何本も長い傷を刻んでいった場合、けっこう傷痕《きずあと》が残るかもってこと！　後で病院の鏡を見てびっくり、顔中に醜《みにく》い皺《しわ》が寄った老婆《ババア》に大変身かもね！」

薄ら笑いを浮かべたミールは、次の瞬間、開いた扇子を倒《たお》すようにして、ふっと前方に息を吹きかける。

「――!!」

反射的に避《よ》けようとしたフェリネラの頬《ほお》が不意に裂け、じわりと流れる血が、白い肌に真っ赤なカーテンを引いた。

その見えない攻撃《こうげき》は、いわば魔法で作り出した鎌鼬《かまいたち》とでも呼べるものだ。使用魔力《まりょく》も最小限であるが故《ゆえ》に一撃では致命傷《ちめいしょう》になりにくいが、巧《たく》みに隠蔽《いんぺい》されたその刃の鋭《するど》さは、もはや火を見るよりも明らかだった。

「ふふっ、妙齢《みょうれい》のご婦人の僻《ひが》みは醜いですね。そろそろ目元の小皺《こじわ》が隠せなくなってきた故の、やっかみでしょうか」

フェリネラの軽口にミールが目付きを鋭くし、またも見えない風の斬撃が吹き出されるや、フェリネラに向かってくる。顔の前で腕を交差させつつ、フェリネラは全力でステップを踏みながら、密かに式を編んでいた魔法を発動。風に身を預け、縦横無尽《じゅうおうむじん》に空間を移動する――【風乗り】である。

風の補助で軽くなった身体で壁《かべ》や柱を蹴《け》りつつ、反動を利用して、敏捷《びんしょう》な獣《けもの》のような高速機動を繰り返してミールに迫る。相手に的を絞《しぼ》らせないための一策だが、この空間は幸い、そういった【風乗り】で踏み立つ場所には事欠かない。

「クソガキが……もういいわぁ」

ミールは扇子を二度三度と振るうと、周囲の気流を強引《ごういん》に変化させた。それによってフェリネラの【風乗り】の機動が乱れ、一瞬だけ動きが鈍化《どんか》した。

「……ッ！」

やがてミールがニタリと笑い、パチンと扇子が閉じる音が響《ひび》く。見ると、フェリネラの足首には、いつの間にか半透明《はんとうめい》の風を撚《よ》り合わせた縄が巻き付いていた。

ぐい、と足が強引に引っ張られるのを感じたすぐ後、フェリネラの全身は、勢いよく地面に叩きつけられた。固い床《ゆか》に打ちつけられ、まるでゴム毬《まり》のように身体を弾《はず》ませたフェリネラは、激痛とともにぐっと肺の中の空気を吐き出す。

足首を改めてよく見ると、そこに巻き付いた風の縄は、ミールの扇子から伸びているようだった。それは縄というより、いっそ鞭《むち》と表現するのが適切なのだろう。背中を強打し、一時呼吸困難に陥《おちい》りながらも、フェリネラは足首に巻き付いたそれを引き剥がそうと手を伸ばす。

が、またも足が引かれる感触《かんしょく》とともに、吊《つ》るされるように身体が宙に浮く。

続いて、風に弄《もてあそ》ばれる木の葉のように、ぐわんぐわんと頭が、視界が上下左右に揺れる。

もはや前後も上下も不覚となり、ほとんどなす術《すべ》もなく、柱、壁へと何度も打ち付けられるフェリネラ。腕で急所だけは守ろうとするが果たせず、割れた額から流れる血が、その美しい黒髪《くろかみ》を濡らした。

やがて……筆のように血を吸った髪が、地面に紅《あか》の描線《びょうせん》をいくつも引き残す中。

止《とど》めとばかりに、一際《ひときわ》大きく床に身体が振り落とされた直後、フェリネラはぐったりと動かなくなった。意識が遠のき、最後まで放さずにいたＡＷＲも、ついに手からするりと抜け落ちてしまう。

「ハッ、随分といきがってたわりには、この程度なのよねぇ。これだからガキは……ロクにこっちを愉《たの》しませもせずに、自分だけ先に気持ち良くなっちゃうんだから嫌いよ」

そう吐き捨てるや風の鞭を解き、横たわるフェリネラへと近づいていくミール。

その靴音《くつおと》が間近で止まった瞬間。

ピクッとフェリネラの指が動く――取り落としていたはずのＡＷＲを握り、立ち上がりざまに蹴りを放った。

これまで嬲《なぶ》られるままに倒れ伏《ふ》していたのは、唯一の敵の隙を逃《のが》さず、唯一の好機を逃さないための欺態。大きなダメージを負いながらも、フェリネラはこの一瞬《いっしゅん》に全てを賭《か》けた。渾身《こんしん》の蹴りは、ミールが咄嗟《とっさ》に身体の前で組んだ両腕《りょううで》へと突き刺さって止まった。

それを見て取る間もなく、フェリネラは続けざま、魔力を集束させたＡＷＲを敵の胸の中心目掛《めが》けて思い切り突き出す。

だが……この刺突も、胸元《むなもと》の皮膚を引っ掻いた程度でギリギリ躱《かわ》される。

（けれど、ここまで近づけば！）

フェリネラはいつの間にか、利《き》き手《て》ではない方の腕にＡＷＲを持ち替《か》えていた。すでに刺突したと同時、その重心は通常より遥かに前に傾いており、攻撃が外れたとはいえ、いわば身体ごとミールに肉薄《にくはく》している体勢だ。

次いで、腰に添《そ》えていた利き手を至近距離《しきんきょり》で突き出す。風を纏った掌に、たちまち回転をかけるような捻《ひね》りが加えられて。

（【逆鱗の渦風《テンペスト》】！）

胸中で叫《さけ》んだ魔法は、眼前の敵を確実に無力化できるだけの威力《いりょく》を秘めている――はず、だった。

なのに突き出した手は微かな反発を受けたのみで、そこに纏わせた破壊の風は、嘘《うそ》のように穏《おだ》やかな風圧となり、手指の間をすり抜けていく。

目を見開いたフェリネラの瞳《ひとみ》に……まるで合わせ鏡のように、同じく片手を突き出しているミールの姿が映る。しかも、ダメ押しに加えた手首の捩じりまで、ぴたりと同一に再現されて。

相殺《そうさい》された、と確信するのにさほど時間は掛《か》からなかった。同量の魔力、同じ威力、同じ回転、全てをトレースされ、タイミングまでも合わせられたのだ。

魔法は確かに発現した。その上で、完璧《かんぺき》に相殺された。

それだけではない。

「【逆鱗の渦風《テンペスト》】」

あろうことか、ミールのもう片方の手がフェリネラの鳩尾《みぞおち》に触れ、発せられた二つ目の嵐《あらし》の渦が、唸る風音とともに身体を攫《さら》っていく。衝撃《しょうげき》が全身に響き渡《わた》り、骨が軋《きし》んで肺が潰《つぶ》れかかる。

フェリネラは激しく吹き飛び、転がりながら何度も床に身体を叩きつけられた。そしてようやく、勢いよく弾んだ身体は、柱の一つにぶつかって停止する。

視界は血に染まって閉ざされ、もはや己がきちんと呼吸できているのかどうかさえ分からなかった。

敗北という概念《がいねん》が頭を過《よぎ》る暇《ひま》もなく、ただ己がもはや身動き一つできないこと、それを実感することで、本能的に悟《さと》った。

「あははは っ……やっぱり弱いわ。口の利き方さえ気をつけていれば、もう少し手際《てぎわ》よく殺してあげたのにね」

はぁ～と愉悦《ゆえつ》に染まった吐息《といき》をついて、ミールは吹き飛ばされたフェリネラに顔を向け――そして表情が削《そ》ぎ落ちたかのように真顔へと戻った。

予想よりも早く訪《おとず》れてしまった決着にミールは不満げだった。獲物をいたぶり殺す、その手段をいくつも持ち合わせているというのに、結局、どれ一つとして選ぶことができなかったのだ。

あえて一瞬で命や意識を狩《か》り取ることはせず、生意気な小娘《こむすめ》を拷問《ごうもん》しながらダンテを待つのも一興だと考えていたし、生かさず殺さず、ギリギリのところで逃げ回る兎《うさぎ》を追いつめる、狩猟者《しゆりようしや》のゲームをしてもよかった。

そんな愉しい目論見《もくろみ》が全て水泡《すいほう》に帰し、いざ終わってみると、さっき裂かれた太腿《ふともも》だけが地味に痛い。

「このままバラすのも汚《よご》れるから嫌だし、小分けにして死体を隠す場所も意味もない。はぁ～、死んだら死んだで、しばらく暇よねぇ」

だが結果として、ミールは時間を持て余すことはなかった――その直後、予想を裏切ってくれたから。

　フェリネラの足が微かに床を滑った。

「……あなた、まだ息があったの？　ダメね、これまでなら、しっかりと頭を落としてたのに……血の香りを嗅《か》ぎ慣れて、鈍《にぶ》ったかしら」

　呟《つぶや》くような声に反応し、懸命《けんめい》に立ち上がろうとするフェリネラを見て、心底嫌悪《けんお》したように顔を歪《ゆが》めるミール。

「ガキって、ゴキブリ並みに生命力だけはあるから嫌いよ」

　愛用のＡＷＲたる扇子を取り出すや、ミールはつかつかとフェリネラに近づくと、彼女の髪を強引に掴《つか》み、ちょうど目線の高さにまで持ち上げる。

「死ね、クソガキ」

　虚《うつ》ろなフェリネラの双眸《そうぼう》がミールと交わった刹那……唐突《とうとつ》にフェリネラを取り巻く空気がそよぎ、その服に僅かな異変が生じた。

　血に染まったその裾《すそ》が風を纏い、魔力光にも似た輝きの粒子《りゅうし》が弾《はじ》けたかと思うと、宙に明確な何かの輪郭《りんかく》が現れ始めたのだ。

　ミールは巻き起こった突風《とっぷう》に弾かれて、驚いたように後ずさった。

「……!!」

ふと己の手を見ると、そこにはいつの間に刻まれたのか、数本の浅い傷が生まれている。

(ちっ、この期に及《およ》んで何よ、コイツ……!)。

苛立《いらだ》たしげな視線をフェリネラに向けるミール。いつの間にか、少女を取り巻いていた風は、透き通った真珠《しんじゅ》色に染まっていた。

(何なのよ!? ったくもう、今度は容赦《ようしゃ》なく四肢《しし》をバラしてやるんだから。二度とヘンな真似《まね》ができないようにさ!)

目に残虐《ざんぎゃく》な光を宿し、再びフェリネラに襲い掛かろうとするや、ふと……。

ぞくりと湧《わ》き起こった悪寒《おかん》が、ミールの全身に鳥肌《とりはだ》を生じさせた。

何が起きたのか。

フェリネラの身体を覆い包む風の質が、明確に変わった。次いで空気が、ひりつくような魔力と緊張感《きんちょう》を帯び始める。

「なんだっての、お、お前はぁっ!」

怯《おび》えに似た色を浮かべたミールの目が、ふとフェリネラの顔で止まり。

「……!　そ、その目の色とこの魔力の質!　まさか!　名前、名前を言いなよ!　あんたの名前をさぁっ!」

「…………」

フェリネラの唇が小さく動き、静かに告げる。

「……ソカ、レント……フェリネラ・ソカレント、よ」

「なッ!?」

その響きに、ミールが目に見えて動揺《どうよう》する。歪んだ凶相《きょうそう》の中に驚きの色が混じり、そして自らの口の形を確かめるように、そっと唇に手を添えた。

「そうか、そうか……お前、あいつの娘《むすめ》か！　けどさ、ねぇ？　何よそれっ！　何なのよおっ！」

半ば戦意を喪失《そうしつ》しかけながら、ミールは今のフェリネラに対して、そう叫ぶように問わずにはいられなかった。

いつの間にか──フェリネラの姿は完全に変化していた。清純な風を天女《てんにょ》のように身体に纏い、翻《ひるがえ》る裾は、夢の翼《つばさ》のように鮮《あざ》やかな白。それまで着ていた衣服は風に弾《はじ》け飛び、その上を、無垢《むく》の色に美しく染め抜かれた柔らかな薄衣《うすぎぬ》が覆っていく。

通常ではあり得ない光景を目の当《ま》たりにしながら、ミールは震《ふる》える唇で、思わぬ変身を遂げた少女を罵《ののし》る。

「ハッ、なんだそりゃ！　やっぱりクソガキだ、血で血を洗う戦場で、可憐《かれん》な花嫁《はなよめ》気取りかよ！　見掛《みか》け倒《だお》しの魔法で紡《つむ》いだ、人生最後の幻想《げんそう》がそれか！」

だが、そんな呪《のろ》いじみた叫びにもかかわらず、ミールは確かに悟っていた——全身に触れる周囲の空気全てが、まるでフェリネラを祝福するかのように清純な魔力の風となって、己が身に纏う邪気《じゃき》を吹き流してしまっていることを。

今、フェリネラがついに完成させてその身に纏うのは、完全無欠たる純白の花嫁衣裳《ウエディングドレス》。

だがその衣装《いしょう》——魔装《まそう》——は、あくまで深層意識下にあるフェリネラの願望が具現化したものだ。それゆえ、確かに彼女自身が秘めた魔力によって紡ぎ出されたものでありながら、決して戦闘に最適な形状とは言えなかった。もっと戦闘に適した形もあったのだろう。

だが、夢幻《むげん》のような〝変身〟は成《な》し遂《と》げられた。

汚《けが》れ一つない純白のドレスとヴェールの下で、フェリネラの身体は、皮膚は、確かにさっきまで血を流していた。

だからこれもまた、血の染《し》みこそ付いていないが、やはり戦闘服といって差し支《つか》えないものだろう。

風にはためく優雅《ゆうが》なドレスは、その端々《はしばし》が空気に溶《と》けるように流れ出す独特の形状を保っている。確かにそれが、流血と死の危険を代償《だいしょう》に紡ぎ出された、最後の風の魔法と魔力で構成されていることを裏付けるように。

それから、まだ多少覚束《おぼつか》ない足取りで、それでも限りなく力強い一歩をフェリネラは踏み出す。それだけで風が吹き割れて、ミールは自然と数歩、後ずさった。

「あまり時間が……ないの。あなた、一人だけでも、しまつ……させて、もらうわ」

「……!!　ガキが調子に乗るな!!」

ミールはそう言いながら、怒《いか》りのままに扇子を開き、振り上げる。

たちまちそこから生まれた無数の風刃が、どっとフェリネラを襲《おそ》った。

だがそれに対し、フェリネラは腕を静かに、身体の前で振っただけ。

だというのに、ミールが放った全ての風刃はそれだけで、まるでなめらかな装甲《そうこう》の上を弾丸《だんがん》が滑るようにして、フェリネラの身体から逸《そ》れていってしまった。

結局それらは、フェリネラの代わりに柱に傷を付けたのみ。

「チイィイッ!!　雑魚《ざこ》がっ！　テメェ程度が私に、私にいいぃいぃ」

空気を澱《よど》ませる程の膨大《ぼうだい》な魔力が、目を吊り上げたミールの身体から漏《も》れ出す。フェリネラの魔装が、向かい合うミールに警報を鳴らし続けているのだ。

直後、フェリネラはか細い息を精一杯《せいいっぱい》に吐き出しながら、右手を突き出した。

そこから生み出されたのは、魔力の塊《かたまり》とも言うべき、風魔法《かぜまほう》を封《ふう》じ込めた球体であった。

激しく渦巻くわけでもなく、寧《むし》ろ新しい季節の到来《とうらい》を予感させる穏やかな風が、その内部をゆっくりと流れている。だがそれが時を刻む毎《ごと》に、球体の至る所から力強い竜巻が細く伸びる。

室内のあらゆる魔力を吸収し、やがては嵐精が踊り狂うようにして、轟々《ごうごう》と荒《あら》ぶり始めた。風系統を扱う者なら一目見ただけで理解できる、異常なまでに荒《あ》れ狂う嵐の暴威《ぼうい》そのものの顕現《けんげん》だ。

「ねぇ、その魔法、何？　知らないんだけど……見たこともないんだけど……！　わ、私を殺すの？　殺すつもりなの？　い、今からでもさぁ……あ、謝《あやま》ればいい？」

もはや表情を失《な》くしたミールは、うわごとのようにそんな呟きを繰り返す。

「——殺すわ」

フェリネラのその一言を聞くや、ミールは最後の抵抗《ていこう》を試みるかのように、ありったけの魔力を扇子に注《そそ》ぎ込む。

それから背中まで大きく腕を引くと、彼女は数多《あまた》の風を引き連れ、有無《うむ》を言わさぬ風災全てをその手に集めて、叫ぶようにその魔法名を告げた。

「死ぬのはテメェだ、【天狗八手《ウーアネーア》】!!」

たちまち柱が震え、ミシミシと天井《てんじょう》や壁が軋む音が、周囲に響き渡る。暴力的なまでの風圧が、大気に満ちて周囲一帯を支配した。

悪《あ》しき災《わざわ》いの風を前にしてフェリネラは微動《びどう》だにせず、ただ己《おのれ》の掌の先で回る小さな旋《つむじ》風《かぜ》に、優《やさ》しげな目を向けるのみ。

やがて小宇宙とさえ言えるその掌の中、風が魔力光に彩《いろど》られて可視化され、圧縮されたエネルギーの密度は、計り知れない領域にまで昇《のぼ》りつめていく。魔力と風が合わさった球体の中心に青白い光点が生まれ——そして、新たな風が産声《うぶごえ》を上げる。

フェリネラが掌を差し伸べ、どこか託《たく》すようにそんな球体を宙に放つと、それはミールの放った魔法《まほう》をあっという間に呑《の》み込み、己の魔力の糧《かて》として取り込んでいく。

今や、ミールの目の前には可視化されたいくつもの気流が生まれており、それはさながら、風圧の壁に刻まれた古代土器の流風紋《りゅうふうもん》のようにすら思えた。

次の一瞬、強張《こわば》っていたミールの顔がすっと弛緩《しかん》した。気流を生み出しながら目の前に迫っていた球体が、急に跡形《あとかた》もなく消え去ったように見えたからである。

それはもはや決定づけられた敗者に与《あた》えられた、ほんの僅かな赦《ゆる》しの刻《とき》。

そうして、フェリネラの唇が、厳かに告げる。

「連れ去れ。【新生害気《ファースト・マテリアル》】」

刹那、宙の一点が錐《きり》で突かれたように弾け、堰《せき》を切ったように溢《あふ》れ出した膨大な風流が、どっとミールへと襲い掛かる。身体が宙に浮いたと彼女が感じた頃《ころ》には、もはや全てが巨《きょ》大《だい》な渦に呑み込まれていた。

呼吸もままならず、無限の衝撃に身体中《からだじゅう》の骨を砕かれ、大波に揉《も》まれるようにしてミールの身体は木の葉のように舞い、そのまま扉のすぐ真横の壁面《へきめん》に散った。

横殴《よこなぐ》りの風とともに叩きつけられた重厚《じゅうこう》な扉はひしゃげ、それでも勢いは止まらず壁面に押し付けられ、そのまま怒涛《どとう》のような風の力で頑丈《がんじょう》に造られた壁が崩壊《ほうかい》する。

もはや生死の確認《かくにん》をする必要すらないズタボロの肉体は、せめてもの名残《なごり》として、壁面に大輪の紅《あか》の華《はな》だけを描《えが》いて咲《さ》き散った。

それを見届けたフェリネラは、やがて糸が切れたようにガクリと膝《ひざ》を折った。たちまち風の衣はあるべきところへ還《かえ》り、ひと時だけの純白の魔法が解かれる。

意識はもはや、はっきりしない。それどころか、立ち上がる力すらなかった。

眩暈《めまい》を感じていられる段階はとうに終わり、全身を襲う痛みも瞬《また》く間《ま》に過ぎ去った。いつの間にか、こうして存在している己自身の感覚すらが、どこか全て他人事《ひとごと》のように感じられた。

でも、それと同時に、身体は消え去ろうとする意識と生命の流れに、全力で抗《あらが》おうとする。

(早く戻《もど》らないと、ここから脱出《だつしゅつ》しないと)

ふと、重い音が周囲に轟《とどろ》いた。

強大な魔法が惜《お》しみなく行使された影響《えいきょう》か、あちこちの柱に大きな亀裂《きれつ》が入り、何本かが自重で折れて倒れたようだ。その崩壊はやがて天井にまで及び、まるで降り出した雨のように、瓦礫《がれき》が無数に降りかかってくる。

（やり過ぎた、かしら……はや、く……ここ、から……）

まるで夢の中で自分に言い聞かせるかのように、フェリネラは声なき声で、ぼんやりと呟いた。

そして再びなんとか足を踏ん張ろうとした時、フェリネラはついに力尽《ちからつ》き、崩《くず》れ落ちた。

だが、迫ってくるはずの地面は一向に目に入ってこず、待ち受けているはずの固い床の感触は、疲《つか》れ果てた身体のどこにも触れてくることはなかった。

ふと、自分を支えてくれる人の腕が――。

おぼろげな視界の中、己を受け止めてくれている誰《だれ》かの身体が、その存在の確かさごと、やけに温かく感じられる。もしやアルスが来てくれたのでは……そんな考えが脳裏《のうり》を掠めたが、目の前に流れて揺《ゆ》れる金色の髪が、少女の淡《あわ》い期待を裏切ってくれた。

それでも……手を差し伸べてくれるその人に、心の中で精一杯の感謝の思いを告げながら、フェリネラはそっと目を閉じたのだった。

◇　◇　◇

ミールとフェリネラの戦いが佳境《かきょう》を迎える少し前。

システィとダンテが踏み入った部屋には、全く飾《かざ》り気《け》というものがなかった。急激に室温すらも低下したようで、およそ華やかさとは無縁《むえん》の空間である。

やがてシスティが壁面にある窪《くぼ》みに魔力を流すと、地上の石板と同じく、血管のごとく壁に刻まれた溝《みぞ》に魔力が駆《か》け巡《めぐ》り、一斉《いっせい》に部屋の明かりが灯《とも》される。

一際明るく照らし出された中央部、厳《おごそ》かな台座の上に、それは丁重《ていちょう》に安置されていた。

「やはりそうだったか。ククッ、これなら辻褄《つじつま》が合う」

ダンテはミネルヴァの威容《いよう》を目にするや、愉快《ゆかい》そうにそう独白する。

「そうか、なら、あのトロイア監獄のイカれ博士は……。ハッハッハ、こりゃいい。なんの研究してやがったか知らねぇが、必ずこれに関係してんな。とすりゃ、やっぱノックスも生きてやがるんだろうぜ……」

心底楽しげに歪むダンテの顔を、システィは訝《いぶか》しそうに眺《なが》める。

そして無論、未曽有《みぞう》の大惨事《だいさんじ》である【鮮烈《せんれつ》なる血の転向事件】を引き起こした者、ノックスの名前は、システィの記憶《きおく》にも未《いま》だ新しかった。

さらにダンテの台詞《せりふ》は、そんな世紀の大犯罪者がまだ生きている可能性を仄《ほの》めかしているのだ。それはとても看過できるものではない。

「ノックスが……何ですって⁉　もしかして、あなたは……！」

「ん、あんたもいたんだったな……。そうだ、俺《おれ》はあのノックスとご同様にトロイアの出だよ。クク、人間側も苦労するよな。まったく、どんな知恵者《ちえもの》でも何も知らなきゃ、心底おめでたい馬鹿と同じってこった」

「あなた、まさか！　ト、トロイアって、もしかしてあの秘密監獄から……！」

ダンテの背後《バックグラウンド》を知り、青ざめるシスティ。彼女《かのじょ》を後目《しりめ》に、ダンテは台座に安置されたミネルヴァへと歩み寄ると、蔑《さげす》むような目でシスティを見やる。

「ま、そういうこった。それより、これから面白《おもしろ》いことになるぜ。ふふ、7カ国が揃《そろ》いも揃って能無しなのは、未来の人類のために同情するがな。これから先は、吹き荒れる混沌《こんとん》の中で、知る者だけが頭をもたげてくる時代になるぜ。で、テメェらは淘汰《とうた》される側だ」

「な、何を言ってるの……！」

「阿呆《あほう》が、戦争だよ。人と人が殺し合うんだよ。そんで、真理に近づいた者だけが、生き残れる時代になるってこった」

「戦争、ですって？　まさか犯罪組織【クラマ】とその壊滅《かいめつ》を目指す各国が？　あなた、もしかしてクラマの構成員なの？」

「いや、俺は違うがよ。ただもうあれは席に着いた。最終目的は知らねえが……お、それはそうと、だ」

ふと妙案《みょうあん》でも閃《ひらめ》いたように、ダンテの唇《くちびる》が醜悪《しゅうあく》に歪む。

「テメェらにも教えてやる、その方が戦争も激化するだろうからな。さっきはああ言ったが、無知なまま死ぬんじゃ気分も悪いだろ」

後半は取ってつけたような、ほとんど建前っぽい口ぶりだが、ダンテがそれにより、さらなる混乱と災厄《さいやく》の出現を望んでいるのは間違《まちが》いないところだ。

とはいえ、得られる情報は多いほど良い。システィはただ、口をつぐんでダンテの次の言葉を待つ。

「始まりは些細《ささい》な疑問からだった。魔物《まもの》の存在、異能の存在、果ては魔法そのもの。お前ら、一度も疑わなかったのかよ？　いいや、疑えなかったんだろ。そこにあるモノを当然として、露《つゆ》ほども疑わずに受け入れて成り立ってる、このクソったれな人類の生存圏《けん》……風に四季に空、太陽や月さえ偽物《にせもの》だってのにな。まさに嘘と幻想で塗《ぬ》り固《かた》められた平和、堕落《だらく》した楽園そのものだ」

ダンテが挙げた問いは、すでにあらゆる研究者によって、手垢《てあか》が付くほど調べ尽《つ》くされている。それでも皆《みな》、仮定に仮定を重ねた答えしか導き出せなかった。

結局、現に存在するものを有効活用する方向に人類の意識がシフトしたのは、自然な流れだったのだろう。侵攻《しんこう》する魔物を前に、悠長《ゆうちょう》に研究室の机の前に張り付いていられるわけもないのだから。

システィとて、そこに疑問を抱《いだ》かなかったかといえば否だ。しかし、そんなことを考え出せばキリがない。何より大人には日常的に責務があり、仕事がある。だからこそ、子供が問う無邪気《むじゃき》な疑問に、全部の解答を見つけられる訳がないのだ。

「何故《なぜ》魔物《まもの》が魔法を使えるのか、そもそも人間と魔物の魔法は、厳密にはどこが違うのか。魔物が現れる以前から、人間は生活魔法を当然に扱《あつか》えていた、何故《なぜ》だ。誰も満足のいく説明ができねえ。今の7カ国を見てみろよ。自分の足元も見えてないのに口だけは達者な奴《やつ》らが全ての場を仕切ってる。強烈《きょうれつ》な負の個性が集うクラマのような集団を野放しにしておいて、いざという時だけ共闘《きょうとう》か。国が、強過ぎる〝個の集団〟をコントロールできねえ状《じょう》況《きょう》が続けば、体制が綻《ほころ》び、混乱が拡大するばかりだろうが。挙句の果てに、俺らみたいに体制からこぼれおちた犯罪者が台頭する。どこまでいってもめでたい奴らだ」

ダンテは吐《は》き捨てるようにそう言ってから、再び続ける。

「だが、そんな阿呆どもにでっかいヒントをやるよ。俺がさっき挙げた疑問を全て解くカギ、それが【フェゲル四書】だ。大昔に知識を究《きわ》めたっつうジジイが書き遺《のこ》した古書だな。

俺が見る限り、あれが全ての始まりだろうぜ」

ダンテがついに明かしたその名……しかしスティには、それは全人類の運命に、新たな不吉《ふきつ》の兆《きざ》しを運んでくるものとしか思えなかった。

そもそもダンテの狙いは、ここであえて【フェゲル四書】の名前を口にすることで、各国にさらなる混沌と争いを引き起こすことにある気がする。実際、それは禁書と言ってもいい扱いを受けている、人類のタブーに限りなく近い書物の名なのだから。奇書《きしょ》であり、古文書《こもんじょ》であり——予言書。【フェゲル四書】を知る数少ない研究者の間でも、呼び名は様々だ。ましてや写本ですら目にする機会もないほど希少だ。

一言で言えば不明に尽きる。だからこそスティは、あえて低い声音《こわね》で端的《たんてき》に返すだけに留《とど》めた。

「あなたは【フェゲル四書】が、原本が実在すると言うの？」

「〝魔女《まじょ》〟と呼ばれたあんたですら、その程度か。それとも惚《ぼ》けてるだけか？　国のトップならずとも、魔法大国アルファの重鎮《じゅうちん》なら常識かと思ったがな」

ダンテはそこで、ポケットから二本の指で挟《はさ》んだ小さなガラス玉を取り出した。

それをスティに見せつけるようにしながら、一気に指に力を込《こ》め、挟み潰す。

たちまちその残骸《ざんがい》から発せられた特殊《とくしゅ》な魔力波が、通路と部屋の壁を通じて、広大な範囲にまで広がっていく。システィは鋭くそれを感じ取り、身構えて眉《まゆ》を寄せたが、ダンテは素知らぬ顔で続けた。

「そう、世界の未来を決める運命決議のテーブル。そこに着ける人数は決まってるんだぜ。とはいえそれも、座《すわ》る資格があればの話だがな。見たところ、あんたはまだその器に足りねえ、せいぜい大人しくしてるんだな」

これまでの彼《かれ》の口ぶりからすると、そのテーブルに彼が見ているのは、7カ国の勢力にクラマ、ダンテ達、さらに魔物まで、というところだろうか。加えて新たな勢力もいないとは限らない。

どうも不可解なことだらけだが、ダンテが何か巨大な秘密を握《にぎ》っていることだけは、もはや疑う余地はないだろう。それが人類に新たな道をもたらす福音《ふくいん》になるのか、破滅《はめつ》をもたらす禁断の誘《さそ》いになるのかは、今のシスティには分からない。

ただ、いずれにしても、人類7カ国の生存圏という旧来の秩序《ちつじょ》を破壊し得るほどの危険な真実に違《ちが》いない。

今こそ、この男を止める。いや、それができずとも、少なくとも暴走を制しコントロール下に置かねばならない。再び鎖《くさり》に繋《つな》ぎ止《と》め、彼がもたらすかもしれない危険過ぎる知識もろともに地の底に封印《ふういん》せねば。

狙っていたタイミングが〝今この時〟であることを確信し、システィは一気に全身の魔力を放出して、戦闘態勢に入った。この場所ならば、少なくとも一対一に持ち込める。

愛用のAWRたる杖《つえ》を手放しているシスティだが、実はミネルヴァを安全に管理するための仮封印《ふういん》状態を、さっき密《ひそ》かに解除してある。

そもそも、あらゆるAWRの原型たるのがミネルヴァだ。そのロックを解除して魔力的リンクを繋げさえすれば、元シングルにして超一流《ちょういちりゅう》の魔法師であるシスティには、力の一部を操《あやつ》り己の補助とすることが可能なのだ。

だが、ダンテはそんなシスティの様子を歯牙《しが》にもかけず、悠々《ゆうゆう》たる態度で。

「余計なことはすんな、と釘《くぎ》を刺したつもりだったが。まあいい、さっき指で割ったのが何か教えてやる。あれから出た魔力波は、少々特別でな。あの合図で、体内に保持されてる【アンブロージア】錠剤《じょうざい》の皮膜《ひまく》が解除される仕組みになってんだよ」

「へえ、新手《あらて》の魔力増幅薬《まりょくぞうふく》の一種かしら。意外にしょぼい手を使うじゃない？」

システィは皮肉げに言うが、ダンテはニヤリと唇を歪めて。

「そう吠《ほ》えるな。この【アンブロージア】は、魔力ドーピングとは違うらしくてな。安心しろ、不発じゃ盛り上がらんからな。人間が異常なレベルの上位存在、魔物に限りなく近い状態に、変態するらしいってんだからな」

「あり得ないわ。そんな下手なブラフに掛かるとでも？」

「なら結構。ただ俺もそれなりに用心深くてな。ちょっとお試《ため》しってことで、この錠剤を主立った部下どもに飲ませてあんだよ。そうだな、後で確かめてみたらいいんじゃねえか？上じゃ今頃《いまごろ》、手下どもの身体に、【アンブロージア】の効果が出る頃だ。魔物モドキに変態すりゃあ、たちまち人間を襲いたくなるだろうぜ。新鮮《しんせん》な魔力をたっぷり秘《ひ》めてるガキどもは、さぞ恰好《かっこう》の獲物《えもの》だろう。大事な学院中が血の海になるかもな？」

システィの顔色が、僅《わず》かに変わった。同時、部屋と通路に向け、唐突に大きな振動《しんどう》が伝わってきて、天井が一部裂《さ》けたかと思えば、バラバラと砂礫《されき》が落ちてくる。

「ミールが派手にやってるな。どうする、一緒《いっしょ》に生き埋《う》めにでもなるか？」

保管室とを隔《へだ》てる巨大な扉《とびら》がひしゃげ、隙間《すきま》から猛烈《もうれつ》な砂埃《すなぼこり》が噴出《ふんしゅつ》する。柱が倒壊《とうかい》した振動が地下空間を揺らし、崩落《ほうらく》が始まった。数拍遅《おく》れて、ミネルヴァが安置されていた部屋の扉が完全に吹《ふ》き飛んだ。

「ほら、急がねぇと、可愛《かわい》い教え子が喰《く》われちまうぜ」

「……クッ！」

嫌《いや》な予感を払拭《ふっしょく》しきれず、システィは舌打ちするや、踵《きびす》を返して全力で走り出す。彼女が後ろ手に放ったせめてもの衝撃は、天井を砕き、さらなる大崩壊をもたらした。その巨大な瓦礫はひっきりなしに降り注ぎ、ダンテをミネルヴァもろとも元保管室だったその場所へと閉《と》じ込めてしまうはずだ。

ダンテの忌々《いまいま》しげな声を後に部屋を出た途端《とたん》、周囲にどっと溢れかえる魔力残滓《まりょくざんし》が、そこで起きた激闘《げきとう》の名残を伝えてくる。

システィの視線は息絶えているらしいミールを掠《かす》めるや、室内を彷徨《さまよ》った。保管室から見える階段との間には、巨大な瓦礫が次々と降り、一分もしないうちに埋め尽くされることが予想される。だが、肝心《かんじん》のミールを倒したと思われる人物の姿は、結局見つけることは出来なかった。

一体誰が……？　ただ、今はそんな疑問は後回しでいいだろう。

地上から伝わる更《さら》なる強い揺れにそう悟った直後、システィは一瞬だけ振《ふ》り返る。もはや脱出不可能と思われる大崩落の中、ミネルヴァに歩み寄るダンテの姿が、その肩《かた》越《ご》しにちらりと見えた。

死を覚悟《かくご》するというよりも、ゆっくりと愛《いと》しい者に寄り添うかのようなその姿に……湧き起こった不安をあえて押《お》し殺し、視線を戻して、そのまま彼女は地上へ急ぐべく、唯一《ゆいいつ》の退路を駆け上った。

第86章　「脆《もろ》き平和」

学院敷地内《しきちない》をくまなく調査し終わり、全ての襲撃者《しゅうげきしゃ》――脱獄囚《だつごくしゅう》――がいなくなったと判断されるまでには、数時間を要した。それからようやく、調査者達はテロリストは学内から一掃《いっそう》されたと判断したのであった。

が、それだけで一件落着と言えるほど事は簡単ではない。人類生存圏内における安全神話が崩壊したと言ってもよいのだから。学内に突如《とつじょ》出現した魔物は、到着《とうちゃく》した軍の部隊を混乱させた。何者かによって討伐《とうばつ》された後ではあったが、その死骸《しがい》は塵《ちり》と化すでもなくずっと学内に留まり続けていたのである。

また、ミネルヴァの安置室があった崩落現場には、地下から地表に通じる大穴が空いており、ダンテはそこから逃走《とうそう》したものと思われた。その事実は、システィが自ら足を運んで確認したものでもある。

追っ手の注意を引き付けるべく部下達と【アンブロージア】の変異現象を捨て石にして、ダンテはまんまと逃《に》げおおせたわけだ。残されたのは、最古のＡＷＲたるミネルヴァが奪《うば》われたという事実と――負傷者一三八名、死者五九名（内、生徒二名）という最悪の結果のみであった。

そんな陰惨《いんさん》な襲撃《しゅうげき》の余波から、まだ学内が立ち直り切っていない頃。

「これは、なんというか……凄《すご》い有様だな」

無残に破壊《はかい》された研究棟《とう》を見上げて、帰還《きかん》したばかりの黒髪の少年が呆《あき》れたように呟く。

それに同意するかのように、銀髪《ぎんぱつ》の少女が頬《ほお》を引き攣《つ》らせつつ、棒読み気味に続いた。

「……そうですねー。大変ですねー。見てくださいアルス様。なんてことでしょう、私達のお家が見晴らしの良い展望デッキに様変わりです。まさに匠《たくみ》の仕事ですね。絶対にこれを成し遂げた凄腕《すごうで》職人を見つけてお礼をしなければ……アルス様、私、拷問ってしたことないのですけど、巧《うま》くできるでしょうか？　相手も、十分に反省してくれますかね」

ロキはあまりの怒りとショックで、逆に人形のような無表情になっていた。

確かに、これは酷《ひど》い。アルスの研究室兼《けん》自室は、もはや当分は使い物にならないだろう。

とはいえ、ロキが先程《さきほど》言った『私達のお家』発言には、妙《みょう》な引っ掛かりを覚えなくもない。ロキは確かにアルスのパートナーであり同じ部屋に住んでいるが、別にいわゆる〝同《どう》棲《せい》関係〟には当たらないはずだからだ。

「……まあ落ち着け。それにしても、上手《うま》く留守を狙《ねら》われたな。一先《ひとま》ず脱獄囚どもが何故学院を狙ったかを突《つ》き止めなきゃならん。先の、俺を狙ってきた暗殺者達のこともあるしな。奴らの情報網《じょうほうもう》を探《さぐ》りたい」

「そ、それはそうなのですが……あ、あれを見てください！　家具や調度品も少しずつ揃えて、ようやく二人で快適に過ごせるようになってきたんですよ！　なのに……」

元来、ロキはあまり物に執着《しゅうちゃく》するタイプではなかったはずだが、それでも人並みに落ち込んだり、やり場のない怒りを覚えるような感性があるらしい。

確かに部屋には貴重な研究資材などもあるにはあったが、アルスとしてはせいぜい、無事だといいなぁ、程度の感想しか出てこない。部屋が住めなくなったのであれば別を探せばいいし、機材などはまた調達すればいいのだから。

それにしても、確かに随分《ずいぶん》と〝スッキリ〟してしまったものだ。外壁《がいへき》は完全に破壊され、中の光景がここからでも丸見えである。特にテスフィア達とよくテーブルを囲んだリビング周辺は、それこそ天井、床《ゆか》ごと、綺麗《きれい》にザックリと抉《えぐ》り取られているようだ。

今からでも、あの一帯を探せば壊《こわ》れた家具の破片《はへん》くらいは見つかるかもしれない。だがそんなことを気休めっぽく口に出そうものなら、ロキは唇を尖《とが》らせ、眉を寄せて盛大《せいだい》に溜《た》め息《いき》を吐《つ》くのだろう。

そう考えてみて……ふと、気づく。

ロキにとっては、あの場所にあったものに、そもそも価値などなかったのかもしれない。彼女はきっと、あの場所で過ごした時間にこそ、本当の価値を見出《みいだ》しているのかもしれない。それこそが人の営みであると、自分と違って憤懣《ふんまん》やるかたないロキの表情に、諭《さと》されている気がする。

そんな風にロキの心中を分析《ぶんせき》し、想像してみる。あともう少し踏《ふ》み込めば、己も失ったものに対して、何らかの人間らしい気持ち、例えば憂《うれ》いや感傷めいた気持ちを持てるのかもしれないが……。

残念ながら周囲がこの有様では、そんな沈鬱《ちんうつ》なムードに浸《ひた》っている場合でもない、と思い直す。

周囲を見回すと、そこかしこに軍人や警備員の姿があり、いずれも様々な捜索《そうさく》作業や瓦《が》礫撤去《れきてっきょ》などの仕事に追われている様子だ。校内は騒然《そうぜん》としていて、それこそちょっとした広場にも仮設テントなどが並び、医療《いりょう》従事者が忙《せわ》しなく行き来している。

見慣れた学院の日常は、もはやここにはなかった。

そして軍人らしき者達の中には、将官クラスの姿もチラホラと見て取れる。お膝元《ひざもと》とも言える学院が襲撃されたのだから、軍のお歴々がわざわざ足を運ぶのも、当然といえば当然なのかもしれないが……アルスとしては、どうにも見たくもない顔が多い。そして、それは多分相手も同様、のはずなのだが。

「おぉ、貴様、貴様だ。かつての上官を見かけて素通《すどお》りとは良いご身分だな、アルス・レーギン」

尊大な口ぶりで、そう声を掛《か》けてきた者がいる。アルスがちらりと見やるが早いか、その男は部下達を引き連れ、さっとアルスの前に立ち塞《ふさ》がった。

まだ何かとざわついている現場だというのに、制服の胸に余すところなく幾《いく》つもの勲章《くんしょう》を付けている。その様子はいかにも場違《ばちが》いで、それこそ相手を威圧《いあつ》するためだけの装《よそお》いにすら思える。加えてずんぐりと肥満した恰幅《かっぷく》の良い体格は、この男が戦場に出るどころか、地道な鍛錬《たんれん》や戦闘トレーニングなど、久しく行っていないことを窺《うかが》わせた。

言ってしまえば、まさに現場を知らない無能将官の典型たる姿である。

アルスは一先ず、ロキを隠《かく》すように前へ進み出て。

「お久しぶりです。モルウェールド少将。記憶が正しければ、あなたは一度として俺の上司であったことはないと思いますが」

「ふぅむ、そうだったか」

モルウェールドはぞんざいな口調で、そう答えた。彼はヴィザイストやベリックと共に、軍の上層部に食《く》い込んでいる権力者の一角だ。ベリックやヴィザイストらと派閥《はばつ》を二分する、「貴族派」の重鎮でもある。

過去、この男の不始末を、当時ヴィザイストが率い、アルスも所属していた部隊が尻拭《しりぬぐ》いしたこともある。結局、彼らのミスはこじれにこじれて魔物の大侵攻まで引き起こしたのだが、モルウェールドは言を左右にして、巧《たく》みな処世術で罪を逃《のが》れきった。

その後もまだ権力を維持《いじ》し、軍上層部にダニのようにへばりついているのだから、始末に負えない。

「ふん、ヴィザイストは今もせっせとベリック総督《そうとく》の雑用係をしているのか。まったく、成り上がり者は泥臭《どろくさ》くてかなわん」

(変わらないな。奴の権力基盤《きばん》もそろそろ泥舟《どろぶね》のはずだが、まだ乗り心地《ここち》はいいと見える)

貴族派閥といえど、ちょうど揶揄《やゆ》されているヴィザイストのソカレント家、フェーヴェル家など、彼に与《くみ》さない貴族は増えてきている。それでもこの男は、しつこく国内政治の場に根を張り、上級貴族の支持で周りを固め、これみよがしに権力を笠《かさ》に着て横暴な振舞《ま》いを繰《く》り返す。アルスが嫌《きら》いな典型的人間だ。

だが、アルスが今ここで表立ってトラブルを起こせばどうなるか。

モルウェールドのことだ、大きく騒《さわ》ぎ立てた挙句、アルスと関わりがあるベリックやヴイザイストに対する攻撃《こうげき》材料を手に入れて、実際に責任追及《ついきゅう》を始めかねない。

こういった面倒《めんどう》な輩《やから》は昔から軍に一定数いるが、軍の最大戦力であるアルスとレティがベリック側にいるという事実は、モルウェールドにすればさぞ面白くないのだろう。

まあ、実際は腐《くさ》れ縁《えん》という形であり、必ずしもベリックらに忠誠や絶対の支持を誓《ちか》っているわけではなかったりもするのだが、それは傍《はた》からは分からぬこと。そもそもアルスは幼少期からベリックに目をかけられ、ヴィザイストのところで世話になっているのだからそう思われても仕方がないだろう。

またレティはレティで、あからさまにモルウェールドが気に入らないという態度を見せるので、これまた当然のことである。

アルスは心中で大きな溜め息を吐きつつ、一応はそれとない話題で、その場を繋ぐことにした。

「それで、モルウェールド少将がここの現場監督《かんとく》を？」

「閣下と呼べ！　ふん、まあいい……その通りだ」

モルウェールドは上機嫌《じょうきげん》そうにニッと笑《え》みを溢《こぼ》して、半壊《はんかい》した学院に目を向けた。

「システィ・ネクソフィアが大失態を犯《おか》したと聞きつけてな。元がつくとはいえ、シングル魔法師だった女が地に堕《お》ちたものだ。教職員、警備員はまだ職務に殉《じゅん》じたと言える部分もあるが、国の未来を担《にな》う貴重な生徒に、負傷者が多数出ておるのは見過ごせん。まさに目も覆《おお》いたくなる惨状故《さんじょうゆえ》に、私自ら現場に足を運んだわけだ」

もっともらしい言葉を並べるが、その実、ベリック側のシスティを排除《はいじょ》するために、恰好の攻撃材料探しに来たというところだろう。

(他人のトラブルに付け入り、スキャンダルのネタを漁《あさ》る、か……ハイエナが)

いかにも政治屋めいた彼の唾棄《だき》すべき所業は、今に始まった事ではない。だが、そもそも権力闘争《とうそう》に巻き込まれないよう、あえて政治の世界から距離《きょり》を取ってきたアルスが、そこに嫌悪《けんお》感を抱いたところで今更《いまさら》だろう。

「ま、警備体制の不備は間違いなかろう。理事長の怠慢《たいまん》は明明白白だ。審問《しんもん》の際には貴様も顔を出すと良い」

もったいぶって言うモルウェールドに、アルスはもはや興味が失《う》せ、時間を浪費《ろうひ》したとばかりに早々と会話を切り上げにかかる。

「まあ、考えておきますよ。それでは私はこれで失礼します、少将」

「……!!」

閣下と呼べ、という念押《ねんお》しを早速《さっそく》無視され、顔を真っ赤にするモルウェールド。そんな彼の隣《となり》を素知らぬ顔で通り過ぎ、アルスは仮設テントへと向かった。

そんなアルスの内心を察してか、そっとロキが駆け寄り。

「アルス様、どうもお疲れ様《さま》です。胸中、お察しいたします」

「まあな。奴はフィアの婚約《こんやく》証書の証人だったな、主に旧来貴族の支持基盤があるとかで妙に顔が広いし、ウームリュイナとも繋がってる。だとすれば、喧嘩《けんか》を売るのも買うのも、少なくとも今じゃないというわけだ。俺もこう見えて、学びたくもない処世術になんだか長《た》けてきたもんだ。というか、お前もよく我慢《がまん》したな」

「失敬な。これでも軍役《ぐんえき》は長いもので。ですが、やはり総督でも軍部内の意識改革は難しいようですね。分かってはいたことですが」

先程味わった苦渋《くじゅう》を思い出しながら、ロキは顔を顰《しか》める。魔法師の評価において血筋、ひいては貴族の家柄《いえがら》を何より重んじるモルウェールドの思考は、ある意味で優生思想にも近い。現に今の軍事体制の権輿は、貴族が先頭に立って生まれてきたものだ。故《ゆえ》に軍部内でも、未だ貴族の権威《けんい》が保持され続けているのだ。

「総督もまだ道半ばだろうな。ただ、奴が重しとして機能している限り、反総督派はそれなりにまとまって動き、個々が暴走を始めることはない。あんなのでも、使い道はあるんだろうさ」

「ですが……」

「分かってる。腐った果実は、いずれ周囲をも腐らせる。その前に処分するつもりだろう。それでも随分と長い間、自由に泳がせてるもんだな。さて、どこまで悪影響《あくえいきょう》が広まっていることやら」

アルスとしても、魔物と戦っているつもりがいつの間にか、同じ国の軍人一派に寝首《ねくび》を掻《か》かれるようなオチになってほしくはないところだ。

ふと、次に足を向けた仮設テントからちょうど出てきた人物に、アルスは目を止めた。学院の理事長たるシスティである。彼女は連れ立って出てきた軍の将校へと、何事か指示を出しているらしい。

将校はその指示を受けるや、手早くコンセンサーで現場へ内容を伝達しながら、自らも素早《すばや》く走り去っていく。その背中を眺めながら、アルスは言う。

「やれやれ。大変なことになりましたね、理事長。というか、彼が現場指揮官なのでは？」

アルスも見覚えのある人物だったため分かるのだが、モルウェールドを除けば、彼はここで最も階級が高い将官であろう。実質的に彼が現場を指揮しているだろうことは容易に想像がつく。そんな人物に、とっくに退役《たいえき》したシスティが指示を出しているのも妙な光景ではあるが、システィは元々軍のエース、シングル魔法師で、未だに強い影響力《えいきょうりょく》を持っていることを思えば、そうおかしな話でもないのだ。

「アルス君！　どこに行ってたのよ！」

軽口を叩《たた》くように声を掛けたアルスに対し、システィは不満げに口を尖らせて、つかつかと歩み寄ってきた。

「総督直々《そうとくじきじき》のお話や、いろいろとありまして。それより、モルウェールドが来てますが」

「そうね、あの男に見つかる前に場所を変えましょうか」

「非難を浴びて、理事長の座を更迭《こうてつ》される前にですか？」

「かもね」

疲弊《ひへい》しきって、その程度ならばまだ些細なことだと言わんばかりのシスティ。その顔色を見て、アルスはしばし無言になる。

よく考えれば考えるほどに、システィの焦燥《しょうそう》ぶりは謎《なぞ》だ。実のところ、彼女の魔法師としての腕《うで》を、アルスはかなり買っている。

今も彼女が現役《げんえき》ならば、各人の詳細《しょうさい》な順位はともかく、アルファは三人のシングル魔法師枠《わく》を保有する国となっていたはずだ。確かに、学院がこれほどまでの襲撃を受け、負傷者や死者まで出ていることは、看過しがたいだろう。ただし、システィは人類未曽有の危機であった魔物の大侵攻を戦い抜《ぬ》いた猛者《もさ》なのだ。それほどの実力者が、これほどまでに疲弊した顔を見せるとは……。

人目を避《さ》けながらシスティの後ろを歩きつつ、アルスはそっと前を行く元シングルにして、第2魔法学院理事長の姿を眺めやる。その背中は、憔悴《しょうすい》のあまりか、いつもよりちょっと小さく見えた。

そんなアルスに、システィは前を向いて視線を合わせずに、静かに告げてきた。

「アルス君、今回の出来事、責任の全ては私にあります。何より賊《ぞく》の襲撃で死者が出た上、仕方ないでは済まない数の生徒や職員が負傷している。まだ中には生死の境を彷徨っている人もいるわ。ちなみにアルス君は、賊の素性《すじょう》については何か……いえ、これは愚問《ぐもん》だったかしら？」

「はい、と、あ、る、場所からの逃亡者達《とうぼうしゃたち》ですよね。実は現在、その件でいろいろ動いてまして」

あえて表現をぼかすことで、言外に「知ってはいるがここではまだ詳細は言えない」と匂《にお》わせたアルスに対し、システィははっとしたように。

「そう、ならいいわ。そちらも総督直々の任務なんでしょうから、言えないこともあるものね……。御免《ごめん》なさいね。ちょっと精神的に参ってしまって」

システィは唐突《とうとつ》にそんな風に詫《わ》びた。口ぶりや態度を見れば、彼女もまた、何かしらの方法で賊の出自《しゅつじ》を知ったのだろう。まさかすでにダンテと遭遇《そうぐう》していることまでは、夢にも思わないアルスではあったが。

それはそうと、行き場のない自責の念に駆られているのか、今の彼女は、何でもないことでも、己《おのれ》を責めてしまう心理状況にあるらしい。

「ところで、どこで詳細な話を？」

「そうね……あそこがいいわ」

システィは本校舎ではなく、あえて研究棟へと視線を向けて、呟《つぶや》くような小声で言った。


アルス達は、再び研究室に足を踏み入れた。建物上部は酷く抉られているが、基礎《きそ》部分は無事だ。だが、だからこそ自分の研究室を見るのが嫌になってくるというもの。

室内は予想通りの散らかりようだったが、幸いコンソールは生きており、ロキが代わりに解錠《かいじょう》してくれる。

「はぁ～、本当に開放的な部屋にリノベーションしてくれたな」

「見晴らしだけなら、一等地よね」

淡々《たんたん》と言うアルスとシスティとは対照的に、ロキだけはあまりの喪失感《そうしつ》に呆然《ぼうぜん》と立ち尽くしていた。

アルスの目に映るその姿はいかにも気の毒であり、やはり、自分がどこか大事な感情が欠落している非人間的な存在なのだろうと気付かされる。実際、この惨状《さんじょう》を見て、ほとんど何も感じないと言うのは如何《いか》にも機械的ではないか。

「……なんというか、寂《さび》しい部屋になったな」

本心なのか上辺だけのものか、どこか自分でも把握《はあく》できないまま、アルスはそんな言葉をぼそりと放った。

「また、元に戻るでしょうか」

「大丈夫《だいじょうぶ》よ。時間は少し掛かるかもしれないけど、しっかりと改修するから」

周囲に漂《ただよ》う重い空気に、システィはそう断言することで、ロキを慰《なぐさ》める。

それから、そこらに降り積もっていた埃《ほこり》やら壁《かべ》の破片やらをどかして、システィはソファーに腰《こし》を落ち着けた。

残念ながら窓際《まどぎわ》にあったはずのアルスの研究机は、建物が綺麗に半壊したついでに、どこか遠くへ旅立ってしまったようだ。なんとかソファー前のテーブルだけは無事だったのが救いといえば救いかもしれない。

やがてロキが、キッチンから幸運にも残っていたお茶菓子《ちゃがし》を運んできた。

皿類は全滅《ぜんめつ》に近かったようで、こうしてアルス達に供されたお茶菓子の小皿にティーカップとソーサーが、本当に最後の生き残りらしい。

なお、それらが置かれたテーブルも足が曲がって少し傾《かたむ》いているが、今は細かいことを気にしている場合ではない。

「さて、どこから話しましょうか。とはいえ、起きたまま、見たままを話すしかないのだけれど。まずテスフィアさんとアリスさんは、賊と交戦し、酷い手傷を負った。アリスさんもだけど、テスフィアさんの方がより重傷よ。骨折四箇所《かしょ》に全身打撲《だぼく》、火傷《やけど》なんかもあって、まさに満身創痍《まんしんそうい》の状態。今は治癒魔法《ちゆまほう》師がつきっきりで治療《ちりょう》に当たってるから、怪我《けが》自体はなんとかなるでしょうけど」

「そうですか。話だけ聞くといかにも最悪だが、生きているだけマシだと考えるしかないですね。学院で治療を？」

「もちろん、搬送《はんそう》する時間すら惜《お》しかった故の判断よ。一応、治療施設《ちりょうしせつ》や設備自体はさほど大きな被害《ひがい》を受けていなかったし」

それは、なんとも力強い言葉だ。そしてアルスとしては、ついでに聞いておきたいことも一つ。

「それで、一人くらいは始末したんですか、あいつらは？」

「えっ⁉　あのね、この学院は、そもそも〝人間相手の戦闘術《せんとうじゅつ》〟を教える場所じゃないのよ。それでも二人は、とてもよくやったわ」

「一人も始末できずにやられておいて、ですか」

アルスは少し眉を寄せて頭を掻いた。だが、そんなアルスを、システィは少し呆れたように見やった。グドマの襲撃の折にも、テスフィアとアリスは実験体のドールズと戦っているが、今回は相手が悪過ぎたとも言える。

「あの子達の名誉のために言うけど、二人は果敢《かかん》にも教員を救おうとして動いたのよ？それは、他の生徒にはできなかったことだわ。それに、テスフィアさんは貴族としての責任感や矜持《きょうじ》もあった上での行動なんだから！」

だから率先《そっせん》して矢面《やおもて》に立ち、勇気と崇高《すうこう》な精神を示したとでも言いたいのだろう。

「だとしても、死ななかったのは、本当にただの運じゃないですか」

「……そこはまあ、同意するけど」

ぶすっとした顔で言うシスティ。さすがにこんな事態が起こってしまうと、今後は学院のカリキュラムにも、多少は対人戦を想定した授業を取り入れてもいいだろうと思う。まあ、アルスがわざわざ口に出さずとも、システィは反省を元に今後カリキュラムに手を加えていくような気がする。

「後で、二人の見舞《みま》いにでも行ってやるとしますか」

「あ、でも、まだ目を覚ましていないかもしれないわよ？　それに治療だって、完全に終わったという報告が来てないし」

「どうでもいい。寝《ね》てりゃ、その場で叩き起こすだけですよ」

「いくらなんでも、スパルタ過ぎやしないかしら。ねえ?」

システィはその言葉を、アルスではなく、傍《かたわ》らのロキへと向けて発した。

だがロキはロキで、別の考えがあるようだ。

「それだけ期待を掛けられてる、ということです。そして実際、お二人にはその高みに到《とう》達《たつ》できる見込《みこ》みもあるんですよ」

言いつつも、ロキは内心で深い息を吐きたくなる。その言葉は、そこまでアルスが二人を買っているのだと、ある意味で断言しているようなものなのだから。パートナーたるロキとしては、それなりに複雑な心境だったのだ。

「理事長、どうも昨今は物騒《ぶっそう》過ぎる。現れる厄介者《やっかいもの》どもがどいつもこいつもキナ臭《くさ》過ぎて、これまでの対魔物を専門とした魔法《まほう》師では手に負えないんですよ」

「それは痛感したわ。私も一から鍛《きた》え直そうかしら」

元シングルがついに現役復帰かと思われる発言であるが、さすがに本気ではないだろう。

「特に今回の脱獄囚達《だつごくしゅうたち》は、理事長から見てどうなんですか?」

「そうね、正直リーダーの男は、私が全力でやっても厳しいかもしれないと感じたわ。そもそも私は、対人戦向きじゃないしね。結局その男——ダンテという相手とは、正式に戦う前に白旗を上げざるを得なかった」

しかし、システィの立場を考えればやむを得ない選択《せんたく》だったのだろう。人質《ひとじち》を取られていたとも聞いている。ただ、人質程度で降参するなど、自分にはできない選択だ。

「今は学院からは逃げ出していて、人質もいないんでしょう？　なら、後は俺《おれ》が殺します」

この時、アルスの目は、夜の海のような不気味な深い色を滲《にじ》ませていた。

アルスの過去、裏の仕事を数多《あまた》こなしてきた経緯《けいい》を知っているシスティですら、思わず息を呑《の》んで複雑な表情を浮《う》かべたほどに。

それでも、大人である彼女《かのじょ》は分かっている。アルスを殺しの道具として扱う者達の愚行《ぐこう》を防ぎきれなかったのも、また自分なのだから。大人達は皆《みな》、全てを分かった上で、その行為《こうい》に手を染めさせてきたのだ。

今、システィがアルスに向けたのは、その業《ごう》の谷底から彼を引き上げることはもうできないのだと確信したかのような、少し寂しげな目だった。

「アルス君、ちなみにヴィザイスト卿《きょう》の動きは？」

「後手後手ですね。さすがに脱獄囚の数も多い上、俺以外にも各部隊に情報を流さなくちゃいけないみたいですから。問題は脱獄囚の一人一人がかなり強いこと。始末するにもこちらが選《え》りすぐりの精鋭を差し向けないとならないみたいですよ。ちなみにヴィザイスト卿がやっと掴《つか》んだ情報は、ミール・オスタイカの足取りを追うことで拾い上げたものみたいです。なにせ、彼女が身分を偽《いつわ》って学院に潜入《せんにゅう》したとの報告が上がってきたのも、ついさっきです。人材不足を嘆《なげ》いてましたね」

「そのミール・オスタイカだけど、フェリネラさんが倒《たお》してくれたわよ。学院の地下でね」

「えっ!!」

　この言葉に驚《おどろ》いた表情を見せたのは、アルスではなくロキの方だった。無論、アルスも少なくない衝撃《しょうげき》を受けているつもりだが、顔には出さず淡々と問う。

「いくらヴィザイスト卿がよく仕事にも連れ出しているとはいえ、フェリの奴がミールを相手にできるレベルだとは思えませんが？　脱獄囚の中でも、相当な危険人物だと聞きましたし」

「もちろん無事じゃないわよ。正直、テスフィアさんよりも傷は重いかも。ああ大丈夫よ、彼女も今、最善の治療を受けているから。なんとか命には別条ないということで、ほっとしたところよ」

「なら、いいですが。ちなみに、ミールの生死確認《かくにん》は？」

「そこについては、死亡を確認したわ。地下通路の崩落によって、遺体は未回収のままだけど」

「理事長自ら確認したんですか？」

そんなアルスの声に、システィは煮え切らない顔で「一応ね」と発し、視線を外に向けた。そこから見える、下に集まった対策人員の中から誰《だれ》かを捜すように。

「ほら、リリシャさんよ。彼女がフェリネラさんを救出してくれたの。彼女も息絶えているミールも視認《しにん》したそうよ」

「へえ、美味《おい》しいところで大活躍《だいかつやく》、という感じですね。それにしてもフェリネラが暗殺を生業にしていたミールを、か」

７カ国親善魔法大会でアルスが見た限りでは、フェリネラは学生の中では超一流とはいえ、〝荒事《あらごと》のプロ〟相手に渡《わた》り合って勝利を掴めるほどではなかったはずだ。

とはいえ、例えば切り札のようなもの……フェーヴェル家のように継承魔法《けいしようまほう》なるものがあれば、多少違ってくるかもしれない。しかし、ソカレント家はヴィザイスト一人で成り上がった家だ。独自に魔法を研究できる資金はもちろん、そもそも歴史が浅過ぎる。

詮索《せんさく》は野暮《やぼ》だとばかり、そんなアルスの思考を諫《いさ》めるように、ロキの声が差し込《こ》まれた。

「アルス様、ここは讃《たた》えるべきだと思いますよ」

「ん？　そうだな。標的の一人を始末してくれたわけだしな」

あくまでドライというか、どうにもズレている態度ではある。それを見てシスティは、テスフィアもアリスも気苦労が多そうだな、と改めて感じてしまった。

「はぁ～、二人とも本当に頑張《がんば》っているわね」

アルスとしては、『本当に』を強調するその言い方に、多少引っ掛かりを覚えた。

「どういう意味ですかね。そもそも、そんな呑気《のんき》にしてる場合でもないでしょう。事態の責任を問うべく、理事長の身柄《みがら》をモルウェールド一派が拘束《こうそく》するかもしれませんよ」

話題を戻《もど》しがてら、ずばり切り込む。

「そうね、それは十分にあり得ることね。何よりも」

そんなアルスを、システィは真っすぐ見つめてくる。

「多分、あなたが探している脱獄囚、ダンテと呼ばれていた男よね。彼《かれ》は、学院に保管されている【ミネルヴァ】を奪って立ち去ったわ」

「……！　なんでミネルヴァがこの学院にあるんです？」

「そうね、それについては多少長くなるし、重大な機密になるけれど、こうなった以上、あなたには話しておく必要があるわね」

そう前置きして、システィは語り出した。ミネルヴァという力を公平に管理するため、7カ国が持ち回りでそれを担う秘密協定が結ばれていたこと。そして、この前の親善魔法大会後は、保管場所として、防御魔法《ぼうぎよまほう》の達人として名高いアルファのシ、ス、テ、ィ、が管理する学院が選ばれていたこと。手短かにそれを伝えた後、システィはこう話を結ぶ。

「過程はどうあれ、人類の宝を盗《ぬす》まれたことには違《ちが》いないわ。全てが私の責任ということも」

「なるほど、だからモルウェールド本人が出張ってきたわけか」

「で、ですが……」

割って入ったロキは思わず、声を荒《あら》らげる。

「それはちょっとおかしくないですか？　まず、彼らの脱獄《だつごく》を許してしまった監獄《かんごく》の管理責任は？　加えて、脱獄囚達に国境を突破《とっぱ》され潜入《せんにゅう》されたことについてはアルファ軍にも警備上の責任があります。それと、想像を遥《はる》かに上回る脱獄囚の戦闘能力、加えて人質がいたことまでも考慮《こうりょ》すれば、まだ被害は少ない方かと」

そんな彼女に、あくまで冷徹《れいてつ》にアルスが答えた。

「モルウェールドがいただろ、要はなんでもいいんだ。ベリック総督側の政治的影響力を削《そ》ぐためなら、奴《やつ》はなんにでも食いつくからな。理事長はベリックと親しいと思われているのが、仇《あだ》になりましたたね」

「そうね、それは否《いな》めないわ」

「多少巻き返す方法はなくもないですが。ダンテの行方《ゆくえ》については、何か手掛《てが》かりはありますか？」

「それが、地下の安置室を脱出《だっしゅつ》して上に戻った時にはそれどころじゃなかったのよね。だって、学院に残ってたダンテの部下達に、とんでもない異変が起きたんだもの」

そこでシスティは言葉を切って、改めて真剣《しんけん》な顔になって付け加える。

「ここから先は、本当に秘密にしてね。実は……魔物《まもの》化したのよ。信じられる？　人間が、半分とはいえ魔物に変わったのよ……！　ダンテは【アンブロージア】とかいう薬の作用だと言ってたわ」

「は？」

「はい？」

二人同時に素《す》っ頓狂《とんきょう》な声を上げてしまったが、アルスにはふと、思い当たった。

（チッ、〝グドマ〟か！）

以前アリスが巻き込まれた狂気《きょうき》の科学者――グドマ・バーホングによる学院襲撃事件。手勢の【ドールズ】を全て失って追い詰《つ》められたグドマは、最後に何かの液体を体内に取り込み、魔物のような姿に変貌《へんぼう》した。アルスは確かに、それを見ている。

「信じられない話だが、思い当たる節はなくもないな」

「アルス様、クドマですね」

ロキの言葉に、アルスは重々しく頷《うなず》いた。

「理論的なことはさっぱりだが、似た例があるんだ。ロキ、お前も例のグドマの事件には立ち会っていたから見ているな。最後に、グドマは異形化して俺と対峙《たいじ》した」

「はい、魔物と呼ぶに相応しい容姿だったかと思います」

「断定はできんがな。奴が〝人外の存在〟に変貌したのは事実だ。だとすれば、この世界に存在する化け物といえば魔物しかない」

同意するようにロキは強く頷く。

「ああ、それと先日俺を襲《おそ》ってきた脱獄囚の一味と思われる暗殺者がいただろ。その最後の女も、土壇場《どたんば》で妙な変貌を遂《と》げたように思えた。確認する前に、〝銃使《じゅうつか》い〟が横槍《よこやり》を入れてきて始末されちまったがな。これは、どうも妙な話になってきた……」

アルスの言葉に、システィも小さく頷く。

人類の生存圏《けん》内に魔物が唐突に現れた、という事件。アルファではなかったはずだが、どこかの国で昔そんなことがあった、と聞いたことがある。

先にバルメスで起きた〝悪食《あくじき》〟事件の初期のように、トラブル自体が国家によって隠蔽《いんぺい》されている可能性もあるだろう。肝心なのは【バベルの塔】を破壊されないこと。そう考えると今日まで続く生存圏の安全神話は、危うい土台の上にどうにか保たれている程度の、ごく脆いものなのかもしれない。

（侵入《しんにゅう》された、のではなく、内部で〝発生〟した……。どちらにせよ生存圏内に魔物が足を踏み入れたのはいつぶりだ？　これは上層部がヒステリーを起こすな）

学院で今起きていることは、それよりもさらに酷《ひど》い。こともあろうに一国の管理施設内《しせつない》に、半魔物化した存在が複数発生したというのだから。

目撃者《もくげきしゃ》が多数いてもおかしくないし、下手をするとミネルヴァの一件とは別に、新たな国際問題の火種となる。そもそも生存圏内に魔物がいること自体が、あらゆる人々の根源的な恐怖《きょうふ》を呼び起こし、燎原《りょうげん》の火のようにヒステリックな拒絶《きょぜつ》反応を招くだろう。

「で、半魔物化したと思われる脱獄囚達、いわば〝人魔《じんま》〟についての情報は？」

アルスがそう尋《たず》ねた直後、元は窓際だった部屋の一角から、とある声がした。

「アルス君、そのこと、だけど……」

半壊した天井《てんじょう》から滑《すべ》り込むようにして室内に現れた少女の、風に翻《ひるがえ》る金髪《きんぱつ》が見える。指に装着したAWRは最近見たばかりの亡《な》き指の天指【マグダラ】であった。どうやらそれから繰り出した糸を建物の天辺《てっぺん》に引っ掛け、ロープ登りの要領で上がってきたらしい。

アルス達の前に現れたリリシャは、学院の制服ではなく〝仕事着〟姿だ。黒を基調とした制服には、ところどころにいかめしい装飾《そうしょく》があしらわれている。魔力《まりょく》良導体で作られた特別製の外套《がいとう》も、なかなか板についている気がする。

新生【アフェルカ】隊長のそんな真新しい制服には、生まれ変わった組織にかける元首シセルニアの期待が、そのまま表れているように思えた。

が、わざわざこんな風に気取ったやり方で侵入してくる辺り、元首側近のリンネ・キンメルからの悪影響を思わせる。

「おい、まだドアもブザーも残ってるぞ。元首のところじゃ、人ん家《ち》のまともな訪問の仕方を教えてくれないのか？」

未《いま》だ空中におり、糸に手をかけたままのリリシャへと、呆《あき》れ顔《がお》で言う。

だが、彼女はにこやかに、今度こそ床に降り立つべく、身体を揺《ゆ》らして勢いをつける。

そのままリリシャは糸を切ってトンと着地を決めたが、そこはあいにく、破壊《はかい》されて切り立った建物の縁で……。

「あ、やばっ」と手をばたつかせたリリシャだったが、あっさりバランスを崩《くず》し。

「て、手えええぇぇ!!!!」

もがきつつ空中に伸《の》ばしたリリシャの手を、スッとアルスが取って引き寄せる……が。

「あっ!?」

そんな声をリリシャが発したのは、闇雲《やみくも》に振《ふ》るったもう片方の手が、バンッと壁際《かべぎわ》の棚《たな》に当たってしまったためだ。

ただでさえ傾いた床に乗っていた棚は、その一撃《いちげき》でたちまちぐらりと揺れる。そのまま棚は中身ごと倒れると、崩れた壁の穴から階下に落ちていった。

一瞬《いっしゅん》張《は》り詰めた静寂《せいじゃく》の後、下から全てが砕《くだ》け散る無惨《むざん》な音が響《ひび》いてくる。

アルスは一瞬眉《いっしゅんまゆ》を寄せたが、一先ずリリシャを身体ごと抱《だ》き込むようにして室内に迎《むか》え入れた。

「下に、誰もいなくて良かったな」

「え、ええ、本当に、ね」

「請求《せいきゅう》は、元首宛《あて》にしておくぞ」

「はい？　元々あの棚、今にも倒れて落っこちそうだったじゃない⁉　私が来なくてもさ、きっと時間の問題だったって！　ほら、ちょっと、待たない？　だって私、今は【アフェルカ】の隊長で……」

慌《あわ》てふためいて自分を指さすリリシャだったが、アルスはにべもなく。

「知ってるが」

「それも新設されたばかり、なのよ？　予算だってまだ少なくって！　元首様に責任取らされたら、それがさらに減っちゃう！」

「それも知ってる。だが、人の上に立つ以上、隊長なら誠意ある責任の取り方を期待する」

「くぅ～、まったく何でこんなことに」

落胆《らくたん》しながらも、リリシャはしょんぼりと理事長の隣に座った。そんなリリシャを慰めるように、システィが助け舟を出した。

「アルス君、勘弁《かんべん》してあげなさいよ。フェリネラさんを救出したのはリリシャさんなんだから」

「そうですか。まぁこの際だ、過ぎたことをとやかく言うのは止《や》めましょう。そんなことよりもリリシャ、【アフェルカ】も学院に来ているのか？」

「う、うん。でも、半魔物化した脱獄囚達――アルス君が言うところの〝人魔〟の奴らは討伐《とうばつ》したから、もう引き上げたわよ。あまり私達が出しゃばって目立つと、余計な憶測《おくそく》を生むからね」

「なるほど、きちんと始末したか」

暗殺を生業としていただけあり、【アフェルカ】にとっては、より人型に近い人魔はやりやすい相手であるらしい。もっともリリシャの兄、レイリーの実力を知るアルスとしては、彼らの内でも実力上位者ならば、純粋《じゅんすい》な外界の魔物とやりあってもそうそう引けを取るとは思えないが。

「正直、魔物に関する討伐ノウハウがないから効率は悪いけどね。基礎は押さえてるから大丈夫」

その後、人魔に関する情報をリリシャから聞いたアルスは、少しの間そっと黙考《もっこう》した。

一口に魔物化したと言っても、その変異ぶりは多種多様らしい。話を聞く限りでは、一《いち》概《がい》にこれまでに知られている外界の魔物と同一視することはできなそうだ。

そもそも人の形を僅かでも残した個体もおり、あくまで魔物に類似《るいじ》した存在、ということから、やはりアルスが便宜《べんぎ》上付けた『人魔』という呼称《こしょう》がふさわしく思える。

ただ、説明に加わったシスティが言うところでは、実力的には概《おおむ》ねCからBレート相当とみなされる、ということだ。そんな説明が一通り終わったところで、改めてロキが尋ねた。

「でも何故《なぜ》、【アフェルカ】がタイミング良く居合わせることになったのですか？」

「う～ん、そこについては、理事長のお耳にも入れたくはなかったんだけど、仕方ないか。前に話したでしょ？　ウームリュイナの周囲を洗ってるって」

「あぁ、そこで例の違法《いほう》薬物に関係する調査をしてるんだったか」

「まぁ、それも仕事の一つってこと。で、【ケミカルブースト】の秘密製造工場を探《さぐ》ったんだけど、やっぱりウームリュイナと繋《つな》がってる疑いが濃厚《のうこう》なの。で、さっき名前が出た【アンブロージア】だけど、これはケミカルブースト同様、基本的には魔力促進剤《まりょくそくしんざい》なのよね」

そして、ここからが本題だと言わんばかりに、リリシャは少し前のめりになり。

「で、薬物の生産拠点《きょてん》とはまた違うけど、ちょっと辺境に近いところに、ウームリュイナの、今は放棄《ほうき》された別荘地《べっそうち》があるのよね。そこで最近、こっそり見つけた【アンブロージア】は……既存《きそん》のものとは別物だったわけ」

それについてはシスティすらも知らない情報である。

「いわば、未知の成分が含《ふく》まれた【アンブロージア】。パワーアップ版というより、ほとんど別の作用があるんじゃないかって代物《しろもの》よ。加えて、すっかり荒《あ》れ果ててたはずの別荘地の家屋敷《いえやしき》が、最近、ある集団に使われていた形跡《けいせき》が見つかった。果たしてそれが〝誰〟か？　そこが一番の問題なわけ」

「脱獄囚《だつごくしゅう》どもか。地元の薬物中毒者のパーティーなんてくだらんオチじゃないだろ」

「もう少し、考える素振《そぶ》りをしてくれない？」

「情報屋自慢《じまん》がしたいなら、他所《よそ》でやれ」

分かりやすく頬《ほお》を膨《ふく》らませる代わりに、彼女は、あくまで自分の情報的優位を匂わせるように、口元に艶然《えんぜん》とした雰囲気《ふんいき》を保ったまま、小さく微笑《ほほえ》んでみせた。

「ま、そんなわけで、ウームリュイナが脱獄囚を手引きした可能性は非常に高い。しかも仮の宿として提供されたらしいそこに、【アンブロージア】があったわけだからね。後は成り行きで脱獄囚の動きを追跡《ついせき》したら、学院に行き着いたわけ」

アルスはチラリとリリシャの顔、次いでシスティの反応を窺《うかが》った。ここで追及はしないが、もしかすると【アフェルカ】は、脱獄囚達の人魔化を確認するまで、あえて事態を静観していたのかもしれない。

隊長がリリシャであることを考えれば、その可能性は低いだろうが。

いずれにせよ、アルスはグドマだけでなく、先に女脱獄囚を追い詰め、突如豹変《とつじょひょうへん》した様を間近で確認している。ここまで情報が揃《そろ》えば、あれもやはり人魔化していたのだと断定していい気がする。

「ともかく、これで私達が調査していた【アンブロージア】は、人を魔物に変えることが判《わか》ったわけね」

「魔物とやりあってきた身としては、ちょっとすぐには頷けないけど、実際に目《ま》の当たりにしちゃうとね。よりによって学院でなんて」

それでもなおも信じ難《がた》いという風に呟くシスティ。

「理事長、前にグドマ関連の事件があったでしょう」

「ええ、そもそも学院襲撃《しゅうげき》といえば、あれがケチの付き始めだったのかもしれないわね。その後の顚末《てんまつ》についても、総督《そうとく》から多少は聞いているけれど」

「直感ですが、今回の事件には、根っこであれが絡《から》んでいるような気がするんですよ。リリシャ、一先《ひとま》ずその線を当たってみるのがいいと思うぞ。ヴィザイスト卿が担当した事件で、首謀者《しゅぼうしゃ》に資金提供したと思われる後ろ盾《うしだて》は、未だ見つかっていないからな」

「ありがとう。なんだかんだで、あの件については、こっちじゃ情報を集めるのも一苦労だったからね〜。そっか、ヴィザイスト卿のルートから当たるのもいいか。なにせ、フェリネラさんが巻き込まれているし」

その口ぶりは、すでにグドマについては知悉《ちしつ》していると言わんばかりだったので、アルスは意外に感じつつも。

（……？　ああ、そうだった。こいつ、俺のことをさんざん調べたんだったな。当然、俺が過去に巻き込まれた学院絡《がら》みの事件については調査済みというわけか）

と、思い当たる。

「アルス君の直感とはいえ、かなりイイ線いってそうじゃない。まったく、頭が痛いわ」

システィがぼやくのに対し、アルスは辟易《へきえき》としながらも当時を振り返る。

「一応グドマの研究データは、国外への持ち出しを阻止《そし》したはずなんですがね。それでも、密《ひそ》かに漏《も》れていた可能性はあります。変異性【アンブロージア】とグドマの研究を繋ぐ糸が見つかればいいんですが」

ここで、ロキが会話に加わる。

「いいでしょうか。そもそも今後、その【アンブロージア】自体の流出は食い止められるのでしょうか？　生存圏内に、突然魔物《とつぜんまもの》もどきが現れるかもしれないとなると、7カ国は防衛システムを見直さないといけなくなりますね」

「それだけじゃ済まないだろうな。ま、そのためにリリシャが動いてるんだろ」

当のリリシャは溜《た》め息《いき》を吐《つ》いた後、それを散らすように首を振ってみせる。

「まあね、でも、初仕事にしては手強《てごわ》すぎるトラブルだよ。それよりさ、そっちの問題はどうなのよ。人魔は片付いても、脱獄囚のボスが逃《に》げちゃって、一波乱あったんでしょ」

確かにその通りではある。【アンブロージア】関連はリリシャらに任せるにしても、理事長たるシスティにとって、今最も重要な問題はミネルヴァであろう。

「そうね、ダンテという男と持ち出されたミネルヴァの件はどうにかしないと。ね、良かったらそこについても、アルス君に協力してもらえると」

「……お断りします」

ぴしゃりと言うアルス。リリシャもロキも、ここでは沈黙《ちんもく》を守った。

「もう総督から司令が一つ来てる。俺は、その任務を遂行《すいこう》するだけです。理事長、あなたから新たな依頼《いらい》は受けないし、関与《かんよ》もしない」

そんなアルスの言葉をどう受け取ったのか。

システィは「そうね……正しい判断ね」とのみ呟く。俯《うつむ》いた膝《ひざ》の上に零《こぼ》れ落ちるような言葉は、どこか寂寥《せきりょう》とともに、意外にも安堵《あんど》感《かん》が入り混じったかのような声色《こわいろ》だった。

アルスがこれに関わることは、確かに二人の間に引かれていた、微妙《びみょう》ながら明確に存在していた一線を踏《ふ》み越《こ》えるのと同じだ。それが半ば分かっていたからこその、システィの複雑な思いである。流れで頼《たの》んではみたものの、いざ断られてみて、ほっとしたのは事実なのだ。

今のシスティは、決して軍人という立場ではない。だからこそ彼女からの頼み事が、有《う》無《む》を言わせぬ強制力を伴《ともな》う「司令」じみた色を帯びれば、アルスとの関係性に、何かしらの歪《いびつ》さが生まれる。いわば、これまでのように物で釣《つ》られたり、有事に協力し合ったりといった、緩《ゆる》やかで人間的な繋がりではなくなってしまうのだ。

それは、アルスにどこか、ただの教え子に留《とど》まらぬ思いを抱いているらしいシスティからすれば、不本意なことなのだろう。

だから、そんな彼女の内面の葛藤《かっとう》を、アルスなりに察しているからこそ。

アルスは不器用ながらも、つい言葉を足してしまう。

「ただ、ベリック総督同様、今、あなたに学院からいなくなられると俺も困りますからね。もちろん、俺が追うのはあくまでダンテで、奴が持っているだろうおまけまでは関知しません。それを拾って帰るべきだというなら、ご自由にどうぞ。あと、そいつが重すぎるっていうなら、哀《あわ》れな年寄りに手ぐらいは貸しますよ。それこそあなたが勝手に更迭《こうてつ》されて、俺を巻き込んだ面倒《めんどう》事からさっさと一抜けなんて、許されるもんじゃない」

それを聞いて、システィは俯いたまま、小さく微笑んだ。

いつかの、まだ今より幾分《いくぶん》か小柄《こがら》だった少年の姿が思い出されて……いっそ、黒髪《くろかみ》に手を置いて撫《な》でてあげたい気分に駆《か》られるが。

（何だか、知らない間に大人びちゃって。でも……だからこそ、ベリックもヴィザイストも罪なことをしたわね）

アルスの心に今も影《かげ》を落としている過去。それに関わっている二人を、システィとしては憎《にく》まないまでも、完全に赦《ゆる》しきることはできない気がした。

だが一瞬《いっしゅん》ののち、そんな内面の葛藤を振り切ろうとするように。

「さて、と！」と、システィはパチンと手を叩《たた》いて、いささか強引《ごういん》に話の軌道《きどう》を戻す。

「それで、ダンテの足取りよね。学院を脱出して、何処《どこ》に向かったのか、というところだけど」

「リリシャ、そこについては何か知らないか？」

アルスが問うが、半ば無駄《むだ》だろう、と諦《あきら》めてはいる。そもそも知っていれば、逃げ出した脱獄囚の王の話をあちらから振った以上、リリシャはとっくに何かしらの情報提供をしてくれただろうからだ。

案の定、かぶりを振ったリリシャに続き、ロキが。

「アルス様、広範囲《こうはんい》に探知魔法などを駆使《くし》して、探し出せないのでしょうか」

本来探知魔法は、魔力を垂れ流している魔物を索敵《さくてき》したり、魔核《まかく》を発見することを第一義としている。だが、上手《うま》く応用すれば、人を探索《たんさく》することも可能ではある。今のロキは、半径五十メートル以内ならば、微量《びりょう》な魔力の予兆すらも察知できるだろう。

だが、それを否定したのもまた、システィであった。

「あの男が、魔力を故意に漏らさない限り、どんな探知魔法師でも難しいでしょうね。そうでなくても、今回の脱獄囚達は、その辺は妙《みょう》に徹底《てってい》してるみたいなのよ。ただの暴れ者とは違うみたい」

「つまり、下手に私達探知魔法師に探られないよう、自らの存在を隠蔽する技術を身につけていると？」

　ロキの問い返しに、システィは悲観的に溜め息を吐いてから頷いた。

「なるほどな。そこは裏の世界でも随一《ずいいち》の凶悪《きょうあく》犯罪者、逃げ隠《かく》れする小細工も一流というわけか。魔力操作の技術で、跡《あと》を残すのを極力抑えているんだろう」

「ですが、アルス様も普段《ふだん》から魔力を抑えていますよね。私、それなら多少離《はな》れていても探知できるのですが……？」

　これを聞くや、その辺りのことに長《た》けているシスティは、ニヤリとばかり人の悪い笑《え》みを浮かべた。一方、リリシャなどはまるで良く分かっていない様子で、きょとんとしている。

「それは……だな……」

　当然アルスとて、システィ同様にその原理を察していた。だが、それをアルスの口から説明するのは、どうも躊躇《ためら》われる。妙な空気を読んで、システィがやれやれ、とばかりにお節介を焼く。

「ロキさん、何でアルス君の魔力を察知し易《やす》いのか。ちょっと考えてみたら分かりそうなものよ？」

「……どういうことですか？」

　生真面目《きまじめ》に思《おも》い悩《なや》む様子のロキには悪いが、アルスはそんな彼女から少しだけ距離《きょり》を置いて、そっと顔を逸《そ》らした。

「無意識か、意識的かはわからないけど〝目印〟を付けているのね。ほら、人混みでも好きな人をすぐ見つけられるように、みたいな？　いやね～、若いってもう！　なんだか可愛《かわい》くって！」

「……‼」

ハッとロキがアルスに顔を向けたのが分かる。事前に、顔を逸らしていて良かったと安《あん》堵《ど》するアルス。

「ち、違いますよ！　アルス様、私、そんな動物の匂《にお》い付けみたいなことはして――！」

慌てるロキだが、事実はそれに近いと思われる。

もうずっと以前だが、ロキがアルスのパートナーになるべく、挑《いど》んできた時のこと。禁断の「依《よ》り代《しろ》」によって命の危機に陥《おちい》ったロキの体内に、代償《だいしょう》を支《し》払《はら》うための代替物《だいたいぶつ》とすべく、アルスが自分の魔力を流し入れたことがある。多分そこで、二人の間の魔力情報に、何かしらの繋がりのようなものができてしまったのではないか、とアルスは内心で察していた。

今のところ、アルファ国内でもあれができるのはアルスだけだ。だから検証する方法はないし、己《おのれ》の秘密の一端《いったん》を明かすようなことは避《さ》けたい。何よりそこについて触《ふ》れるのは、ちょっと気恥《きは》ずかしいような感覚がある。だからアルスは、口をつぐんで顔だけを背《そむ》けたわけだが……。

「ふ～ん？　なんだか分からないけど、アルス君の動向って、ロキには完全に把握《はあく》できちゃってるわけ？　ま、それならそれで、私の監視《かんし》任務の補助としては有効よね」

リリシャが余計な一言を差し挟《はさ》む間にも、ロキの顔はみるみる紅潮していく。

「アルス様、私、そんな頻繁《ひんぱん》に探知魔法使ってませんよ。ですよね？」

恐る恐るといった視線を向けられつつ、クイクイと服の袖《そで》を引かれる。

確かに、システィやリリシャが勘繰《かんぐ》るようなストーカーじみた被害《ひがい》はない――今の所。

「俺には分からん。自分の胸に聞いてみろ」

「そ、そんなぁ……」

一方、そんな二人を見てどこか和《なご》みながらも、システィは話を続ける。

「けど、探知に関することは、個人の魔力情報と何かしらの関係性があるのは確かなのよね。軍人時代もたびたび、それにまつわるちょっと不思議な話は聞いたことあるし」

「否定はできないが、肯定《こうてい》もできません。現在の魔法研究においても、当面は解明できない部分でしょう」

完全に俯き、耳たぶまで赤くしてしまったロキの代わりに、アルスが仏頂面《ぶっちょうづら》で答える。

外界で遭難《そうなん》した魔法師が探知魔法師でもないというのに、三日三晩彷徨った末、運良く部隊と再会した、なんて逸話《いつわ》は確かに少なくない。戦場でよく囁《ささや》かれる〝魔法師の勘《かん》〟とは何か、直感と魔力の関係など、現代の魔法研究でも、そのあたりについて未だ解明できていないことは数多いのだ。

「あっ！　そうだった、探知魔法師繋がりで思い出したんだけど、ちょっとお遣《つか》いも頼まれてたんだったわ」

リリシャが声を上げたのは、そのお遣いというのが、それなりに重要な案件だったからだろう。続いて外套を翻して、内側に隠していた斜め掛けの鞄に手を入れた。よほど大事なものだったのか、先ほどから外套の一部を膨らませていたものの正体がようやく明らかになる。

「はい、シセルニア様から。それとリンネさんがかなり苦労して手に入れたみたいなのよね～」

鞄一杯に入っていたそれは、何かしらの石板みたいな形状をしていたが、外側には高級な対魔《ま》法繊維《ほうせんい》の布が何重にも巻かれている。

「変なものじゃないだろうな」

「だ～か～ら～、シセルニア様からだって言ってるでしょ!?　変なわけないじゃん」

「そう思ってるのはお前だけだ。ったくタチの悪い信者みたいだぞ、お前」

心底嫌《いや》そうな顔で、それを受け取るアルス。意外にもずしりと重かった。

「私は頼まれただけで、その中身までは分からないのよね」

「う〜ん、何でしょうか」

ロキが興味津々《きょうみしんしん》といった様子で脇《わき》から顔を出した頃《ころ》には、すでに彼女の顔の赤みは引いていた。

「何にせよ、ろくなものじゃないのは確定だな」

「元首様直々の贈《おく》り物《もの》なんて、普通《ふつう》は飛んで喜びそうなものよね〜。ま、あなたと元首様の関係性が浮き彫《ぼ》りになるような台詞《せりふ》よね」

そんなシスティの呆れ声には、どこか同情的な色も含まれている。かつてはシングル魔法師だっただけに、アルスの気苦労も分かるところがあるのだろうか。

とはいえその反面、システィの顔には、どこか面白《おもしろ》がるような笑みも浮かんでいる。

(歳《とし》を食うと、人の不幸が楽しみに変わるのか)

愚痴《ぐち》の一つも溢《こぼ》したくなるのを、アルスはなんとか堪《こら》えた。

いずれにせよ、心して開けなければならないだろう。

ただ、現状の厄介《やっかい》事に加えて、あの元首にまで振り回されるのは御免《ごめん》だ。これが面倒の火種だったならば、何も見なかったことにして、リリシャに突《つ》き返そう、と心は決まっている。

一先ず巻かれた布を解《ほど》き、現れた中身が視界に入った瞬間《しゅんかん》——アルスの中で、時が止まった。

全体の材質はガラスのようであり、手触りは硬質で陶器を連想させた。何よりその見た目以上に、手にのし掛かるしっかりした重み。何とも掴みどころがない奇妙《きみょう》な書物だ。

表紙は鮮やかな装飾が施され、細部にまで至る凝った意匠が目立つ。魔力でも帯びているのかと思うほどに深い色合いだ。夜空のような暗青色《ダークブルー》に、微《かす》かに透《す》けるワインレッドの色合いが窺える。

「何これ？　本……にしては、材質が変よね。分かる？」

リリシャは不思議そうな表情で、傍《かたわ》らのアルスへと尋ねる。

眉間《みけん》に皺《しわ》を寄せるシスティが、神妙《しんみょう》な顔付きで「少なくともお祝いのプレゼントってわけじゃなさそうね」と呟《つぶや》くのに、アルスは応じて。

「ええ、これがただのプレゼントだったなら、寧《むし》ろホッとできるくらいですよ。いや、そうでなくとも……」

「アルス様、それで、これは何なんですか？」

食い気味に聞いてくるロキは、アルスと本を交互に見やる。

未だ信じられない思いで、アルスはその表紙を指でなぞった。

「【フェゲル四書】だ。それも原本」

一瞬、遠い記憶《きおく》を掘《ほ》り起こすように眉《まゆ》を寄せるロキ。

その言葉に、真っ先に反応を示したのはシスティであった。

「実在したの⁉　というか、本物かどうか判断がつかないんじゃない？　でも元首様から、というなら……」

さすがにシスティも動揺《どうよう》しているらしい。アルスはようやく、大きく頷いて。

「理事長も、ご存じでしたか。奇跡《きせき》の予知書、あるいは天下の奇書《きしょ》と呼ばれた謎《なぞ》に満ちた書物。写本は実在しているが、それとてほぼ世に出回っていないからな。元首や国がこっそり抱《かか》え込んでるなんて言われてたが、これで一部は証明されたわけだ」

「そんな訳の分からない本を、何で国が大事に保管するわけ？」

いかにも素人《しろうと》らしい疑問を口にするリリシャに、アルスは淡々《たんたん》と答える。何しろ【フェゲル四書】は、常に追い求めていた世界の謎に通じる遺物なのだから。

「魔法《まほう》の真髄《しんずい》に触れている、世界唯一《ゆいいつ》の書物と言われているからだ。それも誰も知らない、研究すらされていないテーマばかりだと聞いたことがある。それだけじゃなく〝魔法以前〟、それこそ魔物や魔法の起源について触れている、という説もある」

「え？　いやいや、せいぜいちょっと昔の人の妄想《もうそう》とか、根も葉もない噂話《うわさばなし》が書き留められてるだけじゃ」

このリリシャの言葉に答えたのは、神妙な顔をしているシスティだった。

「【フェゲル四書】の由来は、そういった過去の人類が空想や妄想で触れてる時代より、もっと古くまで遡《さかのぼ》ると言われているのよ。第一、使われている文字そのものが難解過ぎて、ろくに読めないらしいのよ。半世紀なんてものじゃない。下手をすると7カ国併合《へいごう》以前のものかもしれないの」

「えっ！　……ってことは、魔物の出現以前の？」

「まあ、魔物が出現した時期も正確なところは定かじゃないから、そこは怪《あや》しいけれどね。ただ一つ言えるのは、そういった魔法と世界の起源的なことに加え、当時では考えもつかなかったはずの未来、現代はおろか、さらにその先に連なる魔法技術に関することまで記載されていたとか。このへんが、予言書とも呼ばれる由縁《ゆえん》よね」

「お詳《くわ》しいのですね」

「うんうん」

ロキに続き、リリシャが勢いよく頷く。

「まあ、これでも元シングル、教育者の端《はし》くれだしね。それでも、私が知っているのはせいぜいそれくらいのことよ。ちょっと前までは伝承とかのレベルの与太話だと思っていたわ」

肩《かた》を竦《すく》めてみせるシスティ。それも無理からぬことだ。普通なら一部のオカルトマニアや妄想をこじらせた研究者くらいしか、その名前を耳にすることはないだろうから。

「私だって、師匠《せんせい》から聞き齧《かじ》っただけよ」

「えっ！　ミルトリア師匠《せんせい》からですか！」

反射的に食いついたのは、リリシャである。

「あら、そうだったわね。リリシャさんは、私から見れば妹弟子《でし》ってことになるんだったわね」

「え、あ、はい。正式な弟子じゃないんですけど。それでもやっぱりミルトリア様のことは、師匠《せんせい》と呼んでいます」

「ふぅん。あの人がねえ……こんな若い弟子を取るなんて流石に驚いたわ」

何だか感傷に浸《ひた》るような物言いで、システィはそれでも相好《そうごう》を崩して言った。

最後までリリシャを気にかけ、元首と手を組んでまで彼女を守ろうとした、かつての【アフェルカ】相談役。ミルトリアにとって若いリリシャは、ほとんど孫のようなものだったのかもしれない。

「それはそうと、ミルトリア師匠《せんせい》には、魔法史研究者としての一面もあったのよ。とはいっても偏屈《へんくつ》だから、弟子を巻き込《こ》んであまり派手に手を広げるんじゃなく、あくまで余生を楽しみつつって感じでね。いろんな話を聞かせてくれたものよ」

「確かに、【フェゲル四書】は、研究者にとっても正直眉唾《まゆつば》モノで、真面目に追っかける物好きはごく一部だったはずです。やはり、相当な変わり者ですね、ミルトリア師は」

一度、アルスが元首の王宮で見た時は、それなりに真っ当な印象だったのだが、分からないものだ。

「呆れた、あなたが言うの、それを」

システィが白い目を向けてくるのに構わず、アルスは。

「【フェゲル四書】は以前、グドマの事件の最中にそれらしいものを見た気がしたんですが、その後の現場検証では出てこずじまいでした。ただ、俺《おれ》の記憶にある本の雰囲気は、まさにコレに瓜二《うりふた》つです」

あの時の古書がやはり【フェゲル四書】の一冊であったことは、今、手元にある同類の現物を見れば一目瞭然《いちもくりょうぜん》だ。

問題は目前のこれの出所だろう。

グドマの事件の背後には、大魔法犯罪組織【クラマ】の存在があるかもしれないことを、ベリックは仄《ほの》めかした。アルスもそれには概ね同意できる。可能性の話であろうとも、想像することは容易なのだ。そもそもクラマを追っていた身からすれば、あれほどの事件に絡んでいない方がおかしく思えるほどである。

「一先ず……ちょっと調べてみましょう」

そう言ってアルスは、目の前の本に手を伸ばした。

まるで貴重な研究素材に触《さわ》るように、慎重《しんちょう》な手つきで薄《うす》い板のようなページを捲《めく》っていく。やがて、その顔に宿っていた確信の色は、驚《おどろ》きへと変わった。

書かれている文字は古代言語や【失われた文字《ロストスペル》】には多少長けているアルスでさえ、まったく読み解けないものであった。古い、というレベルではない。文字としての概念《がいねん》、アプローチが既存のものとは全く異なっているような気さえする。まさに、異世界の文字というべきか。

しかし、それでもつらつらと流し読みしていくうち、ふとアルスは全く知らないはずのそれらの文字が、勝手に僅《わず》かずつ脳内変換《へんかん》されていくことに気づいた。

表現しにくいが、知らない文字が一種の符号《ふごう》として魔法的に変換され、連なって脳内に直接意味を刻み、ある繋がりを成していく……そんな感覚である。

その結果、あくまで部分的ではあるが、確かに〝読める〟のだ。そしてアルスは、この奇妙な感覚に、覚えがあった。

かつて雪に閉ざされたバナリスで、蠅《はえ》の王たる魔物《まもの》【シェムアザ】と戦った時、アルスは敵が放った恐るべき風の極致《きょくち》級魔法【螺旋浄化《ケヘンアージ》】を解除した。その時に生まれた奇妙な現象の中で、アルスは確かに、その〝感覚と領域〟に触れたのだ。

（またこの現象か。何だか分からんが好都合だ）

なおもページを捲っていくと、おぼろげにだが、いくつか判明してきたことがある。【フェゲル四書】には拙《つたな》いながらも図説があるようだ。

だがそれは奇妙なことに、ページに描《えが》かれた、いわゆる〝絵〟ではない。先に述べた魔法的変換によって脳内に文字が意味を成していくうち、点と点がつながって線となるように、あくまで自然と浮《う》かび上がってくるイメージとして頭の中に映し出されるのだ。

それは妙な魔術式《まじゅつ》であったり、挿絵《さしえ》風のものであったりと様々だが、少なくともシセルニアがこれを送ってきた理由は理解できた。

やがて、興奮し過ぎたせいかは定かではないが、次第《しだい》に頭が痛くなってくる。

これで一休みしようと背後の横倒《よこだお》しになった巨大《きょだい》機材に寄りかかり、最後の文字列を目に焼き付けた瞬間、アルスの脳内に、インスピレーションめいた閃《ひらめ》きに置換《ちかん》された、とあるイメージが浮かび上がった。

以前、親善魔法大会のプログラムである【魔法演舞《まほうえんぶ》】で使用され、アルスが間近で見たものとは多少異なっているが……確かに、ミネルヴァだろうと思われる物体の姿をしている。

（なるほどな、この記述の一帯が、ミネルヴァに関する部分か。おぼろげにしか読み取れんが、ダンテの目的くらいは分かりそうだ。というか、シセルニアはどこまで知ってるんだ？　ダンテの相手ができるのは俺ぐらいなんだろうが、脱獄囚の中に元首の知り合いがいるわけでもあるまいし……いや、まさかな）

だが、ここまで先を見越《みこ》されていると、いっそ邪推《じゃすい》もしたくなる。

そもそもシセルニアはどこで脱獄囚らの情報を得たのか、またダンテの目的をどうやって知ったのか。

「お前、本当にシセルニアから何も聞いてないのか？　こんな得体の知れん本一冊を送りつけてくるなんて、趣味《しゅみ》が悪すぎるだろ」

疑わしげな視線をリリシャに向けると、彼女は焦《あせ》った様子で、顔の前で両手を振る。

「知らない知らない！　本当に何も聞かされてないんだってば。でも、アルス君の反応を見てると、確かにタイミングがドンピシャみたいね。それだと、少なくとも【アフェルカ】

の問題が解決する前には、もう動いていたんじゃない？」

「だろうな。そういえば、リンネさんも腕利《うでき》きの探知魔法師だったな。今回の件について、彼女からは何か……」

「いえいえ、そっちについても知りませんから！　本当よ！」

【アフェルカ】の件といい、シセルニアの動きがさっぱり読めない。分かるのは、どうやら彼女はその意図も目的も、ずっと先を見据《みす》えて動いているらしいことだけだ。

どうせ【フェゲル四書】に関しても、前もってアルスが興味を抱いていると知っていたのだろう。学院に入るときにも、ベリックに特別に頼んで写本を都合してもらったくらいだ。元首の耳に入っていてもおかしくはない。

黙《だま》り込んだアルスの思考を引き戻《もど》すべく、システィが割って入った。

「まあまあ、一旦《いったん》、それは置いておきましょう。シセルニア様の頭の中は、誰《だれ》にも予想がつかないんだし。それに、今は脱獄囚の件を何とかしなくちゃ、ね？　今更《いまさら》だけど、ダンテは、【フェゲル四書】から全てが始まった、というようなことを言っていたわ。私達《たち》はあまりに何も知らない、ともね」

ダンテの口ぶりは、裏を返せば、自分は何かを知っている、ということ。次いでシスティは、ダンテにはミネルヴァの未知の力について何らかの知識がある可能性についても、アルスに伝えてくる。

「だとすれば、さっさと取り掛《か》かったほうが良さそうだな。【フェゲル四書】が情報イメージを脳に伝えてくるロジックと、ロスト・スペルを解読するための分析《ぶんせき》装置が無事なら、もっといろんなことが分かりそうなんだが」

「アルス様……」

ロキの声と視線が示す部屋の一角を見て、アルスは肩を落とした。

【フェゲル四書】を詳細《しょうさい》に解析《かいせき》するために、今アルスが必要だと言った機器……まさにそれが、先の破壊《はかい》のあおりで完全に破壊されて、そこに佇《たたず》んでいた。

「ここまでは、さすがのシセルニアも予想できなかったか」

「学院にも、生きてる機材があるかもしれないわ」

ここぞとばかりに協力を申し出るシスティ。

「望《のぞ》み薄だが、助かります。最低でもスキャナー分析機と魔力抽出《まりょくちゅうしゅつ》情報解析機が必要だな」

「あのアルス様、解析機というのは、それでは？」

「あ？」と自分が今まさに、体重をかけている巨大機材を眺《なが》めるアルス。横倒しになっているせいで気づかなかったが、よく見るとそれは確かに、先に挙げた魔力抽出情報を解析するための精密機器であった。とはいえ、一部のフレームなどが歪《ゆが》んでおり、酷《ひど》い衝撃《しょうげき》を受けているので、メンテナンスをしないと使えないだろうが。

「あとスキャナーは確か、この前まではあのあたりに……」

ロキの視線を追って、アルスは小さく肩を落とした。部屋の中でも一際《ひときわ》激しく破壊された一角に、変わり果てたスキャナー分析機の姿がある。

「不運過ぎる。なら、棚《たな》の中のロスト・スペル関連資料は……あっ」

そう、貴重な資料をしまっていた棚……それには、先程《さきほど》リリシャが引導を渡《わた》したばかりだ。

そろりそろりと背を向けて逃げ出そうとするリリシャに。

「おい、拾ってこい」

指で外を示すと、リリシャは精一杯《せいいっぱい》の愛想《あいそ》笑《わら》いを浮かべる。

「あ、うん。今からそうするつもりだったんだよね、あはは……い、行ってくる！」

とたちまちドアから飛び出していく。

一人では到底《とうてい》回収しきれないだろうから、アルスはロキに頼んで、リリシャの後を追ってもらった。

そもそも必要な資料はそう多くない。さらなる不足分は学院の図書館を利用するとして。

「そうだ、ヴィザイスト卿《きょう》にも連絡《れんらく》を入れなきゃいけないな」

クレビディートからの協力者であるファノン隊が、受け持ちの二人――ゴードンとスザール――をしっかり始末してくれていればいいのだが。少なくとも、彼《かれ》らの動きを封《ふう》じてさえくれれば、アルスとしてもぐっと動きやすくなるだろう。ダンテに合流でもされれば、事態がもっと面倒くさいことになりかねない。

とはいえ今は、貴重な【フェゲル四書】の一冊が手元にあるだけで、アルスの胸は自然と高鳴り、大抵《たいてい》のことに寛容《かんよう》でいられる。期待はずれでないことを願いながら、アルスの心は、すでに未知の知識の大海に向けて飛んでいた。

今、もしもう一人のシングル魔法師であるレティに面倒な脱獄囚の処理まで押《お》し付けられるというのなら、アルスは代償に何でも差し出しただろう。

まあ仕事として受けた以上、プライドがあるので投げ出したりはしないが。

「なんだか、楽しそうね。ダンテにこのまま逃げ隠れされると厄介なんだけど、ねえ？」

露骨《ろこつ》に催促《さいそく》はしないまでも、さっきまでの殊勝《しゅしょう》な態度とは打って変わってアルスに言うシスティ。だがそんな言葉も軽く受け流し、アルスはまだ生きている機材がないか、室内を歩き回って探しつつ言った。

「大丈夫《だいじょうぶ》です、あまり気にしすぎると顔の皺が増えますよ」

「ちょっ！　確かにダンテはクラマの一員ではないようだったけど、放置するには危険過ぎるわ。彼は今後、7カ国が戦火に巻き込まれるというようなことも言っていたのよ？　それがミネルヴァを擁《よう》して姿を隠してるなんて、まさに不穏《ふおん》だわ」

システィは、ダンテの言葉を思い起こしながら、ぶつぶつと言い募《つの》った。

彼は確か、運命決議のテーブルだとか、そこに着く資格だとか、そんなことを言っていた。つまりダンテの言葉を要約すれば、未曽有《みぞう》の混沌《こんとん》の中で、新たな未来のためには複数の勢力を代表する指導者が必要になる、ということだろうか。

具体的にどういうことかは定かではないが、それはこの先、人類が直面する危機を乗り越えるのに必要不可欠なものなのかもしれない。

だがそう告げても、アルスはあくまで淡々とした表情のまま。

「どうですかね。それすら、ダンテという男の誇大妄想《こだいもうそう》かもしれませんよ。運命のテーブルだとか席に着く資格だとか、もっともらしいことをそれっぽく語ってみせただけじゃないですか。胡散臭《うさんくさ》い予言者のやり口に近いようにも思えますがね？」

「踊《おど》らされる分けじゃないけど、ミネルヴァについて、何かしら知っているみたいだったのよ。何かはわからないけど、ろくなことじゃないわ」

「これから、【フェゲル四書】のミネルヴァ関連のページを調べれば分かることです。それに人類7カ国は、それなりに問題を抱えまくりだ。魔物がいるうちはまだいいが、大戦争の引き金なんて、いつ誰が引くか分かったもんじゃない。ただその先の未来に、暴力と血に飢《う》えた脱獄囚の席などないことは確実ですが」

　そう言い捨てながら「あぁ～、これも壊《こわ》れてるか」などとアルスは愚痴る。

　そんな彼の姿に、システィは半ば呆《あき》れながらソファーから立ち上がった。

「分かったわよ、これ以上はお邪魔《じゃま》ね。じゃ、そろそろ行くわ」

「ああ、今は止《や》めたほうがいい。下からモルウェールド少将の声が響《ひび》いていますよ。まったく、下手に現場を掻《か》き乱すくらいなら、出張ってこないほうがいいくらいだが」

　確かによく耳を澄《す》ますと、居丈高《いたけだか》になった男の怒鳴《どな》り声《ごえ》が響いてくるようだった。予想通り、システィを捜しているらしい。

「どうします？」

「……もう少し、ここにいようかしら」

「御随意《ごずいい》に。水ならお出ししますが？」

「自分でやった方が、良さそうね」

　そう言い残し、キッチンへと一直線に向かったシスティは、どこに何があるか適当に目星をつけて、そこを漁《あさ》り出す。

「理事長、後で部屋の修繕《しゅうぜん》希望箇所《かしょ》についてはリスト化しておきますから、ちゃんと全部直してくださいね？　この場所なら、いっそ建て直しでも構いません。金が必要なら、俺が出しますので」

アルスとしては、特に何かを考えてそう言ったわけではなかった。ただ、ふとこの風通しの良くなった部屋を見て、そう思っただけ——自分はもしかしてもう一度、以前のような姿が見たいのかも、と。

元より、住処《すみか》に執着《しゅうちゃく》などしないのが当たり前だった。所詮《しょせん》は仮の宿、食べて寝《ね》るだけの場所でしかなかったこの空間。だがアルスはふと、足と手の動きを止めて、目を閉じる。そうすると何故《なぜ》か、記憶から直接投射された景色のように、ここで出会った様々な出来事が思い出されるのだ。

キッチンの奥《おく》にいるシスティの反応は、ここからでは分からなかった。だがどうやら彼女は小さい椅子《いす》を動かしてそこに乗っかり、高い位置にある収納棚《しゅうのうだな》に手を伸《の》ばしているようだ。

「そのつもりよ。でも、お金については心配しなくていいわよ。大体、あなた好みに勝手に改築されても困るもの。一つだけ言えるのは、今後も理事長の椅子に私が着いていられるなら、あなたの希望も正式に叶《かな》え易いってことだけ」

「いちいち遠回りだな。そんなセコイことを言うから、反感を買うんですよ」

「あなたには、無茶《むちゃ》ぶりして悪かったと思ってるわよ。それに、モルウェールド少将絡みのことについてもね」

「彼が火種にしそうなミネルヴァのことなら、さっきも言った通り。まあ、できるだけ善処しますよ」

ふっとアルスは、一度深く目を閉ざした。少なくともシスティが責任を問われ、理事長の座を追われそうになれば、それなりに手はある。

そもそもヴィザイストはもちろん、ベリックなども全力で阻止《そし》するはずだ。軍にとっても学院は重要な施設《しせつ》である。そのトップに就くにあたって、システィ以外の人材は、にわかには考えづらい。そもそもアルファ国内に、元シングル魔法師にして防御魔法《ぼうぎょまほう》の達人、軍にも政府にも顔が利《き》き、他国にも名を知られているような逸材《いつざい》が何人いるか。アルスとしては、彼女の老獪《ろうかい》さはともかく、実力的にはちゃんとシスティのことを評価しているつもりだ。

さらに、システィが学院地下に貯蔵している魔力《まりょく》が万全《ばんぜん》であったならば、今回の状況《じょうきょう》も変わっていただろうとアルスは読んでいる。先のグドマ襲撃《しゅうげき》事件の折、禁忌魔法《きんきまほう》である【安息は贄と伴に《セナス・レクイエム》】を防いだ際、膨大《ぼうだい》な魔力を消費してしまったのが大きかったのだろう。

それと脱獄囚《だつごくしゅう》らの襲撃が巧《たく》みだったこともある。最初、彼らが校舎と生徒らを中心に学内の複数個所《かしょ》を狙《ねら》ったことで、システィはその対応に追われた。結果、ダンテの本命であったミネルヴァがある地下安置室から、彼女の防衛意識を逸らさせることに成功したのだ。

最初からそうと知っていれば、システィとてそれなりの策を講じ、生徒達が人質《ひとじち》に取られたとはいえ、易々《やすやす》とミネルヴァを奪《うば》われるようなことはなかったはずだ。

(それにしても脱獄囚を上手く扇動する。ダンテか……クラマの幹部連中とも違《ちが》って、どこか得体が知れない。たかが犯罪者風情《ふぜい》が何を知っている、見ものだな)

アルスは心中で呟きつつ、いつの間にか凝《こ》っていた肩をほぐすように、小さく一つ腕《うで》を回したのだった。

◇◇◇

ひっくり返った研究室の設備精査と取り急ぎの分析準備を終え、アルスが次に向かったのは、怪我人《けがにん》治療《ちりょう》用の仮設テントだった。

テスフィアとアリスの見舞《みま》いのためだったのだが、そこでは二人の姿を見つけることができず、仕方なくその次は、本校舎内へと足を向ける。一通りの処置を終えた怪我人は、そこに移されると聞いたからだ。ついでにフェリネラの見舞いも、と思ったが、彼女は軍管轄《かんかつ》の病院へと搬送《はんそう》されたらしく学内にはいないとのことで、やむなく後回しにした。

本校舎では幾《いく》つもの教室に一面ベッドが並べられ、負傷者が廊下《ろうか》にまではみ出している有様だった。

それを見るだけで、襲撃が如何《いか》に苛烈《かれつ》で非情であったかが伝わってくるようだ。もっとも外界での戦闘《せんとう》を幾度《いくど》となく潜《くぐ》り抜《ぬ》けてきたアルスにとっては、それすらも見慣れたものに過ぎない。

嗅《か》ぎ慣れた医薬品の匂いと響いてくる苦悶《くもん》の声の中を、無感情に素通《すどお》りする。先ほど見た外に積み上げられた袋《ふくろ》の中にあるのは、教職員や警備員の遺体であろう。

一般人《いっぱんじん》には地獄《じごく》のようであろうこんな光景を目にしても、所詮はそんなものだと割り切れば、アルスの心は露《つゆ》ほども揺《ゆ》らぐことがない。

ロキには、リリシャと一緒《いっしょ》に、別の一室に向かってもらっている。システィが用意してくれた、せめてもの資料や器具が集められた部屋で、そこから資料や分析に必要な軽めの器具を持ってきてもらうつもりだ。

ただ、ここにロキがいたとしても、きっと彼同様にどこか冷静であったに違《ちが》いない。つくづく軍人とは心を殺す職業なのだと理解させられる。

一先《ひとま》ず、校舎内のいくつかの部屋をたらい回しにされるが、なかなかテスフィアとアリスにはめぐり合えなかった。

代わりに、負傷した生徒らの姿を、あちらこちらに見ることになった。ショックで青ざめ、未だに歯を鳴らして震《ふる》えている少女がいる。死んだような虚《うつ》ろな目で、ひたすらに床《ゆか》を見つめている少年がいる。

外界にもろくに出たことのない彼らにとっては、さぞ衝撃的《しょうげきてき》な体験だったのだろう。そんな中を平然と歩いていくアルスを見て、意味深な表情を浮かべる生徒も何人かいた。その顔は、何かを訴《うった》えようとする衝動《しょうどう》に満ちているものばかりだ。

どうせ皆《みな》アルスの実力を知っていて、何故助けなかったのか、これまでどこに隠れていたのか、とでも詰《なじ》りたいのだろう。アルスは今、軍の手伝いという形で、軍務の一部を担《にな》っている。そういう意味で、もし惨劇《さんげき》時にその姿さえあれば、一方的に縋《すが》りつき、助けてもらうことができたはずだ、と。

こんなことは、軍でもよくあった。

何故見捨てた、などという台詞を、本当に何度聞いたことか。

その度にアルスは「知ったことじゃない」と一蹴《いっしゅう》してきた。そんなスタンスは、実のところ今も変わらない。

ただ軍と違うのは、結局、アルスに声を掛けてくる者はいなかったという点のみだ。学生の身分ではそんな度胸もないのか、せいぜい棘《とげ》のある視線を数度向けられたのみ。

(いかにも平和ボケじみた性根《しょうこん》が染《し》み付いてるな)

何を期待していたのか。その場にアルスがいたとしても、己の意志で困難に立ち向かわない者を、必ずしも彼が助ける保証はなかったというのに。恥《はじ》を忍《しの》んで大義のために命永らえる、というほどの思慮《しりょ》と覚悟《かくご》があったならともかく、その点で言えば、力量差を見誤ったとはいえ、まだテスフィアとアリスの方がマシかもしれない。

「気にしないで、アルス君」

アルスがそんな生徒達の視線を受け流しながら廊下を歩いていた時、そっと傍《そば》に近寄り、唐突《とうとつ》にそんな声を掛けてきたのは、二年生のセニアット・フォキミルであった。

「別に、あなたが特別だからってわけじゃないと思うわ。今は皆が無力感に打ちひしがれていて……中には誰でもいいから、苛立《いらだ》ちと不安のぶつけ先を探してる人もいるのよ」

彼女と直接の面識はなかったが、その名前だけは、アリスから聞いたことがある。

「別に気にしていませんよ。初めましてアルス・レーギンです」

「あ、ごめんなさい、私から声を掛けたのに先に名乗らせちゃって……二年のセニアットよ」

好意的な態度ではあったが、彼女はアルスに対し、どこか申し訳なさそうに言った。

「えっと……テスフィアさんとアリスさんのお見舞い？」

「ええ、こちらで寝てると伺ったので」

「それなら大丈夫よ、今は二人とも起きてるから。でも、私、二人に対しては本当に申し訳ないことをしてしまったわ。自分自身が情けない」

セニアットはまだ少し視線を下げながら、自責の念を吐《は》き出した。

案内すると言うので、彼女の後に続くと。

「本当は二人が無茶をしないよう、私が止めなきゃいけなかったのよ。それができなかったから、二人に酷い怪我《けが》を負わせてしまった」

「それを、なんで俺に？」

「アリスさんから聞いたから。ほら、課外授業の時に、私が彼女のグループの監督《かんとく》生だったの。今回も同じような心構えだったんだけど……」

「そうですか。ただ、本人が望んで動いたのなら、その結果に対する責任は本人にあります。死んだらそれまで、というだけの話です。だいたい、そんな後輩《こうはい》の無鉄砲《むてっぽう》な行動にいちいち付き合ってたら、到底身が持たない。背負《せお》わなくていいものまで、無理に背負い込まないことです」

助言のようなことをしてみたが、どこか空々しいと自分でも感じてしまう。見たところ、セニアットは決して悪人ではないが、リーダーとして一隊を率いるのに適した人材だとも言い難《がた》い。優《やさ》しい善人なのは事実だが、それだけでは……。

そう考えてから、アルスはハッとして唇《くちびる》を強く引き結ぶ。いけない、裏の仕事でいつも入れている意識のスイッチの切り替《か》えが、上手《うま》くできていない気がする。

しばらくして、セニアットに案内された部屋は、医務室であった。

前にも来たことがある場所だが、一応礼をしておくと、セニアットはそれに改めて応じるかのように、もう一度、頭を下げて丁寧《ていねい》に謝罪した。この分だとテスフィアとアリスにも、さんざん頭を下げているかもしれない。

（難儀《なんぎ》な人だな）

ただ、二人に会う前に、〝いつもの学院でのアルス〟となるべく、アルスは一つ大きく息を吸った。それから徐《おもむろ》にドアを開ける。

そこにあったのは、まあ予想通りというべき光景。

普通にベッドの上に起き上がり、会話しているテスフィアとアリスの姿だ。

聞いた話では、アリスはもちろん、テスフィアもそれなりに重傷だったはずだが。

「お前ら、起き上がってていいのか？」

開口一番、そう声を掛けるが。

「フィア、賭《か》けは私の勝ちだねぇ～」

アリスが普段《ふだん》と変わらぬ朗《ほが》らかな口調で言う。

それにテスフィアは歯噛《はが》みするように、眉間に皺を寄せてアルスを見やる。

患者衣《かんじゃ》こそ着ているが、二人とも聞いていたほど酷い状態ではないらしい。

ただしテスフィアは腕を三角巾《さんかくきん》で吊《つ》っており、アリスは上半身全体を包帯で巻かれている状態だ。ここからでは見えないが、布団《ふとん》で覆《おお》われたテスフィアの下半身には、もっと酷い傷があるかもしれない。

「絶対、すぐにはお見舞いに来ないと思ったのに」

「来て早々、酷い言われようだな。ま、お見舞いといっても手ぶらだが」

椅子がなかったので、アルスはやや手前にあったアリスのベッドの端に腰かけた。簡素なパイプベッドが軋《きし》み、小さな音を立てる。

「それで、何を賭けてたんだ？」

「え、何も」

当然のことのように言い切るアリスに、「それじゃ賭けにならないだろ」とつい返してしまった。

「え？　でも、ねぇ？」なんて、テスフィアも小首を傾《かし》げたところからすると、どうやら二人は、軍人が外界でよくやる〝この手の賭け事《ごと》〟のシリアスな意味など、まるで分かっていないのだろう。事態の深刻さをあえて軽く扱《あつか》うことで、せめてもの緊張《きんちよう》を和《やわ》らげる、という戦場の悪ふざけではなく、ただの学生ノリのゲームをやっていただけだ。

だが、今はそんな二人の空気感に引き込まれてしまう自分がいる。だからなのか、この場であまり生真面目《きまじめ》な言葉を掛けるのは、いかにも不釣《ふつ》り合いに思えた。

「やれやれ、手酷《てひど》くやられたもんだな。弱いのにでしゃばるからだ」

「ふん、お説教に来たの？　こんなの大したことないわ」

テスフィアはちらりとアルスの顔色を窺いつつも、強がり気味にそう主張した。アリスは苦笑《くしよう》しつつも、いつものように申し訳なさそうな視線を送ってくる。

「言うじゃないか。なら、掛け布団を捲《まく》って隅々《すみずみ》まで傷を確認《かくにん》するか？」

「え⁉　べ、別にいらないから！」

「そうそう、大丈夫、だよ！」

同時に息の合った声が飛んでくる。だがアルスの言葉に用心してさっと身を縮こまらせた次の瞬間、テスフィアは襲《おそ》ってきた痛みに息を詰《つ》まらせ、ぐっと顔を歪ませた。

「フィア、大丈夫⁉ 傷口、広がったんじゃ⁉」

心配そうなアリスに加え、アルスもふん、と小さく鼻を鳴らし。

「言わんこっちゃない。ほら見てやるぞ、さっさとしろ」

「いい、ほんとう、に大丈夫だから」

「何照れてんだ。お前の裸《はだか》なんていつかもう見たし、今更何とも思わん」

真顔で言い切るアルスに、一瞬《いっしゅん》驚《おどろ》いたような表情を浮かべたアリス。

「ああ、前に医務室でって言ってたっけ？ なんかフィア、怒《おこ》ってたわりにちょっと嬉《うれ》しそうだったよねぇ～」ととぼけた笑顔《えがお》をアリスは見せた。

それを受け、たちまちテスフィアの顔が赤く染まる。きっと、全身の血が沸騰《ふっとう》しそうになっているのだろう。

「あ、あれは本当に、たまたま！ っていうか、『何とも思わん』って何よ！」

「大声を出すな。誰かに見られるだろ」

「見られて困るようなことをするな！」

なおも抵抗《ていこう》の素振《そぶ》りを見せるが、アルスがおもむろに彼女のベッド脇《わき》に移ると、改めて驚いたように身を固くして抵抗の構えを取る。

「ほ、本気なの……？」と威嚇《いかく》気味にテスフィアは尋《たず》ねてきた。

続いてアルスの表情から勝てないと悟《さと》ったのか、あわあわとまた逃《に》げ口上《こうじょう》を並べ始めた。

「いいっていいって！　あ、そ、そうだ、アリスは？　アリスも痛いって」

「それはないよ、フィア！　私はこうして安静にしてるもん！　大丈夫、ちゃ～んとアルに診《み》てもらいいな？」

そんな二人の様子をどこか楽しげに見守りつつ、アリスは自分の掛け布団を持ち上げてベッドに潜《もぐ》り込む。もちろん悪戯《いたずら》っぽい光を浮かべた目だけは、ちらりと布団から覗《のぞ》かせたままだ。

「わっ、わっ！　脱《ぬ》がすな！　触るな！　あ、イッタアァァ」

「言わんこっちゃない。確かに俺は治癒魔法師《ちゆまほうし》じゃないが、状態確認できるくらいの知識はあるつもりだ」

「なら、治癒魔法師を呼んできてよ！　なんか私だけこんなの多くない、ねえ？」

「往生際《おうじょうぎわ》が悪いぞ、大人しくしろ。脱げとは言わん、腹を見せるだけでいい」

「む……」

押し黙ったテスフィアに患者衣の裾《すそ》を捲り上げさせると、やはり腹部を中心に、何重にも包帯が巻かれていた。とはいえ、血が滲《にじ》んでいる様子はない。

「腕の良い治癒魔法師に当たったな。魔力の循環《じゅんかん》も落ち着いてるみたいだ」

腹部を軽く触診《しょくしん》するだけで、治癒魔法が適切に機能していることが分かる。一方のテスフィアは服の胸元《むなもと》をしっかり握《にぎ》り込んで、それ以上肌《はだ》を晒《さら》すのを、必死で防いでいた。

よく見ると、肋《あばら》から胸骨に掛けては、バストバンドで固定されている。

「肺もやられたのか？」

「いや、治癒魔法師の見立《せんせい》てだと、肋骨《ろっこつ》とかだけど……もういいでしょ！　その手を、上に移動させたら怒るからね。そんで、血も吐くから」

「どんな脅《おど》しだ。ま、腹部の処置を見る限り、他も大丈夫だろ」

ようやく手を離《はな》すと、テスフィアは勢い良く患者衣の前を閉じ、更《さら》には掛け布団を引っ掴《つか》んでかぶり、上半身を完全にブロックした。

「それより、用事は何？　お見舞いじゃなきゃ、やっぱりお説教に来たの？」

「まだ説教して欲《ほ》しい年頃《としごろ》なのか？」

呆れた顔で軽口を返しつつ、アルスはベッドに座り直す。実際、テスフィアとアリスの様子を見に来ただけなので、説教はおろか、何か助言をしてやる気もない。

ただ、わざわざ時間と手間をかけて二人に訓練をつけてやっている身としては、こんなにも軽々と生命を危険に晒されては、割に合わない気もする。

同時にまた、それが紛《まぎ》れもない本気であったというのなら、止める術がないこともアルスは知っていた。

外界において、誰かが仲間のためだと身を擲《なげう》ち、目の前で命を落としていく。そんな体験は、一度や二度ではない。いくら言い聞かせても、理路整然と説得しようとも、意味がない局面というのは確かにある。最後には本人の意思だけが、命の使い道を決めるのだ。自分には理解できないながらも、そんな浅はかとも言える衝動に駆《か》られた者達の散りざまを、アルスは何度も冷ややかに見送ってきた。だから、アルスは信じる。信じざるを得ない。自分には理解できないながらも、何かがそこに、確実に在《あ》るのだと。

だからこそ否定はせず、受け入れる。ある意味、自業自得《じごうじとく》という言葉を便利に解釈《かいしゃく》して、割り切ることにしたのだ。

「どうせ、何を言ったところで変わりゃしないだろ。お前達の取った行動はそういう類のものだ。もしそれなりの読みと計算の上だったのなら、考《かんが》え違いを詰《なじ》ってやるとこだが。でもな、そんな見積もりの甘《あま》さも結局経験で補っていくしかないからな。運が良かった、を何度も繰《く》り返して辛《かろ》うじて命を繋《つな》ぎ続け、ある日、来た道を振《ふ》り返って己が立つ高みを知る。それもまた、魔法《まほう》師の道を行くことの醍醐味《だいごみ》かもしれんしな」

だがきっと、そんなやり方では、命がいくらあっても足りないのだろう。

アルスから見れば、テスフィアとアリスは、やはりまだまだ未熟だ。こんな二人があと何度、命を張った危《あや》うい綱渡《つなわた》りを繰り返せば、そんな領域に到達《とうたつ》できるのか。他人事《ひとごと》ながら、その遥《はる》かな道のりを思えば、目が眩《くら》むような気持ちになる。

一先ずアルスは、ふと顔を上げ、窓から藍色《あいいろ》に染まる空を眺める。

「お前ら、俺に説教されると思って緊張してたみたいだが、そう感じるのは何処《どこ》かに失敗があったと自覚してるからだ。なら、同じ過《あやま》ちを繰り返さないようにするだけだ。魔法師の道はこれからも続いていくんだからな。それに、満更見込《まんざらみこ》みがないわけでもない、かもな。お前達は一度ならず、二度潜《くぐ》り抜けた」

アルスの言葉が指す〝一度目〟が何なのか、すぐには理解できなかったが……少し間があって、テスフィアとアリスは、ほぼ同時に答えに行き着いた。

課外授業で行った魔物討伐《まものとうばつ》。魔物に怯《ひる》まず立ち向かえるか。あれも、死線を潜り抜けたという意味では、答えの一つにカウントできるはずだ。

魔物と相対することで『篩《ふるい》に掛けられて』生き残る。あの経験は確実に、魔法師への道に立つ上で、まず第一の関門を突破《とっぱ》したとも言えるのだ。

「まあ、死んだら死んだで、そこまでの話だが。一学生にしちゃ、最初に良い経験を積めたんじゃないか」

「良い経験じゃないわよ！」

「うん、確かに良くはないねぇ」

「そうか？　まあ、死線を潜り抜けたことの本当の価値は、どこかで分かるさ。あと一つ、言うことがあるとすれば……」

「すれば？」

テスフィアは恐《おそ》る恐るといった様子で聞き返す。

「せめて、賊《ぞく》の一人ぐらいはちゃんと始末しろ。一方的にボコられて終わりとか、良いとこなしだろうが」

「「うっ⁉」」

聞きたくなかったその言葉に、二人は揃《そろ》って、苦虫を噛《か》み潰《つぶ》したような顔をした。

言いたいことはこれくらいだ、さてと、と立ち上がるアルスに、アリスは「もう行くの？」と引き留めるようなか細い声を発した。

「俺《おれ》は俺で、やることがあるんだ。そうそう未熟者に付き合ってられるか。それと、お前らの本当の説教役は外にいるぞ。セニアット先輩《せんぱい》が、お待ちかねだ」

「あははっ、そうだねー。確かに、それは正しい」

指で小さく頬《ほお》を掻いたアリスは、潔《いさぎよ》く反省する様子で、深く頷《うなず》いた。

「逆に、謝《あやま》られちゃったものね」

そんないたたまれない気持ちを、テスフィアも同時に抱《いだ》いていたのだろう。アルスにもありありと想像できる。謝罪一辺倒《いっぺんとう》のセニアットに、何も言えず縮こまる二人の姿が、少し前ならこの部屋で見られたのだろう。

また来る、とだけ言い残し、アルスは医務室を後にした。状況が一段落したことはセニアットから聞いたとしても、侵入者《しんにゅうしゃ》のその後について、煩《うるさ》く根掘《ねほ》り葉掘《はほ》り尋《たず》ねられなかったのは、きっと彼女達《かのじょたち》なりの気遣《きづか》いだったのだろう。


その後、アルスが移ったのは、学院の端《はし》に位置する年季の入った研究実習棟《とう》だった。念入りに取られた本校舎からの距離《きょり》は、そこで行われていた研究の危険度を表しているような気もするが、その分、襲撃の被害《ひがい》が少なかったのは幸いだった。

アルスもロキも利用したことのない施設だけに、どこか新鮮《しんせん》な気持ちであった。中はある種、訓練場のような構造になっており、魔力や衝撃に強い造りになっていた。

最先端《さいせんたん》ではないにせよ、壁《かべ》や天井《てんじょう》には、軍用の緩衝材《かんしょうざい》や耐魔力素《たいまりょく》材が使われているのが見て取れる。実習スペースが広いせいで全体像が分かり難いが、建物の四隅《よすみ》には、五階建ての別棟《べつむね》が併設《へいせつ》されていた。

一応避難《ひなん》場所としても活用されていて、生徒や職員の姿もちらほら見られたが、ここに来ているのはさすがに一部のようだ。ほとんどの被害者《ひがいしゃ》は、避難場所として寮《りょう》を利用しているのだろう。

システィの権限を借りて機材の搬入《はんにゅう》に人員を割《さ》いてもらい、それらを二階の一室に集めてもらった。ちなみに、リリシャが落とした棚に入っていた資料も含まれている。

部屋の広さは十分だが、運《はこ》び込《こ》まれた機材が空間を圧迫《あっぱく》しており、室内はどうにも視線が通り難く、まるで迷路《めいろ》のように障害物が並んでいて、真っすぐ歩くこともできない有様だった。

とはいえ一応全ての作業が終わり、研究環境《かんきょう》が整った頃《ころ》には、すでに外は暗くなり始めていた。しかし、至る所で常夜燈《じょうやとう》が点灯しているため、あまり夜だという実感は湧《わ》かない。

まあ、あれだけの事件があったのだ。今日から当分の間、学院は不夜城と化し、警備員らは寝ずの番《ばん》をすることになるのだろう。

あの後――学院は即時《そくじ》閉鎖《へいさ》となり、生徒も保護者の元へと送り返された。ただ、一部の生徒だけは学院の寮に留《とど》まることにしたようだった。

襲撃されたとはいえ、警備員は増え、至る所に軍人がいるのだから学院より安全な場所を探す方が難しい。

襲われないことよりも、今は襲われてても守る存在がいてくれた方が安心するということなのだろう。

ロキには一先ず先に休んでもらい、アルスは一人、研究に着手する。

簡易的な机と安っぽい椅子に座り、アルスは改めて【フェゲル四書】を開いた。

解読するにも、あるページから先は、項目毎《こうもくごと》に別の暗号が用いられていることが分かってきた。中には失われた文字（ロスト・スペル）と暗号が組み合わさっている記述まであり、一人が書いたとは思えないほど不均衡《ふきんこう》な文章だ。

（さて、これをどこまで解読できるか……）

アルスにはこれが本物か偽物《にせもの》かを考察する必要はなかった。目を通した段階で、本物であると理解してしまったのだから。

自分の知識にない情報の波が様々な閃《ひらめ》きや神啓《しんけい》めいた形で咀嚼《そしゃく》されていき、脳に詰め込まれる。何故読めるのか、それを説明するためにすら複雑な分析や研究を必要とするような、不可解な現象が数知れず起こっていた。

（しかし、やたら記述が複雑な上、この一冊内に記されている内容も整理されてないな。大抵は魔法関連、ミネルヴァについての記述は、どちらかというとＡＷＲ寄りの内容だ）

やはり【フェゲル四書】は、いわば分冊構成なのであろう。四冊が揃って初めて、全てが明らかになるという仕組みなのだと推測される。アルスが手にしているのは、パーツの四分の一に過ぎないというわけだ。

一先ずスキャンデータとともに詳細情報を分析端末《ぶんせきたんまつ》へ送ると、今度は、分析結果を示す仮想液晶《えきしょう》に目を向けるアルス。

（……は？　読み込みエラーだと⁉）

一面が黒く塗《ぬ》り潰されて見える表示は、データが破損しているかのようなエラーを示している。

「機材の問題か、あるいは……」

【フェゲル四書】の特異な材質によるものか。そうなるといよいよもってお手上げだ。できれば他の項目《こうもく》も読み解きたかったのだが。

「異能についても何か書いてありそうだからな。俺の能力も、何か分かるかもしれないんだが……」

【暴食なる捕食者《グラ・イーター》】の研究・解明は、実はアルスの研究目標の中でも最上位に位置するものだ。この奇書《きしょ》を手繰《たぐ》れば、あるいはそれに手が届くかもしれないと考えていたのだ。

仕方ない、とアルスはガクリと肩《かた》を落とし、果てのない知識欲を抑《おさ》え込む。そうして一先ず全ページを捲《めく》り終えようとした最後に、ふと手が止まる。そこだけは、幾分《いくぶん》か分かりやすい言語で綴《つづ》られていたためだ。

「【アカシック・レコードの断片《だんぺん》】と書いてあるのか⁉　なるほど、どんな天才が書き綴ったかと思えば……こいつも触《ふ》れたんだな、あれに」

バナリスで直接脳内に刻まれた記録。己の知らない、いや、誰《だれ》も知らなかったはずの叡《えい》智《ち》の欠片《かけら》。

ここまで悟って、ようやく得心がいく。【アカシック・レコード】を覗いたからこそ、得られる全知全能。【フェゲル四書】とはつまり、【アカシック・レコード】の書き写しでもあるのだろう。

（ただ『断片』と書かれていることからも、この本の書き手が【アカシック・レコード】に触れて得られた知識量は、それでも全体のほんの一部だったようだ。だが、俺の方は、そこまでの量の知識すら得られた感じはないな。どちらかというと、未知の関連情報に触れて初めて記憶《きおく》が掘《ほ》り起こされる感じだ。受動的にしか知識を引き出せないみたいだしな）

それに比べると、どういうやり方をしたのかは分からないが、【フェゲル四書】の書き手は、アルスよりも多くの知識を【アカシック・レコード】から引き出せていることだけは確かだ。詳細《しょうさい》は不明だが、脳のメモリー的な限界値の問題だろうか。

「しかし馬鹿げているな。現1位の俺を超《こ》える頭脳か。そもそも【アカシックレコード】とは何だ。そこまで大量の知識がこの世のどこに存在する。異空間なんて馬鹿げた話じゃなきゃ良いんだが」

事実、アルス自身はどこから知識を抽出したのか、それを思うだけで、まるで人知の外の領域に足を踏み込んでいる気分だ。

それでも、ふと脳裏《のうり》に閃いた一つの推測がある。

「もしや……魔物《まもの》、か」

あるとしたら、考えられるとしたら、そんなものは人外の存在だ。そして、この世界において、それに類する異質な存在といえば、魔物しかあり得ない。

（どちらにせよ〝知っているはずの知識〟を自分で能動的に掘り起こせないというのは、気持ち悪いというか不自由過ぎる）

時刻を確認すると、もはや深夜、二十二時を過ぎようとしていた。

（さてと、最後に本格的に、【フェゲル四書】に含《ふく》まれるミネルヴァ関連の記述を総ざらいしておくか。不本意ではあるが、中途半端《ちゅうとはんぱ》に読めるんだよな、これ）

あちこちに記された暗号化された文章を読み、ときには脳裏に映し出される妙《みょう》な図面を眺《なが》めながら、一通りを調べ終わるとすぐ、アルスは懐《ふところ》から通話機能付きのライセンスを取り出した。

彼に自分から連絡《れんらく》を取ることは稀《まれ》だが、この機会を逃《のが》すのも勿体《もったい》ない。

「ヴィザイスト卿《きょう》――」

そう呼びかけた電話口の向こうは、しばらく静寂《せいじゃく》で包まれていた。雑音もなく、不気味なほどの静けさの中で、聞き覚えのある野太い声だけが返ってくる。

『……アルスか。お前が痺《しび》れを切らすとは、珍《めずら》しいこともあるもんだ』

「えぇ、まぁ働かずに給金だけが支払《しはら》われていては、総督《そうとく》も良い顔はしないでしょうからね。で、成果の方は？」

ダンテが学院を脱出《だっしゅつ》してからゆうに半日以上が過ぎているが、相変わらずヴィザイストからの連絡がなかった故《ゆえ》に、アルスはこちらから彼を捕《つか》まえたのだ。

『本命に関する情報については、何も進捗《しんちょく》がないな。学院襲撃については聞いているが、こちらも時間を割けない状態でな。脱獄囚どもが派手に暴れ出したせいで、いろいろと手《て》一杯《いっぱい》で困っているところだ』

「そうですか。ちなみに、フェリネラの件はお聞きになっていますか？」

『……もちろんだ。深入りし過ぎたようだな。娘《むすめ》の失態は、俺の責任でもある』

硬《かた》い声が聞こえるが、その向こうで彼がどんな顔をしているのか想像するのは容易《たやす》い。

伊達《だて》に長年一緒に働いてきたわけではないのだから。

「ご冗談《じょうだん》を。そんな殊勝《しゅしょう》な定型句なんて、俺に向けては不用です。まず命に別状がなかったのが何よりですが、その他にも聞いていますよ。フェリネラは、賊の中でもトップクラスの凶悪犯《きょうあくはん》、ミール・オスタイカを単独で倒《たお》したらしいですね。そこについては、いかに親馬鹿なあなたでも、誇《ほこ》っていい部分ではないかと」

『アルス、要件から逸《そ》れ過《す》ぎだ。それと、誰が親馬鹿だと⁉』

一拍《ぱく》置いて、苦々しげな声が返ってきた。

「さあ、誰のことでしょうね。ま、正直、ミールを始末できたのは大きいでしょう。戦力を削《そ》いだというだけでなく、俺が動きやすくなる。後は基本、ダンテを追うだけで済みますしね」

『まあな。朗報というほどでもないが、他の脱獄囚は粗方《あらかた》、片付きつつある』

「そうですか、一応伝えておきますが、脱獄囚どもには、最後の切り札が……妙なクスリを使って半魔物化する可能性があります。にわかには信じられないでしょうが、その辺りは【アフェルカ】に問い合わせてみてください」

『いや……その話はすでに聞いているが、やはり信じ難いな』

「実は以前、あなたの部下やフェリネラ達《たち》と一緒に俺も関わったグドマ・バーホングの事件と彼の極秘研究《ごくひ》……どうも、それらが関係していると思われるんですよ」

息を呑《の》むような気配が、通話口越《ご》しにも伝わってくる。

『何っ！　すでに成果が外に渡《わた》っていたのか！』

「かもしれませんね。あの事件の最後、現場で俺がちらりと見たはずの【フェゲル四書】が消えたことも考えると、裏でクラマが糸を引いているのかもしれません」

『なら、手が足らんな。それに戦力も』

「今更《いまさら》でしょう。では、一先ずダンテの方は任せてください」

『目星がついたか？』

ヴィザイストは、そう一言だけ簡潔に問う。だがその声音《こわね》には、確かな期待の色があった。

「ええ、まあ。それで、ちょっと人手を貸してもらえないですかね？」

『何人だ？　無理をしてでもそっちに割こう』

「三人もいれば大丈夫《だいじょうぶ》ですよ。これから一つ、怪《あや》しげな座標を送りますので、そこを張っておいてください」

アルスは仮想キーボードを操作し、早速《さっそく》座標をヴィザイストの端末《たんまつ》へと送った。だが、そんな見張り程度なら、わざわざヴィザイスト隊から貴重な人材を割く必要はないようにも思える。当然、そこは彼も疑問に思ったらしく。

『怪しげな場所をマークするだけにしちゃ、随分《ずいぶん》大げさだな。何か気がかりなことでもあるのか、アルス。何なら俺の隊じゃなく、正式に軍に要請《ようせい》しても構わないぞ。俺の権限で動ける魔法師を寄越《よこ》すよう通達しておくこともできるが』

「いえ、ヴィザイスト卿の部下の方が確実です。それに……」

アルスがそう言い淀《よど》む間に、受話器の向こうからは、ヴィザイストが微《かす》かに動揺《どうよう》したことを示す唸《うな》り声《ごえ》が聞こえてくる。アルスが送った座標を、ようやく確認したのだろう。

『アルス……ここに何があるか、聞いても良いんだろうな』

「はい、正直に言えば、そこには軍でも感知できないレベルの防護壁《ぼうごへき》の穴があります。今回、脱獄囚が何故《なぜ》アルファにここまで易々《やすやす》と潜入《せんにゅう》できたのか。【アフェルカ】の情報ですと、ウームリュイナ家が内側から手引きした可能性があるんですよ。防護壁は外からの力には強いが、内側からは構成的に意外と脆《もろ》いですからね。その穴だけで判断するのは気が早いかもしれませんが、防護壁が薄く感知されません。いろいろ考えても、外界にいた脱獄囚が誰にも見つからず内地に入れるとしたら、ここしかないかと」

たとえ貴族のウームリュイナが手引きしようとも、正面から堂々と国家に侵入《しんにゅう》できるほど、軍部の監視《かんし》体制は甘くない。

他国を経由して、という線も否定できないが、ダンテは最初からミネルヴァを狙っていたようだし、ウームリュイナはアルファの一大勢力だ。だとすれば、最初からアルファへの潜入経路を確保しておくのが最も近道で、合理的な方法だったと言えよう。

『分かった。すぐに手配する』

「ありがとうございます」

アルスがその〝穴〟をいち早く見つけ、ヴィザイストにわざわざ明かした意味。彼はそれを、分かってくれただろうか。いや、せめて分かってくれた上で、対策を練るのだと信じたい。

(悪巧《わるだく》みには、良かったんだがなぁ。俺のとっておきの切り札でもあったんだが)

それはバベルが提供する絶対的防御力《ぼうぎょりょく》の僅《わず》かな綻《ほころ》びであり、アルファの守りの唯一《ゆいいつ》のアキレス腱《けん》ともいえるスポット。アルスが偶然《ぐうぜん》知り得た、秘密の抜け道なのだ。いや、ある意味で、この世界自体からの唯一の脱出路《だつしゆつろ》だったのかもしれない。

今となっては、巨大《きよだい》な獲物《えもの》を狩《か》るための罠《わな》として、一度だけ機能するわけだが。

だが、ヴィザイストはそれを知ってか知らずか、そんな貴重な情報を何故アルスが持っていたのかについて、問いただすことはしなかった。代わりに彼は、こんな台詞《せりふ》を吐く。

『なんだお前、【アフェルカ】なんぞと関わっていたのか。ま、確かに奴らが出張ってくるまで、いろいろと手こずっていた俺が言うことではないんだがな』

ヴィザイスト率いる諜報《ちょうほう》部隊と長年仕事を共にしてきたアルスに対して、これはやけに棘のある言い回しだ。

ここは誤魔化《ごまか》さず、胸の内を伝えるべきだろう。

「【アフェルカ】というより、シセルニア様と、ですね」

『だろうな。如何《いかん》せん、こちらと奴らの活動領域が被《かぶ》るのは、避《さ》けたいところなんだが』

諜報部隊として活動するヴィザイストらと、同じく情報探査を任務とする【アフェルカ】は、役割的には似たところがある。しかも【アフェルカ】が政治面の最高権力たる元首の手足となって動くせいで、ヴィザイストとしては、今後やりにくくなる場面もあるのだろう。

「何にせよ、相手のトップにいるのがシセルニア様では分が悪いでしょうね。まあ、隊長のリリシャの様子からすると、あなた方の邪魔《じゃま》はしないと思いますよ」

『おい、なんだお前、フリュスエヴァンの末娘《すえむすめ》を信頼《しんらい》してるのか？　ったく、あんなガキに現《うつつ》を抜かす暇《ひま》があるなら、さっさとフェリに手の一つも出してやってだな』

こんな冗談に付き合うほど、アルスも多彩《たさい》な話題の引き出しを持っているわけではない。無愛想に溜《た》め息《いき》だけを吐いて、再度意識を通話相手に向けた。

「信頼というか、裏切りはないと思うだけですよ。それとその言い方は、フェリネラが聞いたら好感度が下がりますよ。多感な年頃にしては落ち着いているようですが、父と娘の絆《きずな》に罅《ひび》が入ったら、いろいろと仕事にも支障が出るでしょうから」

『そ、そんなわけがあるか！　あいつに限って……！』

「はいはい、もう切りますよ。では、久しぶりに声が聞けて良かったです。もしや賊相手にヘタ打って、病院のベッドで唸ってるのかもと思いましたから」

『最後の一言は聞かなかったことにしてやる。次の連絡は、いろいろと片がついてからで構わんぞ』

「了解《りょうかい》」

事務的な連絡というには程遠《ほどとお》い雑談を挟《はさ》んでしまったが、やはり彼との会話は、どこかしっくりとアルスの感覚に馴染《なじ》む。何より、思い出させてくれる。そんな空気によって想起される裏の仕事の記憶が、嫌《いや》でも己の感覚を鋭《するど》く研《と》ぎ澄《す》ませてくれる。

通話を終えてライセンスを仕舞《しま》ったところで、アルスはふと、思い出す。

いつもの『達成後に』というヴィザイストの口癖《くちぐせ》がなかった。普段は一方的にヴィザイストが言ってくるだけだが、それは昔彼が率いており、アルスも所属していた特隊で定着して以来、半ば習慣化してしまったものだ。

ただまあ、ときにはそんなこともあるかと、アルスはあえて僅かな違和感《いわかん》を振り払《はら》い、机に向き直った。

さて、改めて仕事をしなければならない。

「当てが外れないと良いが……いや、ダンテがわざわざミネルヴァを狙《ねら》ったというなら、外れようがないか。それに、相手は血に飢《う》えた獣《けもの》どもの中でも、それなりに品格がある奴のようだからな」

アルスは鋭くダンテの本質を見抜《みぬ》いていた。彼は必要なら殺戮《さつりく》をも辞さない冷酷《れいこく》非情な男だが、決してそれ自体に快楽を覚える性質《たち》ではない。その証拠《しょうこ》に、状況《じょうきょう》を聞いた限り、学院においてダンテは、実質的に誰も手に掛けていない。

荒事《あらごと》は自分以外の者に任せており、不用な血を流したのは、全てタガが外れた彼の部下達がしたことだ。またシスティから聞いたミネルヴァをめぐる言動についても、脱獄囚《だつごくしゅう》の首魁《しゅかい》にしては、彼が意外な知性と理性を持っていることを示している。

アルスに言わせると、ダンテは狂《くる》った連中の内でも、特に血染めの駒《こま》を動かすゲームとその過程を愉《たの》しむことに拘《こだわ》りを持っているタイプに思える。しかもアルスの経験で言うなら、そういう奴に限って戦闘《せんとう》能力が高いのだから始末に負えない。

その後、予想より早くやることがなくなったものの、本格的に【フェゲル四書】を調べ上げるには少し時間が足りないという、中途半端な頃合《ころあ》いになった。

仕方なく、先日ロキから預かっていたナイフ型のAWRを一本、卓上《たくじょう》に乗せる。他人のAWRだけあってぞんざいには扱えない。そそくさと作業机を移動させると、クランプを固定してそのナイフ型AWRを挟む。ロキが悩《なや》んでいた課題魔法の術式については、彼女《かのじょ》の努力により、もうある程度形になっている。アルスが見たところ、理論的にも十分許容範囲《はんい》には達していると思える。

ならば、余った時間を有用活用するには丁度良い。

仮の研究室ではあるが、工具類や機材の他にも、アルスがかつての自室から持ち込んできたものは多い。その一つである針のようなペンを取り出すと、アルスはそれを器用に使って、硬質《こうしつ》なAWR表面に、直接いくつかの印を刻んでいった。

ゆっくりと時間を掛けて作業を進め、日付が変わる頃になって、ようやくアルスは一区切りをつけた。

室内を見回すと、隅《すみ》っこに押《お》しやられていた硬いソファーを見つけ、その上に横になった。もはや寮に戻《もど》るのも面倒《めんどう》だし、こういう日は、どこで寝《ね》てもさして変わらないものだ。

やがて、アルスは眠《ねむ》りにつく。研ぎ澄まされた殺しの感覚と冷徹《れいてつ》さは、そのまま意識の表層に留めたまま。やがてそれらは油が水の表面を覆うように薄《うす》く広く、意識を飲《の》み込んでいく。この分なら目覚めた時も、そのまま戦闘本能に全てを委ねて、易々《やすやす》と殲滅《せんめつ》戦の火中に身を投じることができるだろう。

ここまで脱獄囚どもには何かと世話になったのだから、こちらも完全完璧《かんぺき》な返礼をしなければならない。


アルスが目を覚ましたのは、三時間後のことだった。

これといって何時《いつ》起きようなどと考えていたわけではなかったが、何となく、朝が近づくその前に始まる予感があった。

目を覚ますと、当然のように傍《そば》にロキの姿がある。彼女はソファーの下で直接床《ゆか》に座っている。しっかりと身支度《みじたく》をして、静かに呼吸を整えているようだった。

「おはようございます。アルス様」

「よく俺が目を覚ます時間が分かったな」

「いえ、先に十分休ませていただいたので、早くに目が覚めてしまっただけです」

「そうか」と起き上がりつつ、ロキの銀髪《ぎんぱつ》に手を乗せる。

くすぐったそうな表情を浮《う》かべる彼女を撫《な》でてやり、部屋の片隅《かたすみ》を見れば、すでに必要な装備一式までもが揃っていた。それなりの量だが、わざわざ研究室から持ってきてくれたらしい。

「服も何着かお持ちしましたけど、服装はどうしましょうか」

本当に気が利《き》く。気が利き過ぎるくらいだ。

ちなみにロキは軍服姿だが、アルスはあえてシンプルな服を選んだ。

「ロキはそのままでも良いが、裏の仕事をするのに軍服ってわけにもいかないからな」

「失念しておりました」

「もう裏の仕事なんだかよくわからん事態になってるのも確かだが、一応な。一般人《いっぱんじん》に見られて、面倒事を増やしたくはない」

黒のスラックスはそのままに、シャツを替《か》え、外套《がいとう》を羽織る。腰《こし》に【宵霧《よいぎり》】を装着すると、二人は無言で部屋を飛び出した。

ヴィザイストの部下から連絡が来ようが来まいが、アルスは〝最終目的地〟に向かうつもりだ。

「さて、始末をつけにいくか」

「はい、アルス様。ところで、【フェゲル四書】から何か分かりましたか？」

ロキも気になっていたのか、走り出してすぐにその話題を振ってきた。学院の敷地内《しきちない》では、大勢の警備員が寝ずの番をしており、軍から派遣《はけん》された手練《てだ》れの魔法師達も目を光らせていた。
厳戒態勢《げんかい》はまだ続いているようだ。
こうしてふと見回すと、訓練場に巨大な穴が空いているのが見える。まあ、それでも人《じん》
魔《ま》……魔物に等しい存在が出現したにしては、被害《ひがい》は軽微《けいび》で済んだほうだろう。
薄暗《うすぐら》い学院を見下ろして、アルスとロキは屋根伝いに駆け出す。人の目に触れず、人の
気に触れず、粛々《しゆくしゆく》と与《あた》えられた任務をこなすのみ。
闇《やみ》に溶《と》け込み、アルスとロキは一気に学院を走り抜《ぬ》けた。
幸か不幸か、程なくしてアルスのライセンスに合図のようなコール音が二度程《ほど》鳴り、一
方的に切れた。懐に入れた手を戻すと、アルスはただ一言。
「急ぐか」
その小さな呟《つぶや》きは、たちまち周囲を吹《ふ》き流れる風に消えていった。

第87章「人間未満」

空を見上げながら、そして行く先の不穏《ふおん》を感じながら、アルスは遠くに見える壁のゆらめきを確認《かくにん》する。

近くには、茂《しげ》みから一度姿を現したヴィザイストの部下達がいた。彼らはアルスを確認すると、小さく頷いて、再び持ち場に戻り、一斉《いっせい》に身を隠《かく》していく。

いつ見ても、誰にも見覚えがない。それこそヴィザイストの部下にあんな連中がいたか、と首を傾《かし》げてしまうほどに、皆《みな》が見事な変装ぶりだ。

さて、外界の天気はどうだろうか。気温は湿度《しつど》は？　一先《ひとま》ずアルスは、身構えるようにして外界と生存圏《けん》を隔《へだ》てる障壁《しょうへき》——正確にはそこに生じたほつれ——を眺めて。

「きっとこれについても、解き明かせる時が来るんだろうな」

「何をです？」

「【バベルの防護壁】の原理だ」

ゆらゆらと空間を歪《ゆが》めて光のヴェールのように輝《かがや》く、どこか神聖ささえ漂《ただよ》わせた偉《い》大《だい》なる全人類の盾《たて》。それを目を細めて眺めつつ、端的《たんてき》に答えるアルス。

「本当ですか！　長年秘密であり続けたバベルを……？　ですが、そうですね。人類の叡智と言いつつも、誰も詳細には知らないのですから。それこそ、元首様や一部の人間だけが知っている、という噂《うわさ》は聞いたことがあります」

「まあな。だが、バベル自体はあれだけの巨大建造物で常に興味を引いてきたし、防護壁自体も近づくことは容易だ。なのに高名な学者や研究者でさえ、誰もその効果を再現できないんだからな。案外、秘密ではなくて、誰も知らないのかもな」

「ご冗談を。それでは、メンテナンスや管理さえできないではないですか」

「確かに……ま、無駄話《むだばなし》はここまでにしておこう」

直後、ロキにもはっきりと分かるほど、アルスの放つ気配が鋭くなった。周囲の空気からしてまったく成分が変化してしまったかのようで、錯覚《さっかく》なのか色が変わってさえ見える。

自分には不可能な、これほどの変容ぶり。鍛錬《たんれん》や精神力の問題なのか、とも思うが、アルスの纏《まと》う空気が、それをシンプルに問うことすら許してくれない。自分とアルスの何が違《ちが》うのか。とにかくこの変化は、魔法的なものでも、魔力《まりょく》的なものでもない。

言うならば、本能的な恐怖《きょうふ》を呼び起こすものだ。これに触れると、否《いや》が応《おう》でも死地に立たされる。身が引き締《し》まるというより、絶対強者の前で縮こまる、と表現する方が適切であろう。

そんな敬愛するアルスの背中を見つめながら、ロキも全身の魔力を整え、精神を研ぎ澄ませていく。彼の足手纏《あしでまと》いになるために、側に置いてもらっているわけではない。

それから――二人はついに、人類圏と外界との境界を跨《また》いで、本物の世界に身を浸《つ》ける。

予想していた通り、身体の芯《しん》から冷える外気に、息が白くなる。内地との温度差に慣れるまで、だいぶ身体に負担がかかるだろう。

アルスがそうしたように、ロキも身体に薄い魔力の膜《まく》を張った。

これから先は魔物の領域である。その中から脱獄囚を捜し出し、始末しなければならない。今は深夜、太陽が顔を出すのは、それなりに先のことだ。

本来ならば、魔物がまだ活発な夜間に外界で行動するのは、自殺行為《こうい》に等しい。しかし、それでもこの時間帯を選んだのには何かアルスなりの狙いがあるのだろう。

やがて、アルスは音もなく走り出した。一瞬《いっしゅん》も遅《おく》れることなく、ロキも追いかける。

だが、彼の速度はもはや、内地とは遥かに違っている。正直、追いかけるのですら精一《せいいっ》杯《ぱい》であった。ロキの知る魔法師の動きではない。アルスの裏の顔――いや、これもアルスの一面であり、一部なのだ。

彼に関して、己に都合の良い一面しか見ないのでは、知らないのでは、およそその隣《となり》に立つ資格などないのだろう。

だが、改めてロキが何より恐ろしいと感じるのは、彼の動きが、真の意味でほぼ無音であったことだ。まるで、彼ではなく影《かげ》を追いかけているような錯覚さえ覚えるほどだ。

それでもロキは、とにかく全速力でその背を追うことにのみ集中する。

そして息が上がりかけた時、目の前のアルスが急停止した。

進行方向に、横たわっている何かが――すでに息がない魔法師の一隊が、無惨《むざん》に転がっていた。周囲に溜《た》まった血の乾《かわ》き具合からして、おぞましい殺戮劇が幕を閉じたのは、それほど前のことではないだろう。

「運がないな」

ロキも唇《くちびる》を引き結びつつ、軽く頷く。運がない、確かにそうだ。死体はきっちり五名分で、ちょうど一部隊に該当《がいとう》する。何かしら、ここで軍の任務に従事していたのだろう。食《く》い荒《あ》らされていないところから、虐殺者《ぎゃくさつしゃ》は魔物ではなく人間だ。本来の敵ではなく、守るべき者に殺されたというなら、不運そのもの。まさに遣《や》る瀬《せ》ない光景だ。

全員が完全に息の根を止められており、生存確認の必要すらなかった。

「一戦交えた？　……のでしょうか」

「これを一戦と言えるかは疑問だな。まさに、全てが一瞬で決まったんだろう。彼らが足を止めつつ、入り乱れて応戦した形跡《けいせき》がない」

「背に傷を受けている遺体が多いので、撤退戦《てったい》でしょうか。一番損傷の激しい死体は、殿《しんがり》を務めたと思われる男性ですね」

アルスはそっと、ロキが視線で示した死体を見つめる。

「お知り合いですか?」

「さあな、知らん。見たことない顔ばかりだ。同じアルファの魔法師《まほう》なのにな」

ロキにしても、知らない顔ばかりだ。だが、その軍服は確かにアルファのもので、いわば自分達の同胞《どうほう》である。それだけに、この惨状《さんじょう》から想像できる戦闘が、如何《いか》に一方的なものだったかを感じ取れてしまう。彼女はどうにもできない虚《むな》しさと、一種の戦慄《せんりつ》にも似た感情に襲《おそ》われた。

ただ、アルスにロキの精神状態を気遣う様子は一切《いっさい》なく、あくまで淡々《たんたん》と遺体を調べ、状況の分析《ぶんせき》を続けている。

それが今のロキにとっては、彼から向けられる最大限の信頼の証しにも感じ取れた。

「ロキ、探知だ。面倒だがこっちから仕掛《しか》けて仕留めに行くぞ。そもそも外界《ここ》は俺らの主戦場だからな」

「はい!」

疑問などは一切差《いっさいさ》し挟まない。奇襲《きしゅう》のチャンスを捨ててでも、探知用の魔力ソナーを飛ばす。すぐに把握《はあく》できたこととして、何故かこの周囲には、魔物の気配がなかった。微かに感じ取れるそれも、どうやらそのほとんどが遠く離《はな》れているようだ。そうなると……。

「奴らに追跡《ついせき》を悟《さと》られてもいい。ある程度、魔物を始末しながら進んでいるみたいだからな。手間暇《てまひま》かけてる分だけ、追う側の俺らの方が速い」

探知ソナーは対象との距離があるほど機能しにくく、ましてや相手が人間ともなると、さらに難度が増す。加えて意図的に魔力を隠されては、ロキであろうとも打つ手がないのだ。

また、それなりの使い手ならば、逆にソナーによる探知の気配を感じ取ることすら可能である。常に追われる立場である魔法犯罪者は、当然そのあたりを熟知している者が多い。しかも今回の脱獄囚のようにそれなりの強者ばかりなら、そういった駆《か》け引きにも当然のように長《た》けているだろう。

「脱獄囚らの反応は、感知できませんが」

「構わんさ、どうせ奴らは逃《に》げられん。追いかけっこの合図を出しておくぐらいで、ちょうどいい」

心理的なプレッシャーをかける意味もあり、アルスはあえてロキに定期的に探知ソナーを飛ばさせ、獲物との距離を詰《つ》めていく。

アルファの外界から、ややルサールカ側に寄ったエリアにおいて、南進を続ける。やがてアルス達の辿《たど》る道からは、排除《はいじょ》された魔物の名残《なごり》はおろか、魔力残滓《まりょくざんし》さえも察知できなくなった。

(不可解だな。わざわざ魔力残滓を散らすひと手間をかけているとは思えないが？　それでも魔物の存在はおろか、痕跡《こんせき》自体が完全に消えてる。奴らの行く手には、魔物が一切いない平和な野原でも広がってるのか……いや、ありえないな)

小さく眉《まゆ》を寄せつつ、アルスは呟く。

「さすがにトロイアに入ってた札付きだけあって、易々とはいかないか。ま、どの道同じことだが」

「アルス様……！」

ロキの緊迫《きんぱく》した声に、アルスはふと足を止めた。その鋭い視線の先、根をうねらせた木々の上。数本の巨木《きょぼく》が大きく枝を広げた頂から、アルスと同じように冴《さ》え冴《ざ》えとした目がいくつか、こちらを見下ろしている。

前方に、ついに現れた敵の片影《へんえい》。明け方の薄明《はくめい》を背負った二つの人型の輪郭《りんかく》が、そこに浮き上がっていた。

背後で、ロキが腰からナイフ型ＡＷＲを素早《すばや》く取り出して構える。

「三人か。ロキ、フォローしろ」

「はい」

言葉だけを宙に放り、アルスは低姿勢で走り出す。それは神速と表現することすら生温《なまぬる》いほどのスピード、およそ人に成し得る疾駆《しっく》動作の限界を超えた速さである。他者の視認《しにん》と意識すら置き去りにする初速の踏《ふ》み込みは、誰であろうと対応に遅れるのは必至《ひっし》。

アルスが向かった先にいる二人の男のうち、細身の方は、口元の薄ら笑《わら》いを途端《とたん》に引っ込め、目を瞠《みは》った。だがアルスの目は更《さら》にその奥《おく》、大股《おおまた》を広げて座《すわ》っている男を見ている……彼が、第一優先目標たるダンテに違いない。その人相は、システィから聞いた情報と完全に一致《いっち》していた。

「ちっ……」

細身の男が舌打ちした直後、一瞬で肉薄《にくはく》したアルスが右手を突《つ》き出す。

それをギリギリで回避《かいひ》すると、すれ違い様に細身の男は、手にしたナイフを無造作に振《ふ》り上げる。

同時、男の反対側――アルスの左――の木陰《こかげ》から、新手の男が姿を現す。闇の中に潜《ひそ》み、完全に姿を消していたのだ。

黒い影が溶けるように剥《は》がれると同時、闇から出現した男は、真っ黒に染まった右腕《みぎうで》を手刀のようにアルスへ振り下ろす。

完全に隙《すき》を突いた一刀。

未《いま》だ顔の半分に影を落としたままの奇襲者が、辛《かろ》うじて見えるその口元に歪んだ笑《え》みを浮かべた刹那《せつな》。

「三人目」

小さくアルスの声が響《ひび》いた。直後、闇でコーティングしたような黒く染まった男の腕《うで》が、血しぶきとともに宙を舞《ま》った。誰にも、男本人にさえ認識《にんしき》できない動きで、肩先《かたさき》から腕が斬《き》り分けられていた。

が、それが如何なる早業《はやわざ》であろうと、最初にアルスを迎撃《げいげき》しようとナイフを振り上げた細身の男に、動揺の色はない。いささかも揺《ゆ》らがずナイフが一閃《いっせん》し、そのままアルスに向けて迫《せま》る。

一瞬で熱せられたその刃《やいば》。見ればその力こそは、先にテスフィアが遅れることになった高速の一撃《いちげき》だ。何かの力により、尋常《じんじょう》ではない加速を伴《ともな》っていることは、明白であった。

この細身の男がテスフィアを倒した賊《ぞく》であることを知ってか知らずか……だが、アルスはそんな動きを、一瞥《いちべつ》すらしない。

やや意外な面持《おもも》ちながらも、細身の男はそのまま術式を発動させた。後はただ凶刃《きょうじん》を振り上げて振り下ろす、その単純な動作を、最短・最速で完遂《かんすい》するのみ。

——が、そんな男の視界の端《はし》に稲光《いなびかり》のごとき閃光《せんこう》が走るや、その人物はまさに一瞬で、彼の目前に現れた。

直後、男の脳裏に、まるでコマ送りされた映像でも見ているように、その光景が飛び込《こ》んでくる。あろうことか、必殺のナイフよりもなお速く、男とアルスの間に割《わ》り込《こ》んだ小柄《がら》な銀髪の少女が放った、側頭部への蹴撃《しゅうげき》。

反対側ではアルスに斬り飛ばされた仲間の腕が、まだ宙を舞っている。そんな紙一重の瞬間《しゅんかん》、細身の男は腕伝いに発していた能力を解き、全意識を回避に回す。

あらゆる動きに対し、一動作目だけが強制的に超加速《ちょうかそく》される負荷《ふか》術式、それが【最速の初動】である。

一旦その力を解除した細身の男が身体を反らす、そのちょうど鼻先を、ロキのつま先が掠《かす》めていく。僅かな安堵《あんど》と共に、男は内心ほくそ笑んだ。

脚《あし》を使った大振《おおぶ》りを外した以上、反動は大きく、身体の重心は固定を強《し》いられる。すなわち銀髪の少女は動けず、次なる一打は確実に先手を取れる。

それが格闘《かくとう》戦のセオリーだ。重い初撃を回避した者には、反撃《はんげき》の権利が与えられて然《しか》るべき。男は重心を戻して、今度こそナイフを……蹴《け》りを放ったロキでは、、、なく、最初に狙ったアルスの、隙だらけの脇腹《わきばら》に差し込む。

だが、アルスはただ、前のみを見据《みす》えたままである。ロキに脇《わき》を任せた以上、そちらは一顧《いっこ》だにしないという意思の表れであろう。

それは、パートナーへの信頼で己《おのれ》の隙を埋《う》めるという愚行《ぐこう》——男には、そう思えた。思えたからこそ、甘《あま》い幻想《げんそう》を壊《こわ》したくなる。

それこそ己の理想とする、否、取るべき行動であろう。

だが、ロキがそれに対して取った行動は、男の予想に反するものだった。たちまち次の攻撃《こうげき》——崩《くず》れたはずの姿勢から、雷光《らいこう》を纏った蹴りが振り下ろされてきたのだ。

今度は回避できない。さすがの細身の男も、この速度で襲い来る二段構えの攻撃までは想定していなかったのだから。

咄嗟《とっさ》に腕を交差させて受けたが、まるで巨大な鉄槌《ハンマー》で叩《たた》かれたかの如き衝撃《しょうげき》が全身を襲う。堪《た》えて踏ん張った男の足が地にめり込み、乾《かわ》いたその表面に罅が走る。

ただ、インパクト時の衝撃はともかく、その一撃には、男の防御《ぼうぎょ》姿勢を強引《ごういん》に押し崩すほどの重さがない。相手が小兵《こひょう》で体重が足りないのが、幸いしたと言える。

腕の痺れを感じながら、細身の男は舌打ちしつつ、ちらりと横目で、もう一人——アルスに片腕《かたうで》を斬り飛ばされた、不甲斐《ふがい》ない伏兵《ふくへい》を見やる。

そんな視線の先ではアルスの腕が、潜んでいた男の頭を掴《つか》んで強引に陰《かげ》から引き摺《ず》り出していた。

そのまま哀《あわ》れな男は、何故《なぜ》己《おのれ》の片腕が宙を舞っているのかはもちろん、相手の恐《おそ》るべき早業に対する恐怖を認識する暇すらもなく、頭から地面に叩きつけられた。

血の花が地面に開花し、一拍《ぱく》遅《おく》れて、どこかの茂みに切り離された片腕が落ちる重い音が響く。それからアルスは迷うことなく腕先に魔力刀を形成、そのまま男の心臓に突き刺《さ》し、確実に敵を殺した。

「ロキ、そいつはお前が殺《や》れ」

返答を待たず、アルスはその場から消えるように加速し、改めてダンテへと駆け出す。

ロキは小さく頷《うなず》き、すでに何度か攻防《こうぼう》を交えた脱獄囚――細身の男と対峙《たいじ》し、その名を発する。

「マーシェス・ピーケット……ここからは、死合いですね」

「……!!　これはこれは、よくご存《ぞん》じだ。そこまで派手に名前を売った覚えはないんだが、実に面白《おもしろ》い。お前も学生か」

ロキの手並みを知りつつも、あくまで侮蔑《ぶべつ》するような顔で、マーシェスはそう口にした。

それには答えず、ロキは無言で相手を見やった。

「腕の痺れは取れましたか？　四層に収監《しゅうかん》されていたというわりには、意外に鈍《のろ》くて助かります」

「……学生の最新ジョークか？　あいにく監獄《かんごく》暮らしが長いおじさんにゃ、ついていけないな」

言い捨てるや、マーシェスが身に纏う空気が変化する。まるで偽《いつわ》っていた外装を外したかのように、まさに彼《かれ》は豹変《ひょうへん》する。

「今、お前も、と言いましたね？　その妙《みょう》な技から察するに、テスフィアさんを痛めつけたのはあなたですか？」

「ああ、元気な赤毛のお嬢《じょう》さんか。許してくれよ、半殺し程度だ。それとも死んじまったか？」

「いえいえ、あなたの言う通り、まだなんとか生きてますよ」

「そりゃ良かった、腹に大穴を開けたのを謝《あやま》っといてくれ。……いや、やっぱりいいか。お前を殺してから、直接謝りに行くとするか。ついでに、実家の場所でも聞いておこうかね。追加の見舞《みま》いに、ご両親の死体を送り届けたいと思うんでな」

嗜虐《しぎゃく》的な光を湛《たた》え、ロキを窺《うかが》い見るその目。だがそのいかにも外道《げどう》じみた言動は、今更《いまさら》彼女《かのじょ》に何かを感じさせることはなかった。

「どうぞ、お好きに。ですが、どうやって行くつもりですか？　あなたはここで死んで、魔物《まもの》の餌《えさ》になるというのに」

「これだから、学生のジョークは笑えない。ま、お前はあそこの学生よりはモノが見えてそうだがな。その点、赤毛のお嬢ちゃんは気持ち悪かったな……センセイとお仲間の危機《ピンチ》に、俺《おれ》らとの力量差もわきまえず飛び出してきてよ。あまりに純粋《じゅんすい》で真っすぐなんで、反吐《へど》が出そうになっちまった。あの学院じゃあんなのが、大量生産されてるのか？」

　マーシェスはにやけながら、肩《かた》を小刻みに揺らす。

　彼女の蛮勇《ばんゆう》とも取れる行動については、ロキも思うところがなくもない。ただ、アルスの考えは、多少違うようではあった。いつもテスフィアの愚行を愚行と断じながらも、どこかで何かしらを認めている、そんな雰囲気《ふんいき》をロキは感じている。だから。

「馬鹿だな、とは思いますよ。でも、ある人がそれを認めている。もしかすると自分にはない美徳だと感じてさえいるのかもしれません。その一点で、私は彼女を肯定《こうてい》します。欠点は誰《だれ》にでもあるものですし、あなたみたいな一点の曇《くも》りもない悪意の塊《かたまり》よりはよほどマシですよ」

「なるほど、お友達の敵討《かたきう》ちってわけか」

「少なくとも私からすると違います。あなたを殺すのは、与えられた課題だと考えていますから。そうそう出会えないほどの大罪を犯《おか》した脱獄囚が相手なら、殺しの技量を測るのにちょうどいい機会ですし」

「なら、とっとと始めよう。口ばっかり達者な学生さんに、世間の厳しさを教えてやる」

ナイフを指先で器用に弄《もてあそ》びながら、マーシェスは歪《いびつ》な笑みを浮かべた。

ロキには、殺しの作法などまるで分からない。だがこの下卑《げび》た男には、目下の課題に関するちょうど良い実験体という以上の感情を持てなかった。多分その必要もないのだろう。

アルスがそうであるように、自分もそうでなければならない。敵意の対象を魔物から人間に置き換《か》える、ただそれだけのことだ。

ロキはすかさず、【身体強制強化《フォース》】を駆使《くし》して、肉体の限界値を引き上げる。

続いて倒《たお》れるように前屈《まえかが》みになったロキの姿が、ふっと稲光を残して掻《か》き消えた。

周囲を一瞬で駆け巡《めぐ》り、稲光の尾《お》だけが閃《ひらめ》く中で、ロキの姿はマーシェスの眼前に迫っていた。

だがマーシェスに反撃しようとする素振《そぶ》りはない。寧《むし》ろ、彼は目を閉じ、まるで瞑想《めいそう》でもするかのようにその場に佇《たたず》んでいた。

そんな彼の目前に迫ったロキがナイフを突き出し、それがマーシェスに触《ふ》れようとする直前、ロキの姿がまたも消えた――と同時に、マーシェスの真横に出現した彼女が、横殴《よこなぐ》りに攻撃を繰《く》り出そうとする。

慎重《しんちょう》に、そして最速で仕留める手順を踏んだ、フェイントを交えての一撃……のつもりだった。途端、ロキは全力で制止するや、バックステップで高速回避する。そんな目と鼻の先を、突き出されたナイフの切っ先が掠めていった。

（疾《はや》い!!）

突いて、引く。マーシェスのそんなシンプルな往復動作が、ロキの【フォース】の速度を僅かに上回った。

気づくとロキの銀色の前髪《まえがみ》が数本、はらりと地上に向けて舞い落ちていた。

ふぅ、と一呼吸置くロキ。反動で心臓に負荷が掛かるほどの急停止だったが、改めて戦慄にも似た感情が身体の底から湧き起こってくる。あと少し、全身の動作が何か一つでも遅れていれば、眉間《みけん》を貫《つらぬ》かれていた。

「慎重だな、だいぶ俺との間に、猶予距離《マージン》を確保してたか」

そう、これほど明確な殺意を持った人殺しの相手をするのは、ある意味では初めてだ。

それゆえの用心が、役に立ったと言えるが。

「ふぅん、悪くない」

マーシェスは満足げに、ナイフの切っ先に指の腹で触れた。

「そう……感心したよ。あんた、殺し合いに必要な境界線が、分かっているようだな」

途端、彼の言動から粗野《そや》で荒々《あらあら》しい雰囲気が消えていく。その言葉にはどこか洗練された狂気《きょうき》とでもいうべき気配が宿り、その人格さえも変貌《へんぼう》させてしまったかのようだった。

今やマーシェスはその口調すらも、学院襲撃《しゅうげき》時とは変化している。

実際に彼は、人間離《ばな》れした演技領域に達している舞台《ぶたい》俳優のように、場面によって性格が変わる。それは、裏の世界で生きていくため、彼が己に課していた枷《かせ》でもあった。

いわば「殺人者」たる己を客観視するために、潜在《せんざい》意識の底で生まれた「観察者」の顔が前に出てきている。

マーシェス・ピーケットは、二つの人格を持つ。

つまりは、客観と主観を司《つかさど》る二つの仮面だ。快楽殺人がどんなものであるのか、それを確かめるためにあえて狂人《きょうじん》を演じているようでありながら、それもまた実際は演技ではないという、複雑怪奇《ふくざつかいき》な人格の奥《おく》行き。

欲望にどこまでも忠実でありながら、必要に応じてそれを制御《せいぎょ》することも容易《たやす》いという整った殺人の論理を持つ者。それは、ただの人格破綻《はたん》者とは程遠い在り方だ。

マーシェスが殺人を犯す時、その自覚は常に乏しい。あくまでもその時、演じていた人物が手を下しただけという、曖昧《あいまい》な感覚しか持ち得ていないのだ。

そして大抵《たいてい》の場合、殺人行為は粗野で凶暴《きょうぼう》な人格に任せているのだが、例外もある。例えば歯応《はごた》えのある相手に出会い、戦闘行為《せんとうこうい》によって、程よい緊張《きんちょう》感を与えられた時。

それまで無意識の底、少し離れた意識の座から副次人格の振る舞いを見守っていた別人格が、意識の上に表出してくるのだ。

マーシェス・ピーケット――あらゆる殺害方法で人命を奪《うば》い続けてきた重犯罪者。捕縛《ほばく》時、すでに三十人以上を殺害したとされていたが、実際の被害者《ひがいしゃ》は、それよりずっと多いに違いないと囁《ささや》かれていた男。

殺しは、彼にとって日常にして生業《なりわい》だ。

ときには計画的に、ときには快楽的に、ときには衝動的《しょうどうてき》に……そしてときには自分の意思で殺したいと思う。

「さて、テイスティングは十分。殺すには良い時分だ。空が明るくなる前に、殺ってしまおう」

そんな風に自分に語りかけながら、マーシェスはその研ぎ澄まされた魔力をナイフに集中させる。

鋭い探知能力を持つロキには、それが文字通り殺人用のＡＷＲであることが、ここで初めて理解できた。通常刃に施《ほどこ》す魔法式を、柄《つか》の中に隠しているのだ。

その構造は、恐らくテスフィアの【詭懼人《キクリ》】と同じ。だが偽装《ぎそう》がいかに洗練されていようと、普段《ふだん》からアルスの魔力操作を見ている目には、巧《たく》みに隠された魔力の流れが理解できてしまう。

「なるほど、歪《いびつ》で外道ではありますが、あなたも確かに魔法師の端くれなんですね。では、ここからはこちらも魔法師らしくいきましょう」

魔力が電撃《でんげき》へと変換《へんかん》され、ロキの周囲に放電される。続いてナイフを抜き放つや、目が眩《くら》むほどの白雷《はくらい》が周囲の闇を一斉に跳《は》ね除《よ》け、眩《まぶ》しく周囲を照らす。

そんな光の中から三本のナイフが、マーシェス目掛《めが》けて投げ放たれた。

電撃を纏い、速度と貫通《かんつう》力を増したナイフは、マーシェスをその射線上に捉《とら》えていた。しかし、その斉射《せいしゃ》をまるで意に介《かい》さず、マーシェスは真正面から踏み込むと、最低最小限の回避行動で、全てのナイフを躱《かわ》す。

ロキに動揺《どうよう》はない。すでにそれを読んでいたのか、稲光が跳ねるのに比する超速《ちょうそく》で、真横の森林に向けて走り出す。

だが【フォース】を使ってのそんな高速機動に、マーシェスはぴったりと付いてくる。

グッとロキは息を止めると、さらに限界を超《こ》えて足に負荷をかける。そして、彼女が新たなナイフを翳《かざ》すと同時、白い閃光が上空へと伸《の》び、一気に標的を眼下に収めた。

「【落雷《ライトニング》】」

爆《は》ぜるような轟音《ごうおん》を撒《ま》き散らして、落雷が地上を一撃する。しかし、これもギリギリで回避され、効果はさっきまでマーシェスがいた場所を焼き焦《こ》がすにとどまった。そのまま、恐るべき殺人者の影は、闇の中へと溶けて消えた。

（やはり、スピードでは完全に並ばれている！）

そう感じるや、ロキの唇がぎゅっときつく結ばれる。

せめて視野による追跡を外すつもりか、跳躍《ちょうやく》後、幾《いく》つかの木の幹を足場にして宙を移動、音もなく地面を踏むと、即座《そくざ》にロキは次なる魔法を放つ。

「【閃光《フラッシュ》】」

木立と闇を切り裂《さ》いて、まんべんなく周囲に満ちるや、一気に弾《はじ》ける光。本来なら目眩《めくらま》しに使う程度の魔法だが、この場なら効果は照明弾《しょうめいだん》と同様。辺りが昼間のように明るくなる一方で、より影が濃《こ》くなる場所が存在する。

「そこっ……！」

ロキはナイフを一本落としざまに、今度はそちらへと【ライトニング】を放つ。だが手応えはなく……直後、ロキの肩越《かたご》し、すぐ後ろに不穏な気配が息づくのが感じられる。

振り向く暇《ひま》もなく、マーシェスが覆《おお》い被《かぶ》さるように小柄な少女の背に肉薄。熱せられた五指が、静かに振るわれた。

「失礼」と男の紳士《しんし》めかした小声が囁くや、先程《さきほど》ロキが取り落としたように見えたナイフの表面に、魔法式が光る。

たちまち、ロキの周囲の大気が一気に帯電する。白煙《はくえん》とともに裂帛《れっぱく》音が弾け、やがてマーシェスの身体に一帯の電気エネルギー全てを集めて、それは一瞬にして高圧電流へと変わった。

聴覚《ちょうかく》が麻痺《まひ》するほどの高音が響き、マーシェスの身体が、白い爆発《ばくはつ》のような雷光に包まれた。

いかに闇に潜んだとはいえ、探知魔法師でもあるロキが、この程度の距離《きょり》で相手を完全に見失うはずはない。ましてや、この敵はロキの能力を知らない。警戒《けいかい》の隙を突いた逆襲《ぎゃくしゅう》の一手だった。

距離を取るために地面を蹴った直後、ぬっと伸びてきたマーシェスの手が、ロキの服を掴む。

焼け焦げた肉の匂《にお》いが鼻をつき、ぐいっと引き寄せられると同時、向かってくる拳《こぶし》。腕を前に構えて防御姿勢を取り、その一撃に備える。

だが、拳は不意に軌道《きどう》を変えて、横合いからの平手という形で、ロキの耳を綺麗《きれい》に打った。

一瞬、何が起きたのか理解できなかった。

頭が揺れ、視界がチカチカする。そして感覚が順に戻《もど》ると左耳に痛みが走った。耳孔《じこう》に蓋《ふた》をされたような閉塞感《へいそくかん》とともに、何かどろっとしたものが染《し》み出てくるのが感じられる。反射的にハッと手をやり、指に付いた赤いものを見やる。耳からは、生温かい血が垂れ落ちていた。

「うぐっ⁉」

くぐもった悲鳴を漏《も》らしつつも、ロキは目前の敵から視線を逸《そ》らすまいとしたが――避《さ》けようのない酷《ひど》い眩暈《めまい》が、頭に響く痛みとともに全身を襲う。恐らく鼓膜《こまく》が破れ、脳を衝撃で揺らされたのだろうが、今はその程度で怯《ひる》んではいられない。

遠のきそうになる意識をどうにか引き寄せ、揺れる視界の中で男の閃くナイフを、辛うじて確認する。

ロキはその凶刃に立ち向かうべく、地面に着いた足を蹴り出す。

身体を滑《すべ》らせるようにして、相手の懐《ふところ》へと逆に入り込み、伸びあがるように掌打《しょうだ》を放つ。

「【刹羅の紫電《ヴァリトラ》】!!」

掌底《しょうてい》から繰り出された紫電は、放射状に電撃の余波を広げる。マーシェスの腹部の肉が爆ぜるが、その中身たる臓器を破るには届かず、手からは微《かす》かに空《くう》を打った感触《かんしょく》が伝わってくる。

（浅いっ⁉）

間を置かずして、太腿《ふともも》に激痛が走った。視線の端で捉える限り、敵の刃より速く、神速の掌底が届くはずだったが……刃の先端《せんたん》が急加速したように残像を残してぶれるや、回避や防御の暇もなく、瞬時《しゅんじ》に太腿に刃が埋め込まれていた。しかも、相手は致命的《ちめいてき》な掌打を回避しながらだったというのに。

ただ、ロキの一打は決して無駄《むだ》ではなかった。その証拠《しょうこ》に、相手の狙《ねら》いが僅《わず》かに逸れて、太腿の大動脈を致命的に切り裂くには至らなかったのだから。

ロキに一撃を加えるや、さっと距離を取ったマーシェスは、口端から血を垂らしつつ誤算だとばかりに顔を歪め、赤く染まった唾《つば》を吐《は》き捨てる。

ロキが反撃に転じなければ、確実に致命傷《ちめいしょう》となるような一刺《ひとさ》しであったはずだ。だが、至近距離《しきんきょり》からの掌打が秘《ひ》めた驚異的《きょういてき》な威力《いりょく》に、さすがのマーシェスも直撃《ちょくげき》を避けざるを得なかったのである。

「そんな大技まで使うのか。ふん、殺しそびれたな。まあ、脚はもう奪った。必要とあらば血抜《ちぬ》きをしてやるが？」

「残念ながら、今の私には何を言ってるのかよく聞こえませんけど……結構、です」

ふぅ、と深呼吸しながら立ち上がりざま、ロキはナイフを投擲《とうてき》した。無論、その程度はマーシェスが簡単に首を捻《ひね》っただけで、避けられてしまう。飛んでいったナイフは、虚しく背後の木に突き刺さって止まった。

ロキは改めて、目の前の敵を見つめた。

どんな理屈《りくつ》か、マーシェスの行動は、常に一動作目だけは確実に【身体強制強化《フォース》】の速度を上回っている。【ヴァリトラ】の掌底は完全なタイミングで放たれたし、最低でも相打ちとなる速度だった。

なのに結果は、マーシェスは紙一重で躱して腹に軽傷、自分は致命的ではないにしろ、脚に重い怪我《けが》を負わされている。

どういった術理《じゆつり》なのかは定かではないが、少なくとも連続した動作において急加速は確認できなかった。ならば、相手の最初の一撃のみが、その異常加速の対象となるのではないか。

ただ、これ以上その力を分析しようにも情報不足は否《いな》めない。ここで、不確実な仮定を戦略に組《く》み込むべきではないだろう。

ロキはＡＷＲを構え直すと一気に魔力を放出する。彼女《かのじょ》の身体を覆う魔力が白雷の輝きを纏い、見る見るうちに変質していく。

「身を焼かれた名もなき同胞、体は灰へ、御魂《みたま》は白炎《はくえん》へ、古き祖よ、我《わ》が前の敵を滅《ほろ》ぼせ……」

一瞬目を細めたマーシェスはロキの詠唱《えいしょう》の終わりを待つことなく、動き出した。その一歩は何よりも速く、認識の領域外から迫る。

たちまち肉薄し、あとはただ、有無《うむ》を言わせず振り抜《ぬ》くだけ……。空気を焼きながら白煙を上げるナイフは、炎を纏いつつロキの首を狙う。

あわやロキの首が飛ぶかと思われた、次の瞬間。

「【火雷《ホノイカヅチ》】」

ロキは小さく、完成したその名を告げた。

そして……ふと光の牙《きば》が奔《はし》るや、マーシェスの振るった腕は、肩から先が消失していた。

一瞬で炭化したのか、まさに塵《ちり》も残さず燃《も》え尽《つ》きていた。血の一滴《てき》すら出ず、傷口は沸《ふっ》騰《とう》したようにぐつぐつと煮立《にた》っている。

「ふっぐあああぁぁぁ」

傷口を手で塞《ふさ》ぎ、痛みに耐《た》えるかのように膝《ひざ》を屈《くっ》して身体を強張《こわば》らせた。それからマーシェスは、肩越しにその光の牙が解き放たれた背後を振り返る。

先程背後の幹に刺さったナイフ。それが異様な熱を帯びて、複雑な魔法式を宙に浮《う》かび上がらせていた。

これで、後ろから、腕を食い千切られた理由が判明した。背後のナイフを基軸《きじく》に、顕現《けんげん》した〝モノ〟。マーシェスは青白くなった顔で、己の背後から腕を食らい千切り、ロキの傍《かたわ》らにすっと寄り添《そ》った不可思議な存在に視線を向けた。

それは、白い雷炎《らいえん》の獣《けもの》であった。その耳はピンと立って宙に広がり、開いた口からは獰《どう》猛《もう》な牙が覗《のぞ》く。鬣《たてがみ》から尾まで伸びた体毛は白炎のように燃え、時折その中で電火が爆ぜ、閃光が弾ける。

どこか虎狼《ころう》を思わせる体躯《たいく》の四足獣。

ハァハァと小刻みな呼吸を繰り返すマーシェスは、破れかぶれになったように一歩を踏み出した。地面を蹴り、加速する――視界は一瞬で後ろに流れ、急速に遠くの景色が迫ってくる、はずだった。

が……途端、支えを失ったマーシェスの身体は、ロキの後ろに無様に転がった。

ロキとすれ違《ちが》ったその瞬間、すでに左足を失っていたのだ。

ちらりと無造作に地に伏《ふ》した獲物《えもの》を見つめた【火雷《ホノイカヅチ》】は、その後、口に咥《くわ》えた左足を飲《の》み込むでもなく、瞬時に炭化させてしまった。

ロキにはその瞬間は見えなかったが、何が起きたのかは感覚的に理解できた。

【雷霆の八角位】……その一角を担《にな》う【ホノイカヅチ】は、半ば自律的に動く敵に対し反応するのだ。

「馬鹿なッ!! な、な、なんだ、ぞれはぁ……!!」

地面に顔を押《お》し付けるように倒れ込んだまま叫《さけ》ぶマーシェスの声は、すでに上擦《うわず》り、歪《ゆが》んだ響きを伴っている。

ロキはそれに応えず、ぐっと足を踏みしめて眩暈を堪《こら》えた。

（くっ、かなりの魔力《まりよく》消費に加えて、維持《いじ》するだけで目減りしていく!?）

ここまで魔力を温存していたものの、【ホノイカヅチ】が必要とした魔力量は、得意の【鳴雷《ナルイカヅチ》】以上だった。それに加えて維持するだけで、上位級魔法を連発しているような魔力消費と疲《ひ》労《ろう》が実感できる。

襲ってきた貧血《ひんけつ》に似た立ち眩みは、吐き気までも伴った。

だが、ここで終わるわけにはいかない。ここからが正念場、ただ己の為《な》すべきことを実行するのみ。アルスの傍《そば》にいると決めたのは己の勝手だが、この課題すら果たせぬようでは……。

ロキは努めて心を落ち着けつつ、ナイフをクイッと指揮棒のように振るう。

マーシェスは、這《は》いずりながらポケットの中を弄《いじ》り、何らかの薬包紙らしきものを取り出す。それを手指に付いた土ごと、なりふり構わず口に入れた。

だが、それがなんであれ……彼の喉《のど》がそれを飲み込むより早く、ロキの魔法は完成する。

「【大轟雷《ライトニング・レイ》】」

天から降ってマーシェスを直撃した裁きの雷は、朝焼けの空を貫いて、ことさらに眩しい輝《かがや》きを発した。

轟《とどろ》きが止《や》むと同時、【ホノイカヅチ】もまた消え去り、途端に薄暗《うすぐら》くなった空を、ロキは見上げる。

達成感など何もなかった。

こと、この場に限っては、【ホノイカヅチ】の修得に舞い上がれる気分でもない。裁くべき犯罪者をただ処した。ただそれだけのはずなのに、えも言われぬ虚無《きよむ》感が胸に去来する。

もはや与《あた》えられた任務などと、逃げ口上《こうじよう》は言うまい。アルスのためですらない、あくまで己のために己が為した。正当化できない行いである。正義も悪もなく、命を一つ消し飛ばした、ただそれだけが事実。

そしてそれは、己に殺しの適性ありという厳然な事実を、否応《いやおう》なしに突きつけてくるかのようだった。

眼前にくすぶる白煙から漂《ただよ》う、人肉の焦げる嫌《いや》な臭《にお》い……それが、今は妙に鼻についた。

◇　◇　◇

ロキにマーシェスとの戦闘《せんとう》を託《たく》したアルスは、第一目標であるダンテに狙いを定め、全神経を集中させた。いや、神経はすでに研《と》ぎ澄《す》まされていた。

深く沈《しず》んだ意識は、いつだって殺しを最適化してくれる。

ただ、長らく海面上で陽の光を浴びていたせいか、スイッチの切り替《か》えは、少し滑らでなくなっているかもしれない。

それでもダンテの人相を見て取るや、半強制的に、入れるギアをどの水準まで引き上げるかの思索《しさく》が行われる。

（……いや、そうじゃないな、こいつは）

恐らく、手加減ができる相手ではない。

瞬時、久しぶりに魔力の枷を外すと、止めどなく濃密《のうみつ》なそれが一気に溢《あふ》れ出す。どこまで行くのか、己でも予想できないほどの量が、アルスの身体から発せられた。

かないはず。

裏の仕事とはいえこの敵が相手では、ひと思いに命を絶つ綺麗な殺しというわけにもいかないはず。

ゆっくりと立ち上がったダンテが纏《まと》う気配に変化はない。これほどの魔力の放出を前にしても、表情一つ変えることはない。

（ま、想定内か）

唇《くちびる》を小さく歪めて笑い、全速力で駆けるアルスの姿は、化け物じみた神速を体現してダンテの目前に迫る。ほんの瞬《まばた》きの間に、アルスはダンテへと肉薄してみせた。

それから腕を引いた彼の構えは、予想に反して〝シンプルに殴《なぐ》る〟ための動作であった。

突き出された拳を嘲笑《あざわら》うように、ダンテは腕を伸ばして払《はら》い除《の》けようとする。が、アルスの拳はそこから更に加速したように、ダンテの腕を透過して頬《ほお》を殴りつけた。体重を乗せた拳は大きくめり込み、骨を軋《きし》ませる。

激しく吹《ふ》き飛ぶダンテに向け、間を置かずにアルスは肘《ひじ》を引く。

それから膨大《ぼうだい》な魔力を集中してアルスが腕を突き出すと、たちまち凄《すさ》まじい爆風《ばくふう》がダンテの身体を襲《おそ》う。踏み堪《こた》えようとする彼にそれをさせず、強制的に立ち位置を崩す風魔《かざま》法《ほう》だ。

優位を取ったアルスが吹き飛ぶ彼を追い、その死角から追撃《ついげき》を放とうとした瞬間。ふと、アルスの足が止まる。

遥《はる》かな上空から、何かが次々と落下してくる。個々様々な形態を持つそれらは、およそ百体近くも大地に衝突《しょうとつ》すると、衝撃をものともせず、たちまちむくりと身体を起こしてアルスにぎらついた視線を向けてきた。

まるで呼び寄せたように、突如《とつじょ》ありとあらゆる魔物が、アルスの目の前に現れたのだ。

これだけの魔物が、雹《ひょう》や霰《あられ》のように高空から降ってくるなど、本来ならあり得ない。翼《つばさ》を持っていたり、滑空《かっくう》できる魔物など限られているからだ。

そして奇妙《きみょう》なことに、そこにいるのは、地上棲《せい》のものや巨大《きょだい》な体躯を誇《ほこ》るものまで、翼などはもちろんなく、飛行とは縁《えん》のないタイプの魔物ばかりだった。

アルスは目を細めると同時、真実を察する。

道理でここまでの道中、魔物の姿がなかったはずだ。ご丁寧《ていねい》に彼ら全部が、成層圏《せいそうけん》にも届きそうな遥か上空で、戦闘参加の時まで待機させられていたのだろう。そしてそれは、全てダンテがその異様な力で為した、伏兵の仕込《しこ》みであったに違いない。

アルスがそんな思考を紡《つむ》ぐ間にも、魔物らは膨大な魔力を発する彼を無視することなどなく、一斉《いっせい》に牙を剥《む》いて襲いかかってきた。

ダンテが突風《とっぷう》に吹き飛ばされ、改めて大地に足を着けて姿勢を正すまでには、しばらくかかった。およそ数百メートルも飛ばされた後、彼は衝撃に口から血を垂らしながら、地面に照り映《は》える異様な輝きに頭上を見上げる。相手はご丁寧に、地獄《じごく》の釜《かま》まで用意してくれているらしい。

そこには赤色矮星《わいせい》さながらの色と高熱を持つ、巨大な光球が浮かんでいた。それは凄まじい熱を発して、周囲全てを灼熱《しゃくねつ》させている。地表に、この温度の中を生き延びられる生物は存在しないだろう。

天文学的熱量を持つ光球は、まさに例えではなく小さな恒星《こうせい》そのものであり、上空に突如として生まれ、地上に迫りつつあった。

【煉獄《アストラル・サン》】……ただし、それがこれほどまでに膨張《ぼうちょう》するに至っては、どれほど馬鹿げた量の魔力が注がれたのか。その輝きと熱量は、ありとあらゆる物質を蒸発させて余りある。

だがダンテは上空を見上げながら、不敵に笑った。

「ミネルヴァがなきゃ、危なかったな」

そう言い終えると同時、ダンテの想像を絶した力によって、【アストラル・サン】はたちまち縮小し、綺麗に消失してしまう。しかしそれがもたらした影響《えいきょう》はあまりにも大きく、周囲の地表一帯を、黒い焼け野原へと変えてしまっていた。燻《いぶ》る火の粉とともに、ところどころで白煙が細くたなびいている。

随分《ずいぶん》と見晴らしが良くなった外界の一角で、ダンテはにやりと笑みを浮かべる。

視線の先には、今しがた、伏兵として大量の魔物をぶつけた相手が傷一つなく立っていた。

「おいおい、そこそこの数を集めたはずだったんだが」

アルスの背後では、広大な森林の一部が凍結世界に変貌していた。まさにあらゆる生命の鼓動が止まり、完全なる死の眠りについてしまっていたのだ。広範囲の空間全てを凍結させる程の高位魔法。

一瞬《いっしゅん》で百体近い魔物を始末したアルスは、平然とした表情を浮かべている。しかも、その身体からは魔力量が目に見えて減っているわけでもないと見て取れる。

「ようやく会えたな、ダンテ。それにしても魔物の群れの空中サーカスか、面白い曲芸をするじゃないか」

「アルス・レーギン、お前に言われたかねぇな。払おうとした俺の腕《うで》を、幽霊《ゆうれい》みたいにスリ抜けやがった小細工。ちょいと効いたぜ。ただ、初手を単にブン殴るだけで済ませたのは悪手《あくしゅ》だがな」

ダンテは口から垂れた血を拭《ぬぐ》いながら、皮肉げに言う。

「何発でも喰《く》らわしてやりたいところだが、お前はなかなか、それだけじゃ死にそうにないからな。聞きたいこともあるのに、死なれては困る」

アルスが見せたのは、少し前【アフェルカ】の頂点だったレイリーと戦った経験から着想を得た小技だ。魔力でできるだけ実体に近い情報を転写することで、虚像《きよぞう》を生み出す。その囮《おとり》に本命の拳を隠《かく》すことで、速度と角度を欺《あざむ》き、ダンテに初撃を叩き込んだ。

特に魔力を絡《から》めた近接戦闘で有効な技とはいえ、彼に二度目が通用するとも思えないが。

「確かに、アホみてぇな魔力量にモノ言わすだけじゃねぇな。メクフィスがお前を気に掛《か》ける理由が、なんとなく分かってきた。確かにクラマも手こずるわけだ」

ニヤニヤしつつも、納得顔《なっとくがお》で告げるダンテ。

「やはりクラマも絡んでいたか。それで？　いくら余裕《よゆう》ぶっても、お前が死ぬ結末は変わらないぞ。その前に、ミネルヴァはしっかりと持っているんだろうな。隠し場所を吐かせるのも面倒《めんどう》だからな」

ここまでアルスはミネルヴァの姿を確認《かくにん》できていない。確実にダンテが学院から強奪《ごうだつ》しはずのそれを持ち帰る必要があった。

（システィ理事長に退陣《たいじん》されると、連鎖的《れんさてき》に俺が苦労しそうだからな）

ふと、今も苦労が絶えないような気もしてきたが、アルスは瞬時に『今以上に苦労する』と認識《にんしき》を修正することで、自身を説《と》き伏《ふ》せておく。

「せっかく【フェゲル四書】で面白い情報が手に入ったんだ。ミネルヴァを少しばかり弄ってみたくなった」

ダンテの口端が持ち上がり、大仰《おおぎょう》に片腕を真横に広げた。

「なるほど。真理を知る席者の資格を有したか。ならそれも一興かもしれねぇな」

ダンテはカーテンを引くように腕を曲げると、唐突《とうとつ》に空間が歪み、最古のAWR【ミネルヴァ】が半分だけ姿を見せる。

力自慢《ちからじまん》がようやく抱《かか》えられるかという球体。黒い外殻装甲《がいかくそうこう》に覆われており、表面には幾つもの罅《ひび》に似た幾何学《きかがく》模様の亀裂《きれつ》が入っていた。その内部からは高純度の魔力を発しているミネルヴァ本体が僅かに覗き見え、淡《あわ》い光が漏れ出ている。

ダンテが腕を戻すと幕を閉じるように空間に揺《ゆ》らぎが見られ、【ミネルヴァ】の姿はそのまま消失してしまった。視界内に限らず、魔力的にもその痕跡《こんせき》が消える。

「安心しな、外界で起動した時、ミネルヴァ本体が発揮する一種の防衛機能だ。所有者が消えれば直《じき》に解けると思うぜ」

「そうか、確かに安心だ。これで心置きなく殺せそうだ」

すっと感情が消えたアルスの目は、深い黒だけを映していた。

「へえ、その目……悪行三昧《ざんまい》に生きてきた俺の肝《きも》すら、ちっとは冷えるじゃねえか」

「気にするな、どうすればお前に嫌がらせができるか、少し考えてみただけだ。死ぬ前にちょっとくらい、どん底の不幸な気分ってのを味わわせてやりたくてな。もちろんミネルヴァは返してもらうが、それだけじゃ俺の気が収まるか分からないからな」

「ん～？　てめぇから、そこまで恨《うら》みを買った覚えはないが」

「安心しろ、恨みじゃない……憂《う》さ晴《ば》らしだ。お前が襲った学院に、ちょっと縁のある奴《やつ》らもいてな。俺がいろいろ指導してやってたもんでね」

「ほ～、殺しちまったか？　ま、やったのは俺じゃねえが、どっちでもいい話か」

つまらなそうに応じたダンテは、少し不可解そうに続ける。

「だが、ちょいと変だな。お前、どうせその教え子だかが数人殺られたくらいじゃ、別に何とも思わねえだろうが。目を見りゃ分かる。所詮《しょせん》、こっち側の野郎《やろう》が、何をいっちょ前に人間《ひと》並みのことぬかしてやがる？」

確かにダンテの言う通りだった。いや、アルス自身、すでに気づいている。だからこれは多分、敵討ちでもないし、確かに憂さ晴らしですらない。

アルスの中に、テスフィアとアリス、フェリネラが負傷したことは、決して目に見える形や傷となって、現れてはこないのだから。単にあの場所、あの時間が失われることが、そうと感じることが、虚《うつ》ろな心に微かな不協和音を響《ひび》かせるに過ぎない。

それが、人並みの寂《さび》しさのようなものだと言ってしまえるなら、だが……。

その原因は結局、いつまでも続かないと知っていたはずの〝あの日々〟にあるのだろう。帰るべき場所、過ごしてきた部屋、どこか安らぎを得ていた時間。それが、微かに感じていた心の繋留線《けいりゆう》ごと、破壊《はかい》され断《た》ち切られた。

明確な怒《いか》りでもなく、悲しみでもなく、憎悪《ぞうお》ですらない不協和音。それが妙に癇《かん》に障《さわ》り、ここまで心を不快にざわつかせるのは、いろんなものが欠け落ちた人間未満なりの、最後の人間らしさなのかもしれない。

アルスは改めて、ダンテを冷たく見据《みす》える。

「一つ、これから地獄を見るお前にとって幸運だったのは……フィアもアリスもフェリも、怪我で済んだことかもな」

「知らねぇよ、ボケ。他人がどうだこうだ、なんてことはな。仮にもシングル魔法師様《まほう》が、お知り合いを傷つけられたってんで、仕返し半分に怒り全開のおままごとかよ……しかしその三人の一人は……あの赤毛か」

話しているうちに思い出したように、ダンテはポロッと忌々《いまいま》しげに溢《こぼ》した。息も絶え絶えのはずなのに、ぐっと裾《すそ》を掴《つか》んだ少女のあの手。そこから放たれた魔法に、ダンテは思わず激的に反応してしまった。それが、生命の危機を感じた故《ゆえ》の反射的な行動であったのは、ダンテ自身が一番理解していたのだ。

あの場では王たる自分は一切《いっさい》手を下さず、命を奪うのはもちろん、悪行暴虐《ぼうぎゃく》は全て部下に任せると、冷静に己《おのれ》を律し定めていたというのに。

「あのガキに何か仕込んだのは、お前か……なるほど、愛弟子《まなでし》の仇討《あだう》ちみてぇなお遊びに、興じたくもなるわけだ」

「フィアが何をしたのか、俺《おれ》は知らん。だが直に手に負えなくなるぞ、あいつらは」

ふと目を落として、アルスは意識の底から湧《わ》き上がってきたような言葉を発した。本心かも分からないその声は、ただ唇が勝手に書かれたテキストを読み上げているかのように、機械的な音だけを並べて周囲に響かせた。

「ほぉ、赤毛のガキの〝あの魔法〟はそういうことだったか。アルス・レーギン、お前、〝フェゲルの魔法〟を与えたな？　ふふっ、一層楽しめるじゃねぇか。んで、お前が俺を追ってこれたということは……クッハッハッハ、お前【フェゲル四書】の第三篇を見たわけか。そうでなきゃな！」

何がそこまで感情のツボにはまったのか、ダンテは笑いながらそんな風に声を張り上げる。一方その裏で、彼は油断なく思考を巡らせてもいた。

（そもそも第三篇は、確かクラマが所持していたはずだ、それを奪いやがったか。クク、やっぱり大したタマだぜ）

心底愉快で堪《たま》らない様子で肩を揺らしつつ、ダンテはふと一息つくと、改めてイカれた同類へと狂気の色に染まった目を向ける。

アルスは不快感一つ見せず、無表情のまま死者と話すように淡々と言葉を紡いだ。

「それはお前も、だろ。でなきゃ【ミネルヴァ】を奪おうとは考えなかったはずだ」

ダンテは笑いを堪《こら》えながら、小さく肩《かた》を震《ふる》わせた。抑《おさ》えようもない興奮に、狂気の気配《いろ》が混じる。それに呼応するかのように、ダンテが放出する魔力が周囲に乱舞《らんぶ》しては、妖《あや》しい炎の如く揺らめく。

「あぁ、随分前にな。ミネルヴァは〝核《かく》〟だ。だがなぁ、それだけじゃねぇ。ミネルヴァは救世の遺物だ、その名前はあくまで通称《つうしょう》で、本来の名は別にある。そう【ミェルカーヴァ】、神の移動要塞《ようさい》を意味する古語だよ。これが何を意味するか、お前にゃ分かるだろ」

アルスは無言。ただ確かにダンテの言う通り、それは【フェゲル四書】に記載《きさい》されていた言葉だ。事実ならば、アルファ国境付近の排他的《はいたてき》領域内に、その核を収めるフレーム、が存在するはず。場所も記されていたため、きっと核たるミネルヴァを手に入れたダンテは、次にそこへ向かうはずだと踏《ふ》んでいたのだ。

「アルス・レーギン。お前とは一度話してみたかった。世界の未来を左右する資格ある者として……。いずれクラマとも、本格的にぶつからなきゃならんだろうしな」

「安心しろ、お前を始末した後にでも、クラマは俺が潰《つぶ》す」

「そうかい。こちら側でありながら、てめぇはあくまでも人間面して、旧人類《あっち》側につくのか」

「〝側〟か……ダンテ、そんなものはどうでもいい。単にお前は俺の領域を侵《おか》したんだ、なら、ここで死ぬのは当然の帰結だ」

「ふん、ここで席者同士、削《けず》り合うのは望むところじゃねえんだがな」

「諦《あきら》めろ。お前には仲間もいない」

「はぁ？　仲間なんぞ初めからいねぇよ。いるのは駒だけだ」

脱獄囚《だつごくしゅう》の狂王《きょうおう》と思われたダンテが存外に雄弁《ゆうべん》だと感じ、アルスはあえて泳がせるように会話を続ける。彼《かれ》がまだ、有益な情報を隠し持っている可能性がある。

けれど同時に、内心で首をもたげつつある凶暴な苛立《いらだ》ちと排除《はいじょ》本能にも似た不快感に、そうした雑念がどんどんと意識の底に沈み始めているのも確かだが……。

一先《ひとま》ずもう少しだけ、とアルスは水を向けた。

「【アンブロージア】も、そんな便利な駒の一つか。あれを、どこで手に入れた？」

「はっ、そんなこと聞いてどうする。魔物化《まもの》なんぞ馬鹿げた話だ、俺は興味なかったがな。まあついでだ、出所ならクラマの幹部、メクフィスって男だ。もちろん偽名《ぎめい》だ、俺が知る限りで、四回は名前を変えてやがるからな」

「ほぉ、そこまで喋《しゃべ》ってくれるのか。とはいえ礼を言う気にはなれんが」

「くく、気にすんな。同類同士、餞別《せんべつ》みたいなもんさ。どうせ知っちまった者同士、戦いは避けられねぇ。クラマも7カ国も、それにどこぞで根暗に何かを企《たくら》んでやがる野郎もな。いずれ7カ国の均衡《きんこう》は崩《くず》れ、世界の秘密を求めて争いが起こる。生き残りたきゃ、外に目を向けるしかねぇ。その果てでじゃ、力を持つ者だけが支配者たり得る」

「喋るなら、ちゃんと喋れ。これでも【フェゲル四書】を目いっぱい急いで読み飛ばしてきたんでな、予言者めいた仄《ほの》めかしにはうんざりだ」

「甘《あま》えんな、ここから先は有料だ……欲《ほ》しけりゃ奪え」

「そうさせてもらう」

戦闘の幕開けを予感させる、魔力乱流が吹き荒《あ》れる。

静寂《せいじゃく》が二人を分かち、始まりの合図を待ち望む。

先ほどからそこにある最古のＡＷＲ——ミネルヴァからは全く反応が得られなかった。

7カ国親善魔法大会の【魔法演舞《まほうえんぶ》】で一度触《ふ》れているアルスには、その接続が感覚的に把《は》握《あく》できるはずだった。

しかし、今は全く反応がない。AWRと聞けば、魔法師であればまず「所有者」という概念《がいねん》が脳裏《のうり》に浮かぶ。が、ミネルヴァはただのAWRでなく、先にダンテが告げた通り、核、動力源とでも言うべき一面があるのは確かなようだ。

接続すれば隠れた機能を含《ふく》め全てを操《あやつ》れる、というものではないことは、もはやアルスにも薄《うっす》らと理解できている。ならばそれを、〝所有〟と呼ぶのはおこがましいことも。

いずれにせよ、ミネルヴァにはアルスにも分からない機能があるのだろう。そしてそれは【フェゲル四書】の記載と照らし合わせて調べれば、やがてはっきりするはずだった。

もちろんそうするには、当面の保有者を排除し、完全に取り戻さねばならないが。

それはそうと、保有と言えば、さっきから奇妙なことがある。

アルスが【宵霧】を擁《よう》するのに対して、ダンテは無手《むて》なのだ。魔法師であれば専用AWRを持つのが普通《ふつう》だ。

それがないということは、やはりミネルヴァを核としてだけでなく、AWRとしても活用するつもりなのだろう。

何にせよ、もう仕掛《しか》けるべき頃合《ころあ》いだ。

息詰《いきづ》まるような無音の世界で、動き出したのはアルスからであった。

まず、引き抜いた【宵霧】を投擲する。それを当然のようにダンテが回避《かいひ》した直後、刃先が方向転換《てんかん》し、そのまま敵を追尾《ついび》した。【オート・ハイツ】を併用《へいよう》しての自律追尾機能の発動である。操作の一部をアルスが受け持ち、高速で【宵霧】を操るものだ。

たちまち鎖《くさり》が波打ち、黒い切っ先は狩猟犬《しゅりょうけん》のようにダンテを追う。命中すれば一撃《いちげき》で全身を切り裂き、骨まで粉砕《ふんさい》できるはずだ。

だが、ダンテもさる者。たちまち追尾は叩《たた》き落とされ、地面に切っ先が突《つ》き刺《さ》さる。

鎖の擦《こす》れる音が鳴り響く中、それをも見越《みこ》していたアルスは、そっと鎖を握《にぎ》った。

たちまち、地に突き立っている【宵霧】が、眩《まばゆ》い魔力光を発する。

「【永久凍結界《ニブルヘイム》】」とアルスがその名を囁《ささや》いた頃《ころ》には、周囲が一面の氷の世界へと変貌《へんぼう》していた。

だが、氷の世界の拡大がアルスの足元できっちりと止まった瞬間《しゅんかん》、その眉《まゆ》が微かにひそめられる。

……氷像となったはずのダンテは無傷だった。

【ニブルヘイム】の凍結による侵蝕《しんしょく》が、なぜか彼の立つ地面だけを避けた。

荒涼《こうりょう》とした地表が、その足元をなぞるように円形に残されている。

「……」

ダンテは無言で足を振《ふ》り上げ、勢いよく地面に下ろす。たちまち大きな振動《しんどう》を伴《ともな》う魔力波が発せられて、力を見せつけるように、凍結世界全体の――氷を粉砕してのけた。

初めてダンテが見せた、魔法らしき現象。事象結果後の【ニブルヘイム】は凍結効果を終えているため、さして驚《おどろ》きはない。ないが、それはアルスが得意とする【震格振動破《レイルパイン》】に近い影響をもたらしたといえるだろう。

（が、その前の【ニブルヘイム】の干渉《かんしょう》を防いだのは別だな。さて、どうやったのか？）

アルスの脳内で、瞬時に解答を弾き出すべく、あらゆる思索と分析《ぶんせき》が加速していく。不足している情報《てがかり》を得るため、アルスは次の行動に移った。

ダンテの周囲にはいつの間にか、魔力とは別の空間の歪《ひず》みが発生していた。

が、そう察した時にはすでに、至近距離にアルスが迫《せま》っている。

アルスの右手に構築された魔力刀が喉元《のどもと》へ伸びるのを視認《しにん》しつつ、ダンテは拳を握り込《こ》んだ。その周囲にもまた、異様な空間の捻《ねじ》れが宿っている。

「……!!」

咄嗟《とっさ》に手を引っ込め、ダンテの攻撃《こうげき》を避けたのはアルスの方であった。

だが、その直感的な回避行動はまさに正解だったと、一瞬の後に判明する。

空振《からぶ》りに終わったはずのダンテの拳は一拍遅《ぱくおく》れて、触《ふ》れもしなかったはずの地面を、あり得ない広範囲《こうはんい》に渡《わた》って陥没《かんぼつ》させた。

「勘《かん》が鋭《するど》いのか、それともこれを知ってんのか」

ダンテは拳を上げて、そこに纏わせた異様な魔力の衣《ころも》を増幅《ぞうふく》させる。今しがたの一打は、せいぜい様子見程度の力加減だったのだろう。しかし、地面にできた破壊の痕跡は異様そのもの。

風圧や衝撃波《しょうげきは》などといったものの作用ではなく、ファノンが使ったような座標を駆使《くし》た攻撃でもない。後発的に衝撃《しょうげき》がやってくるのも、不自然な点だ。

が、一つ……これでまた、情報が得られた。

アルスは【宵霧】を手元に戻し、改めて戦術を組み立てるべく、冷たくダンテを見据える。ダンテはその視線を、平然と受け止めて。

「ほう、てめぇが複数の系統を扱《あつか》うことができるってのは本当らしいな。しかも、どれも最高水準なのに加えて、全く衰《おとろ》えねぇ魔力量。実に勿体《もったい》ない」

不敵な表情はあいも変わらず、続いてダンテは己の能力を再確認するかのように、魔力を放出してみせた。

「喚《わめ》くなよ。扱える手札が多いのも考えものなんだ。さて、お前はどんな死に方をしたい？」

抑揚《よくよう》の消えたアルスの声。それは聞く者に、例外なく彼の内に潜《ひそ》む真なる恐怖《きょうふ》の一端《いったん》を垣間見《かいまみ》せる。

気ままなだけの魔法犯罪者と、秩序《ちつじょ》を体現する魔法師は明確に異なる存在だ。魔法犯罪者の多くは欲望に忠実であり、私利私欲だけを追い求める本能で罪を犯《おか》す。だがアルスの場合は、絶対の力を持つ必要悪を演じることを国家に求められ、そうしている。

だからこそ、その意思決定はときにどこまでも非情に、いっそ非人間的な領域にすら踏み込むことができる。いわば暴発する本能ではなく、コントロール可能な理知的暴力装置であることこそが、国家魔法師の本質なのだ。

一瞬で二人の距離が縮まる。ダンテが拳に纏ったそれは、たった一撃で致死《ちし》にまで届き得るものだ。

その絶対的な死に導く打撃《だげき》を回避しながら、アルスは高速で【宵霧】を振るう。

両者の動きは風を切り、並の魔法師なら全感覚器官を駆使しても捉《とら》えることができない速度だった。

一合、二合、いや、打ち合うのではなく、回避し合う攻防《こうぼう》が続く。ダンテが焦《じ》れたように舌打ちをし、今度は指を広げ、鉤爪《かぎづめ》のような形を取ったダンテの掌が、アルスの横合いから迫る。

それを姿勢を下げて回避しながら、脇腹《わきばら》に蹴《け》りを見舞《みま》うアルス。続いてAWRを左手に持ち替え、真下から斬《き》り上げる。

これは狙い通りダンテの腿《もも》の辺りに届いたが、手応えは浅い。咄嗟に狙った足を後ろに引かれたのだろう。結果、敵の足を僅かに斬り裂《さ》いただけだが、今はそれでいい。気づくとアルスの背後には、かなりの長さに渡って鎖が引かれ、空中に蟠《わだかま》っていた。

それに気づいているのかいないのか、今度はダンテの左手が、攻守《こうしゅ》を覆《くつがえ》すべく強引《ごういん》に突き出されてくる。が、アルスは更《さら》に半歩、距離《きょり》を詰《つ》めると下から右手をスナップさせ、ダンテの腕を払い上げる。そのまま右の掌《てのひら》を軽く開いて、心臓の上から掌底を打ち込んだ。

「ぐっ⁉」

鮮血《せんけつ》がダンテの口から溢れ落ちる。それでもアルスは表情一つ変えることはない。ギリギリの攻防の中で、一個の戦闘機械となったかのように、寧《むし》ろどんどんと心が冷えていく。

血を吐き、身体を折ったダンテの鳩尾《みぞおち》に、立て続けに回し蹴《げ》りを食《く》い込ませる。なんとかこらえたダンテは、踏ん張った足で地に二本の溝を刻みつつ、その巨大な衝撃を受け止めた。だが、アルスもここで攻撃の手を緩《ゆる》めはしない。

そして、再度苛烈《かれつ》な近距離《きんきょり》戦闘《せんとう》が展開される。とはいえアルスにとって、全ては次なる攻撃を当てるための布石に過ぎない。必要な段取りと最適な戦術の組み立て、ダンテの腕と拳《こぶし》を回避し、防ぎながら、シンプルな結果を求めて手順を追うだけの作業に過ぎない。

瞬きすらせず、ひたすら研ぎ澄まされた視界と、魔力感知を司《つかさど》る感覚で捉えたものに反応していく。

「す、好き放題やってくれやがって!!」

ダンテが苦々しく吐き捨てた瞬間。

彼の背後にたゆたっていた鎖が宙を舞《ま》い、その先に付いた【宵霧】の切っ先が、ダンテの目前に迫っていた。

すんでのところで頭を傾《かたむ》けて躱《かわ》すが、首の皮一枚が裂ける。反撃《はんげき》のため下から拳を突き上げてくるも、アルスは空間に瞬時《しゅんじ》構築した半透明《はんとうめい》の板を蹴り、反動を利用してそれを避《よ》けた。

アルスが軽く着地するのを見据え、ダンテは強く地面を踏み込む。すると、今度は先ほどの比ではない巨大な衝撃が走り、地表を粉々に砕《くだ》きつつアルスに迫る。

同時、アルスは手に引き戻《もど》した【宵霧】を横なぎに振るった。そこから生まれる風の斬撃を、ダンテは手で受け止めるような仕草をする。刹那《せつな》、斬撃の飛ぶ速度が緩慢《かんまん》になったかと思うと、アルスの意に反して真下へと進行方向が捻《ね》じ曲げられ、そのまま地面を抉《えぐ》っていく。

（やはりか、こいつの力は……！）

ニィッと、アルスの口角が持ち上がる。

一歩前に踏み出そうとしたアルスに、今度はダンテの背後から礫《つぶて》が高速で飛来する。それに対し、アルスは鎖を寄せ集めて前面に展開し、円状の盾《たて》とした。

そんな鎖の輪から、一瞬で詰めよってきたダンテの目が覗き、互《たが》いに視線が交差する。

礫はブラフであり、アルスに肉薄《にくはく》するための布石だったのだろう。

直後、礫が鎖に衝突し、砕け散った瞬間。

僅《わず》かにアルスの死角となった空間の端で、ダンテは音も立てず、右手をアルスへと差し向けていた。視《み》えずとも反射的に攻撃を察したアルスは、その手を斬り落とすべく【宵霧】を振るう。

だが刃《やいば》がダンテに届く直前、その攻撃が停止する。【宵霧】が突如、その重量を急激に増したのだ。腕力《わんりょく》ではどうにもならない重さが圧し掛かり、文字通り地面に吸い寄せられるように、アルスの腕が【宵霧】ごと下がっていく。

そして、体勢を崩したアルスにダンテの容赦《ようしゃ》ない攻撃が襲い掛かろうとする。恐《おそ》るべき力を纏った右手が、大きく振りかぶられる。

が、アルスはすでに【宵霧】を手放していた。

「重力だろ」と小声で呟《つぶや》くと、軸足《じくあし》を回して、アルスは遠心力の乗った回し蹴りを、ダンテの首に叩き込む。

強烈《きょうれつ》な一撃に、ダンテは凄まじい速度で真横に吹き飛んだ。その頃にはアルスの手中にAWRが戻り、それを軽く振りつつ。

「【雷斬《らいきり》】」

轟く雷は【宵霧】を白く包《つつ》み込み、そこから迸《ほとばし》った雷の斬撃は、真横に延びる稲妻を思わせて刹那を駆《か》け抜《ぬ》ける。大気を灼《や》き、閃光《せんこう》の如く標的を貫《つらぬ》く神速の斬撃。

だが、それもまた、ある意味ではアルスの予想通りの軌道《きどう》を描《えが》いて捻じ曲げられた。ダンテに直撃《ちょくげき》する前、やはりその軌道は真下へと湾曲《わんきょく》し、ただ地を打ち砕いたのみに留《とど》まった。

もはや疑う余地はない。先程《さきほど》の風の斬撃もまた、強制的に方向転換させられた。そしてダンテが拳にたびたび纏っていた、歪んで見える空間の意味も。

〝重力を操る〟というのは、おそらく複数の系統を究《きわ》めた先からアプローチできる技術だ。無論、アルスの無系統でもある程度は再現できるだろうが、ダンテが操っているのは、それとも少し違う。

恐らく空間を捻じ曲げるだけに止まらないのだ。その証拠《しょうこ》に、風の斬撃を逸《そ》らしただけでなく、本来魔力的エネルギーの塊《かたまり》として発せられ、質量的概念からある程度自由な【雷斬】のような魔法現象にすら、その影響が及《およ》んでいる。

それはつまり、相手の魔法の構成式に干渉し、重力による影響を反映させているということ。これはつまり〝重力系〟という分類が新たにできたことと同義だ。

本来なら感嘆《かんたん》し、歓迎《かんげい》すべき魔法の一大発展と称《たた》えるべき事実であろう。

「ミネルヴァもだいぶ適応してきたな。もう、分かったところでどうしようもねえさ。お前がいくら魔力を持っていようと、ミネルヴァは無限機構に等しい魔力を生成できる。ちと、馴染《なじ》むまでに時間がかかったがな。直に掌握《しょうあく》できる。接続状態《リンク》がもうちょい進んで完全になれば、クラマに並べる、いやそれ以上かもな」

吹き飛ばされつつあっさり姿勢を制御《せいぎょ》し、アルスの少し先に着地したダンテは口から垂れた血を拭いながらふてぶてしく言い放った。

「鎖回しの曲芸なら、こちらも多少はな」

アルスの言葉に、ハッとするダンテ。その背後の地中から、アルスが鎖《くさり》ごと潜《もぐ》り込ませた【宵霧】が、鋭い刃先を構えて突き出る。一気に矢のように放たれ、至近距離《しきんきょり》からダンテの背を狙《ねら》う。

背中に怖気《おじけ》を感じたダンテは、急遽《きゆうきよ》、力の一端を解放する。

そしてその現象は、【宵霧】の刃先が彼の背中に数センチほど埋《う》まりかけたところで起こった。

ダンテの周囲に強烈な重力が掛かり、それは鎖ごと、アルスをも巻き込んで広がっていく。たちまち鎖が大地に縫《ぬ》い留《と》められ、アルスの肩が巨岩《きよがん》でも乗せられたかのように重くなり、全身の骨が軋む。

必殺の刃がダンテの背中から抜け落ち、ずしりと地に埋まる。続いてアルスもまた、発生した超重量《ちようじゆうりよう》に耐《た》え切れずに膝《ひざ》を屈《くつ》した。

すかさずダンテが動き、風を巻いて迫る。その勢いのまま、アルスの胸部が派手に蹴り上げられた。たった一撃で、アルスは口から血を噴《ふ》き出してのけぞった。胸骨が一瞬でひしゃげてしまったような衝撃が襲う。まさに、触れただけで巨大な樹木を薙《な》ぎ倒《たお》せてしまうほどの威力《いりよく》。

(ちっ……)

アルスは内心で歯噛《はが》みする思いだった。己もひそかに空間を捻じ曲げた障壁《しようへき》を張っていたのだが、それすらも無力化するほどの、広領域に展開できる力。まさに予想外のダンテの本領だった。

空中に蹴り飛ばされたアルスへとダンテが飛翔《ひしょう》し、組んだ両拳をハンマーのように振り下ろしてくる。アルスは咄嗟に腕から魔力《まりょく》刀を伸《の》ばし、地面に突き立てることで、強制的に身体の動きを停止。そのまま逆さに、迫るダンテの顎《あご》を蹴り上げた。

（……弱いか）

しかしその反撃はダンテの体勢を崩すまでには至らず、間髪容《かんはつい》れずに組まれた拳が、アルスの胸部に向けて振り落とされた。

即座《そくざ》に反転し、腕を交差させてブロックすると同時、アルスは膨大な魔力を放出する。どんな魔物の一撃よりも重く伸《の》し掛かる、拳の鉄槌《てっつい》。なんとか受け止めたはいいが、力を上乗せされる度、アルスの足元が二度、三度と段階的に陥没していく。

服の袖《そで》が爆《は》ぜ切れ、腕が耐えきれずに徐々《じょじょ》に下がっていく。

だが、アルスに焦《あせ》りの色は見えない。身体の節々が激痛を発しても、その表情はピクリとも揺らがない。

「【凍魔の蝕手《コキュートス》】」

アルスの右手にたちまち霜《しも》が降《お》り、青白い魔力光に包み込まれていく。

「……!!」

交差した右手を逆さに返し、アルスは、何者をも絶対零度《れいど》の世界へ誘《いざな》う魔手《ましゅ》を放つ。が、その手がダンテに触れることはなかった。彼は咄嗟に弾《はじ》かれたように空中に飛び、アルスに触れられることを回避した。

あらゆるものを完全静止させる絶大な威力に相応《ふさわ》しく【コキュートス】には代償《だいしょう》がある。

今度はアルスの腕が凍傷《とうしょう》で血の気を失い、だらりと力なく垂れ下がっていく。

そもそもダンテの鉄槌を受けた時、右腕《みぎうで》の骨はすでに折れていた。故にどうせ使えぬならと、代償も覚悟《かくご》で【コキュートス】に踏み切ったのだが……。

アルスの視線の先、凍結の魔手を逃《のが》れたダンテは、皮肉げに言う。

「利《き》き腕は使い物にならなくなったな。それに加えてこっちはミネルヴァが適応し出したぞ」

重力を反転させたダンテは、そのまま空中に止《とど》まってアルスを見下ろした。

手を上に掲《かか》げたその先には、無数の大小様々な石が浮《う》かんでいる。

「それがどうした、腕なら、まだもう一本ある」

アルスは【宵霧】を左手に持ち替えると、鎖を引いて浮遊《ふゆう》させた。

「なら、そっちで受け切ってみな。ミネルヴァの力を引き出すまでは、付き合ってもらうぜ」

高速で飛来する礫は、一斉にアルス目掛《めが》けて落下してくる。その一つ一つが重力加速され、独特の魔力を帯びていた。

初弾が到達《とうたつ》し、土煙《つちけむり》に巻かれてアルスの姿が消えた直後、さらに無限とも思える礫の弾《だん》丸《がん》の雨が、滅多《めった》打《う》ちのように降り注ぐ。

そして最後に出現したのは……雲の中から飛来してくる巨大な岩であった。隕石《いんせき》に匹敵《ひってき》する巨大な姿は、ありとあらゆるものを押《お》し潰すかのようだ。この威容《いよう》の前では、人間一人など、蟻《あり》以下の存在に過ぎないだろう。

凄まじい衝撃と共に地表に巨岩が衝突した直後……ふと土煙の中から一筋の光条《こうじょう》が伸びたかと思うと、岩を二つに割《さ》き、そのままダンテの頬を掠《かす》めていく。

アルスが放った一太刀《ひとたち》。たったそれだけの余波で、巨岩は粉々に砕け散って地面に無残な残骸《ざんがい》を晒《さら》した。

ダンテが見下ろす先で土煙が風に掃《は》かれ、傷一つなく大地に立つアルスの姿が目に飛び込んでくる。

「馬鹿な……クソがっ、【ダモクレスの剣】だと!?」

アルスが左手に持った【宵霧】は、今や真っ黒な長剣《ちょうけん》へと姿を変えていた。ただ、普通の長剣ではなく、かなり巨大な姿である。それも刃には黒い炎《ほのお》が纏《まと》わりついているかのような、異相の大剣《たいけん》であった。

剣を模した魔法はいくつかあるが、その中でも最高位――神話級の代物《しろもの》だった。

そしてアルスの片目から、黒い靄《もや》が流れ落ちていた。それは霧《きり》のようでもあり、液体のようでもあった。靄から滴《したた》る雫《しずく》は真っ黒に染まっており、ぽたりと垂れて地面に黒点を穿《うが》つと、そこからもまた靄が立ち昇《のぼ》る。

「やっぱり出てきたか……使いたくはなかったがな」

アルスは忌々しそうに独《ひと》り言《ご》ちる。その口調からすると、決してそれは自分の意思ではなかったかのような口ぶり。

そう、この魔法は異能【暴食なる捕食者《グラ・イーター》】に触れる力だ。己でコントロールできないばかりか〝時間制限〟がある。

アルスに存在する二つの魔力。一つはアルス本来の魔力、一つは異能の魔力、これらは常にアルス側に偏《かたよ》ることで制御する余地があるものだ。主導権を渡せば、暴走のままに【背叛の忌み子／デミ・アズール】戦後のように制御すら効かなくなってしまう。

これは異能の力を魔法として【グラ・イーター】以外に使えないかと考案した魔法である。無論、膨大《ぼうだい》な魔法構成に加えて異能の制御を同時に、同じ作業台の上で行うのは実質的に不可能であった。だが、バナリスでの一件を経て、【グラ・イーター】はどこか、より深くアルスの中に同化していくような節があった。より扱い易《やす》く、制御し易くなったと

言えるのだ。

異能を魔法に取り入れるには、異能側にアルスの魔力が偏る必要がある。そのためのスイッチはずっと手元にあった。

裏の仕事をする際に、切り替《か》える意識がそれだ。暗い底の底へ意識を落としていく。何も見えない真《ま》っ暗闇《くらやみ》の中で、感情を排除し戦闘《せんとう》に特化する。

きっと『底の底』とは、もう一つの魔力が眠《ねむ》る場所だったのだろう。今なら分かる気がする。あの暗闇こそが、【グラ・イーター】そのものなのではと。

だから、何にせよ、この暗闇の中で異能を存分に使うことはできない。

アルスはおもむろに、黒剣を地面に突き立てる。すると周囲の空間に渦《うず》を巻くような無数の歪《ひず》みが生まれたかと思うと、それが彼の背後全てを覆《おお》い尽《つ》くす。

本来そこから出てくるのは精巧《せいこう》に投射した【宵霧】のコピーである。無系統魔法を複合して作り出す無限の剣群――【朧飛燕《オボロヒエン》】の前兆のはず。

だが、アルスの背後から生み出されたのは【朧飛燕】のような短剣《たんけん》ではなく、真っ黒な長剣であった。そう、生み出された剣は【ダモクレスの剣】の影響を受け、別物へと作り替えられている。

「【千剣黒曜】《センケンコクヨウ》」

それらが、アルスの目から流れ落ちる黒い靄を纏うかのように、一斉《いっせい》に射出される。

「食らうかよ！　【最後の失墜《ラスト・カルマラム》】」

天高く飛翔するダンテ目掛けて黒剣が無数に射出された直後、彼が操る重力波が広範囲に降りかかる。

景色までも歪《ゆが》み、全てに重く力が伸し掛かる様は、魔法を堕《お》とすべく……すべからくあらゆるモノに平伏《へいふく》を強制する圧力となって、魔力情報体そのものに高負荷《こうふか》を与《あた》え続ける。

黒剣はその高重力に晒されつつ、濁流《だくりゅう》の中を昇っていくかの如く抵抗《ていこう》している。だが、それも長くは続かない、はずであった。

少なくともダンテはそう推測する。否、それは魔法としての絶対的な威力を理解しているからこその確信。

なのに。

眼下のアルスが、まるで軍勢に号令を出す王のように、両腕《りょううで》を掲げた。途端《とたん》、黒剣達《こっけんたち》はぐんと勢いを増し、絶対的な重力の支配を易々と押しのけて、ダンテの身体に届き始める。

そのまま刃は深々と鍔《つば》近くまで押し込まれ、肉を穿つ。

そして……黒い槍《やり》と化した剣の群れに、ダンテは脇腹を深く裂かれ、肩の肉を削《そ》ぎ落とされる。

そして、さらに彼の身体の中心めがけて、一際《ひときわ》黒い光が煌《きら》めいた。

続いて襲《おそ》ってきた衝撃。かろうじて軌道を逸らしたものの、己の肩を貫いた巨大《きょだい》な黒剣を前に、ダンテはついに小さく呻《うめ》き、僅かに俯《うつむ》いた。

口から粘《ねば》り気《け》のある血が垂れ落ち、身体の至る所に穿たれた傷からも出血が始まる。血はそのまま足先から滴り落ちて、大地に赤い池を作ろうとしていた。

アルスは瞬《まばた》きすらせず、そんな彼に冷たい視線を投げかける。その冷徹《れいてつ》さを映したように、無数の黒剣たる【千剣黒曜】もまた、ダンテを空中で磔《はりつけ》に処したままぴたりと動きを止めている。

「ハァハァ……何故、俺の力の影響《えいきょう》を受けない!!」

せめて肩に突き刺さった【千剣黒曜】を引き抜こうと、ダンテはあがく。だが、それに手を触れた瞬間、バチッという裂帛音《れっぱくおん》とともに掌《てのひら》は焼け焦《こ》げ、指が一本消し飛んだ。

「ぐっ!! チッ! ダモクレスぅ……ミネルヴァの適合さえ完全になれば!? クソがぁっ!」

血走った眼でそう吐《は》き散らすダンテ。だが彼はその後、突如《とつじょ》として不気味な笑みを口に湛《たた》えると、掌を蠢《うごめ》かせた。

たちまち凝縮《ぎょうしゅく》された魔力により、その手元に黒球が生み出される。

最初は掌ほどの小さな球であったが、次の瞬間、急速に膨張《ぼうちょう》する。

ダンテの背後に隠《かく》されていたミネルヴァが悲鳴を上げているのか、見れば空間に歪みと圧倒的《あっとうてき》な熱量が生じていた。もはや、隠されている場所が一目瞭然《いちもくりょうぜん》と言えるほどに。何かが起きているのは確実だ——魔法的動作処理が、瞬時に成せる情報量を超《こ》えているのだろう。かつての【魔法演舞】では、七人が同時に使用しても、これほどの熱を帯びることはなかったというのに。

それでもやがて、ミネルヴァが限界を超えたように奇妙《きみょう》な唸《うな》りを上げると、白煙《はくえん》は止まり、空間の中に薄れ消えていく。その巨大なＡＷＲが、次に紡《つむ》がれるダンテの魔法構成を読み取り、処理を終えた証しであろうか。

「ミネルヴァが、やっと適応したか。時間はかかったが……」

光を失いつつあるダンテの目が、掌の先に生まれた重力球へと伸びる。成長した今はもう、それは不可思議な重力球だと察せられる。だが、その中身は不可解極《きわ》まるものであった。

魔力の超圧縮《ちょうあっしゅく》とそれに伴う膨大な情報量が混沌《こんとん》としてたゆたっているように、重力球の中身は空間ごと揺《ゆ》らめいている。ここまでの魔力を圧縮し、球という小空間に押し込めることができているようだが、それもダンテならではの特異な系統故だろう。

まさに突出《とっしゅつ》した重力操作の適性者だけが生み出し得る、嵐《あらし》のように内部空間が荒れ狂《くる》っている超重力《ちょうじゅうりょく》球だ。

次の瞬間、アルスの視野から重力球が消えた。

アルスははっとしたように、空中にあるダンテの身体、その遥《はる》かな上空へと顔を上げた。

ダンテの手から離《はな》れ、超《ちょう》スピードでいつの間にか浮き上がったのか、そこには先程の重力球を中心に、周囲へと伸びた蜘蛛《くも》の巣にも似た空間の歪《ひず》みが広がっていた。枝葉の如く広がる重力の網《あみ》が、重力球を覆っている。今やそのサイズは、街一つが収まってしまうほどの大きさとなっていた。

アルスはそれを見つめ、全身を襲う災《わざわ》いの予感に、ただ口を噤《つぐ》む。

それはいずれ……破壊の象徴《しょうちょう》となって、地上を覆うのではないか。

いや、ミネルヴァの力に完全適合したとうそぶくダンテの眼の光を見れば、それはもはや確信に近い。ここはアルファ近郊《きんこう》とはいえ、こんなものが落ちれば、加算された重力は地盤《じばん》のどこまで達するだろうか。

そんなアルスの思いを他所に、大気の流れが変化したかと思うと、空気とともにあらゆる砂礫《されき》が、吸い寄せられるようにして上空へと舞い上がっていく。

立ち尽くすアルスの姿を呆然《ぼうぜん》自失と捉えたのか、ダンテは昂然《こうぜん》とその魔法を告げた。

「【愚者の救済《ディアーナル・ドグマ》】」

それが、急激に落下速度を増して降ってくる。単に初撃を凌《しの》いだとしても、弾けた巨大球が解放されたその先は、全てが超重力の中だ。人間に限らず、それに巻き込まれたものは圧死を免《まぬが》れない。木であろうと岩であろうと、およそ耐え得る限界値を軽く超えて、塵《ちり》一つ残るまい。

そんな中において、ダンテだけはアルスの最後を見届けるかのように、じっとその場で地上を見下ろしていた。

そうしている間にも、アルスの頭上から降り注ぐ【ディアーナル・ドグマ】の外殻《がいかく》。それもまた、超重力の影響下にある絶望的災害の片鱗《へんりん》だ。

「逃《に》げても構わないぜ」と、嘲《あざけ》るような声が降ってきた。だが、その黒球の形を取った破《は》滅《めつ》は、既《すで》に回避不可能な距離までアルスに迫っている。

「笑わせるな」

アルスはそっと囁いた。直後、【ディアーナル・ドグマ】は真っ二つに斬られ、中心部の黒球が、ずれ動いて割れる。

重力の網が花開くように広がって降り注ぐが……一拍《ぱく》置いて、その重力の網さえもがぴたりと動きを止めてしまった。

【ダモクレスの剣】が斬った空間に異様な裂け目が広がり、それがまるで、巨獣《きょじゅう》が目を見開くかのように、楕円形《だえんけい》に開いた。

その内部には、黒い何かが蠢いているかのように淀《よど》んで見えた。次の瞬間、驚くべきことに、【ディアーナル・ドグマ】は、急速に裂け目へと吸収されていく。

その一閃《いっせん》が空間に与えるダメージは【次元断層《ディメンション・スラスト》】よりも遥かに大きく、影響もまたその比ではない。

やがてダンテが放った災厄《さいやく》の魔《ま》法《ほう》を全て吸い取ると、空間の裂け目は綺《き》麗《れい》に閉じていく。その最後の瞬間、名残《なごり》のように微《かす》かに漏《も》れた黒い霧が、小さな蛇《へび》のように舞いながら消失していった。

アルスの片目からも同じような黒い霧が漏れ出し、咄嗟にアルスはその目を瞑《つぶ》った。

「な、何をした……」

瞠目《どうもく》するダンテは、現実を受け入れまいとするかのように、小さくかぶりを振ってから、アルスを睨《ね》め付ける。

【ダモクレスの剣】はアルスの異能とも深く関係している。それは【暴食なる捕食者《グラ・イーター》】自身による、その力の魔法への転化とも言えるもの。

そもそも無系統魔法もまた【グラ・イーター】の影響の一つなのだが、そんな異能を持つが故《ゆえ》に、アルスはいわば「二つの魔力」を擁するのだ。

魔法師としてアルスが本来持つ魔力と、魔物の領域である他者から吸収した魔力が混在するのだが、それをアルスは、いわば二つの体内魔力貯蔵庫によって使い分けられる域に達している。

通常アルスは己《おのれ》自身の魔力を扱い、【グラ・イーター】で吸収した魔力もそちらに充《あ》てている。これは利用していると言い換《か》えても良い。だが、異能【グラ・イーター】を扱う場合、アルスが扱う魔力の質そのものが変化してしまうのだ。いわば、異能側に踏み入ってしまうのである。

それはイレギュラーな事態だが、だからこそ、扱える魔法というものがある。得体が知れずコントロールも効かない【グラ・イーター】よりも、寧ろ消費魔力は高まっても、人の側で構成できるほうがマシと言える状況《じょうきょう》もあり得るのだ。

アルスの頭上に残った【千剣黒曜】の一本が射出され、ダンテの腹を刺し貫く。

（……さすがに、これ以上はマズイな）

アルスがスッと腕《うで》を上げると、【千剣黒曜】が消え去り、ダンテの身体を解放していく。

遠くで落下したダンテは、受け身も取れず地面に衝突《しょうとつ》した。

右手を押さえつつ、アルスはダンテの元まで歩み寄っていった。その頃にはもう、アルスの〝スイッチ〟も切り替えられていた。まだ片目は瞑っていたが。

「お前は……何がしたいんだ。何が、したかった？」

　ふと口をついた問い。視線を微かに上げたダンテは、口内に溜《た》まった血を吐き捨てつつ、乾《かわ》いた笑《え》みを向ける。

「世、界の終わりに……よ、用があった、のさ」

「世界の終わり……何を言ってる。あの災厄の具象化魔法が、それか」

「ち、違《ちが》うな、お、俺《おれ》が言ってるのは文字通り、世界の終わるところ……その、果てだ」

「世界の果て？　楽園か何かがあるとでも？　そもそもお前……いや、俺達《おれたち》のような異物が、このせせこましい人類の生存圏《けん》のほかに、どこに行ける？　くだらん幻想《げんそう》だな」

　ダンテは笑みを一層濃《こ》くしただけで、答えはしなかった。

「ど、どうかな……ま、いずれ、し、死ぬんだ。さ、最後に聞かせろ。お前こそ、どうやって……ミネルヴァに、関する記述、を知った……？　アレは、そうそう簡単に、よ、読み解けるものじゃねえ……」

　そこについてはアルス自身、【アカシック・レコード】を見たからこそ、得られた部分が大きい。そうでなければ、かなりの時間を要しただろう。

　何より、ミネルヴァに関する記述にはどうしても解けない一文が隠されていた。それはまさに全く未知の言語である。

「さあな。答えはこの先、地獄《じごく》で想像するんだな」

アルスがにべもなく言うと、ダンテは最後にしたり顔をする。

「チッ、じ、地獄じゃねえ……ら、楽園は……確かに……」

そのまま弱々しく腕を頭の上に伸ばし……彼方《かなた》を、はっきりと指差した。

「……‼」

ダンテが示したのは内地ではなく、その逆――外界の果てであった。瞬間、アルスの脳裏にある連想が閃《ひらめ》く。

【フェゲル四書】。ミネルヴァの秘密。ダンテが得ていたらしい尋常《じんじょう》ならざる知識。そして、彼《かれ》が言う外の世界。

最後にアルスを揶揄《からか》おうとしたのかもしれなかったが、もはやダンテは、不敵な笑みを浮かべるだけであった。そんな彼に、アルスはにべもなく。

「それが好き放題やってきたお前の、最後の言葉か。ま、信じてやれなくて悪いが、そもそも、教え子達の成長ほどの驚きはなかったな」

涼《すず》やかに言い切ったアルスに、ダンテは最後にニヤリと笑いかける。それと同時、アルスの瞑った目から漏れ出る黒い霧に、ちらりと納得《なっとく》したような視線を向け……彼は逝《い》った。

胸に深々と突き立てた【ダモクレスの剣】が確実に息の根を止める。黒剣に貫かれた身体は一拍置いて、空間か、もしくは剣そのものに吸収されていく。

そしてアルスは次に。

「さて、やっぱりすぐには出てこないか。嫌《いや》がらせのつもりか知らんが、付き合うつもりはない」

唐突《とうとつ》に空間を切り裂くと、あの神々《こうごう》しい【ミネルヴァ】が現れる。それは、重々しくも虚《うつ》ろな音を響《ひび》かせて、崩《くず》れ落ちた一つの野望の名残のように、無残に地面に落下した。

ダンテの死をもって、そしてミネルヴァを回収したことでアルスの任務は終わった。

これで学院の理事長として、システィの首の皮が繋《つな》がるだけだというのだから、割に合わないような……。

ただ、それでも彼女《かのじょ》以外が統治する学院で過ごす未来よりは、幾分《いくぶん》かマシなのだろう。

そもそもそうなれば、いろんなことに、今以上に融通《ゆうずう》が利かなくなるのは間違《まちが》いない。

主人を失ったためか【ミネルヴァ】はいささかの音も魔力光も漏らさず、ただ静かに地面に埋もれていた。このまま放置しても、これがまさか人類の至宝たるＡＷＲだとは誰《だれ》も思うまい。

アルスはふと、魔力的な接続を思い立って、ミネルヴァへとアクセスしてみる。さすがに機能を損じているかと思われたが、それはまるでようやく意思を得たかのように、宙に浮いてみせた。ただ、ダンテがどうやってミネルヴァの力をあそこまで支配し、所有者として名を刻んだ上で、己に振り向かせていたのかは、まったく分からなかったが。

【フェゲル四書】にヒントがあればよかったのだが、アルスの持つ一冊に、そのへんの記《き》載《さい》があるかどうかすら定かではない。あったとしても、謎《なぞ》めいた男であったダンテ以上に読み解くことが現段階で可能かどうかも分からない。

そもそも考えてみれば、最古のAWRだなんだと大事に扱われてきたミネルヴァが、犯罪者の手に渡るや、その魔力供給源として使われたというのも、拍子抜《ひょうしぬ》けである。

(ダンテの話を信じるなら、〝核《かく》〟らしいが……それを確かめるには……いや、今はやめておくか。どちらにせよ、一旦置いておくしかない)

一先《ひとま》ず、これを直接持ち運ばなくて済むのは助かったな、と思いつつ、アルスは宙に浮いたミネルヴァを見つめ、そこで思考を打ち切ったのであった。

その後、合流したロキの得意げな様子から、アルスは彼女が新魔法を修得したらしいことを悟《さと》った。アルスとしても、さすがに驚《おどろ》きの色を禁じえない事実だった。

急拵《きゅうごしら》えでAWRに魔法式を刻んだものの、理論上最高に上手《うま》くいけば、というだけの話でしかなかったのだ。アルスとしては、その後、実際に試《ため》して不具合を微調整《びちょうせい》していけばあるいは、という程度に考えていたのである。

（ま、そもそも魔法式を刻んで渡した俺が言うべきじゃないか）

などと、独り言ちてみる。なんにせよ、ロキは【雷霆の八角位】に適性があるのは事実。いや、寧ろあり過ぎるのだろう。最高の相性《あいしょう》と言い換えてもいいのかもしれない。

一先ずその成果を、後でゆっくり見せてもらおうと、心に決めるアルスであった。

今は、いつものように褒《ほ》めてやろうとロキの頭に手を置くが、右手は折れているので、左手で艶《つや》やかな銀髪《ぎんぱつ》を撫《な》でてやる。

ロキはくすぐったそうにしながらも、ふと心配そうに。

「アルス様、腕と目は大丈夫《だいじょうぶ》ですか？」

「あぁ、多分な。目はどうなってるか自分でもよく分からんが」

そう答えたアルスに対し、表情を曇《くも》らせるロキ。それから彼女は、アルスに少し屈《かが》むように頼《たの》む。そこまで大袈裟《おおげさ》な話でもないと思うが、ロキが服を引っ張って促《うなが》す力は予想以上に強かった。

仕方なく膝立ちになって顔を上げると、ロキがすぐ近くで、覗《のぞ》き込《こ》むような姿勢になっていた。

親指の腹と人差し指で、無理やり瞼《まぶた》を開けられると、その顔がより鮮明《せんめい》にアルスの瞳に映り込む。

大丈夫だ、はっきりと見えている——ロキの顔が、瞳が。

「よ、良かった！　特に問題はなさそうですね！」

「そのようだな、視野にも支障はないっぽいし」

「ええ、本当に良かったです」と手を離《はな》して、アルスの手を引くロキ。彼女は、大変な任務を終えた後だというのに、清々《すがすが》しいほど上機嫌《きげん》だった。

それからふと、ロキは、

「水でも被《かぶ》りますか？」

と何の気なしに問いかけてくる。

「……いつもやってるわけじゃないぞ」

どこで知ったのか、外界で任務をこなすアルスの小休止方法をロキは知っていた。

任務を終えた時はいつも、幾《いく》ばくかの水を被ることで身体の埃《ほこり》や眼の汚れを洗い流すのが、アルスの習慣である。そんな時、改めて見る外界の広大な景色は、いつだってちっぽけな自分を、屈託《くったく》なく迎《むか》え入れてくれるのだ。

どこまで続くとも知れない雄大《ゆうだい》な世界が、果てしない門戸を広げてくれている。そんな気がするだけで、アルスはどこか、疲《つか》れ切った身体や精神《こころ》が軽くなるような感慨《かんがい》を覚える。ただそれも、別になければないで、さほど困らない程度のものだ。

「そもそも、水なんてないだろ？」

「あっちに小川がありますよ？」

そんなものがこの辺にあるとは初耳だが、仮にあっても行くつもりはない。

「こんな季節に水を被ったら、風邪《かぜ》を引くだろ」

「あ、それはそうですね。ごめんなさい、軽いジョークです」

嬉《うれ》しそうに揶揄ってくるロキに、今度はおでこを小突《こづ》いて返礼する。そんな仕草にすら、逐一嬉《ちくいちうれ》しそうにロキが破顔するものだから、アルスは溜め息《いき》を交えて、遠くの空に目を向けた。

「それにしても……なかなかに大変な任務だったな」

「はい、ですが、アルス様ならば問題なく完遂《かんすい》できると確信しておりました！」

アルスが言葉に含《ふく》ませた複雑な意味を知ってか知らずか、ロキは無邪気《むじゃき》にそう答える。

「いや、問題だらけだ。これから先も、多分問題は山積みだぞ」

「大丈夫です。どんな苦境も乗り越《こ》えられます。僭越《せんえつ》ながら、私もご同行させていただきますので！」

ニコリと、いっそ呆《あき》れてしまうほど楽観的にロキは言ってのける。

アルスは呆れたように肩《かた》を竦《すく》めた後、再びそんな彼女の頭に手を乗せることで、せめてもの労《ねぎら》いと返事に代えたのであった。

あとがき

The Greatest Magicmaster's Retirement Plan

お久しぶりです。イズシロです。今回もお手にとってくださりありがとうございます。

ようやく「最強魔法師の隠遁計画　15」をお届けすることができました。前巻からの続きである「脱獄囚編」（サブタイトルはないのですが）になるわけですが、今回は特にアルス達の活躍する作中世界の輪郭を描けたのではないかと……。まあ、まだぼかしている部分もあるので、そこは追々世界の真実に迫れればと思います。

さて、あとがきから読まれる方には先にお詫び申し上げておきます。今回の話はバトルに次ぐバトルとなっております。もう、溜まったものが一気に押し寄せてくる感じと申しますか。やはりバトルは書きやすい&テンションが上がります！

そして、いつかしっかり教え子のテスフィアとアリスの二人も活躍できるようにしたいですね。二人とも早く強くなってもらいたいところ。そうはいっても既に学生の域は超えつつあるのですが。……そうなるとアルスの下から巣立ってしまう日も遠くないのかもしれません。精神的な面も含めて、彼女らの今後については、今後もお楽しみいただける要素かと思っております。

そしてロキですが、彼女の成長もまた、著しいものがありますね。テスフィア達も優秀なはずなのですが、やはりロキは並みの生徒とは一線を画す存在、ということで。

何はともあれ、内容的にはなかなかボリュームのある15巻目となりました、是非お楽しみいただければと思います。

それでは恒例の謝辞に移りたいと思います。

今回も的確なアドバイスをいただきました編集者様、また刊行に際し、出版、印刷、流通装丁デザインと実に多くの方にご協力いただき皆様のお手元にお届けすることができました。この場を持ちまして御礼申し上げます。

そして本書のイラストを担当してくださっております、ミユキルリア先生。今回もハードなスケジュールの中、美麗なイラストをありがとうございます。フェリネラの新衣装など無茶な要求にお応えいただきありがとうございます。今後とも何卒よろしくお願い致します。

それでは最後に、本書を手にとってくださった読者の皆皆様。巻数も本棚の一スペースを埋めるのに十分な数になってきました。ここまでお付き合いいただき本当にありがとうございます。まだまだアルス達の世界は広がって行きますので、どうぞもうしばらくお付き合いいただけましたら幸いです。

HJ文庫 https://firecross.jp/
1008

最強魔法師の隠遁計画 15

2022年6月1日　初版発行

著者── イズシロ

発行者─松下大介
発行所─株式会社ホビージャパン

〒151-0053
東京都渋谷区代々木2-15-8
電話　03(5304)7604（編集）
　　　03(5304)9112（営業）

印刷所──大日本印刷株式会社

装丁──AFTERGLOW／株式会社エストール

Printed in Japan

ISBN978-4-7986-2843-1　C0193